COMPLICADO & PERFEITINHO

RENAN BITTENCOURT

COMPLICADO & PERFEITINHO

SEGUINTE

O selo Seguinte pertence à Editora Schwarcz S.A.

Grafia atualizada segundo o Acordo Ortográfico da Língua Portuguesa de 1990, que entrou em vigor no Brasil em 2009.

CAPA Ju Kawayumi e Ale Kalko

ILUSTRAÇÃO DE CAPA Ju Kawayumi

PREPARAÇÃO João Pedroso

REVISÃO Adriana Bairrada e Gabriele Fernandes

Dados Internacionais de Catalogação na Publicação (CIP)
(Câmara Brasileira do Livro, SP, Brasil)

Bittencourt, Renan
Complicado e perfeitinho / Renan Bittencourt. — 1ª ed. — São Paulo : Seguinte, 2024.

ISBN 978-85-5534-354-4

1. Romance brasileiro I. Título.

24-208811 CDD-B869.3

Índice para catálogo sistemático:
1. Romances : Literatura brasileira B869.3

Cibele Maria Dias – Bibliotecária – CRB-8/9427

EDITORA SCHWARCZ S.A.
Rua Bandeira Paulista, 702, cj. 32
04532-002 — São Paulo — SP
Telefone: (11) 3707-3500
www.seguinte.com.br
contato@seguinte.com.br

Para Caio, Matheus, Ricardo e Lukas.
Os caras que, bem ou mal, querendo ou sem querer,
me ensinaram a amar.

Eu não sabia direito onde a gente tava.

O carro parou numa rua deserta e ficamos só eu e ele ali dentro, sem ter pra onde ir. Meu pai, quarenta e cinco. Eu, doze. Doze? Por aí. Ele inspirou fundo. Quando percebi que era o inspirar de quem estava buscando coragem, travei imediatamente.

Uma cilada.

A aterrorizante *conversa de pai*.

Devia ser uma conversa daquelas pra ele me emboscar assim.

— Sabe que eu não tenho problema com você fazer teatro, né?

Ah, pronto.

Eu sabia o que vinha pela frente. Fiquei em silêncio.

Ele continuou:

— Quero que saiba que confio em você, filhote. Eu sei que você é um cara do bem, que sabe o que é certo e errado. Gosta de teatro? Ótimo. Mas abre o olho que esse meio tem umas coisas esquisitas. Tem uma gente… estranha, que faz coisas que não são legais. Só quero te avisar, pra você ficar esperto. Abre o olho. É fácil ser influenciado por essa galera. Não tenho nada contra teatro, mas fica atento pra não se perder. Pra ninguém te transformar numa coisa que você não é. Combinado?

— Claro, pai.

E silêncio. O que mais ele podia esperar de mim?

— Te amo, filho.

— Também, pai.

Ele ligou o carro e foi me deixar na aula de teatro.

Hoje, adulto, relembro essa cena e me pergunto se foi isso que me fez largar o curso naquele mesmo ano. Provavelmente sim, pelo menos em parte. Essa conversa encurralada foi a primeira vez que meu pai externou o sentimento estranho que eu já vinha notando de vez em quando na expressão dos outros.

Adultos que trocavam olhares cúmplices depois que eu dizia algo. Adolescentes que me tratavam com uma crueldade maior do que tratavam os outros. Os amigos do meu irmão, que não reconheciam minha presença se ele não estivesse por perto. Tudo isso era, até então, meio oculto. Eram esses comportamentos, esses segredinhos silenciosos, o desgosto calado dos outros que me davam pistas de que havia algo errado, sem nunca revelar o que esse algo *realmente* era no fim das contas.

Pela primeira vez, meu pai tinha colocado em palavras o medo que sentia. E esse medo não era de fato do teatro. Era que o teatro fosse só a confirmação de que seu filho era mesmo gay — já que, todos sabemos, teatro é coisa de viado. Dança é coisa de viado. Cozinha é coisa de viado. Existem mais coisas que fazem um homem ser viado do que coisas que o fazem ser macho.

Fazer sexo com outros homens é só uma delas.

Meu pai tinha medo daquilo que seus amigos já vinham insinuando fazia um tempo. Uma vez, um desses tios de churrasco soltou bem alto "Iiih, acho que seu filho é colorido, hein!", pra que todos rissem de mim. E riram. Meu pai me defendeu, meio entrando na brincadeira, meio envergonhado, meio raivoso.

Colorido?

Eu não me via como colorido. Inclusive, desde pequeno sempre tive um estilo mais trevoso; gostava de filmes de terror sangrentos, histórias de guerras e tragédias.

Isso não era coisa de homem?

Muito tempo depois, entendi que não o suficiente. Que ser colorido era ser um rebelde do gênero. Era não agir de acordo com a quilométrica lista de regras do Clube dos Machos. Era não curtir muito cerveja, nem piada suja, nem briga. Era ter medo, ter respeito, ter compaixão, se importar com estética. Enfim, era mais fácil quebrar essas regras do Clube dos Machos do que a ponta do grafite de uma lapiseira. Mas foi só naquele momento no carro que me dei conta do tanto que buscava me editar para ficar dentro da *lei*. Aquela tinha sido a primeira vez que alguém me confrontou com meus crimes, que os tornou reais.

Filho, pode gostar de teatro, mas não seja gay.

Não quero ver meu filho andando de mãos dadas com outro macho.

Essa gente vai te transformar num viadinho.

Até pode ser gay, mas não pode ser afetado.

Esses embriões estavam todos ali naquela conversa com meu pai, pela primeira vez sem esconderijos. Ouviria esses e muitos outros ao longo da vida. Meu pai cortou a faixa de inauguração pra minha entrada no universo masculino — e isso acabaria comigo.

Primeiro foi o teatro. Depois as músicas. Então os desenhos animados. Os clipes. As séries. Aos poucos eu me desfiz das coisas que me denunciavam, e com elas se foi também meu entusiasmo pela vida. Aprendi o que comentar com os outros e o que consumir sozinho. Por isso, comecei a apreciar muito mais a solidão.

Eu ouvia Beyoncé e Eminem, mas só escolhia comentar sobre um deles. Eu amava *Pokémon* e *As meninas superpoderosas*, mas sabia qual desenho tinha que assistir escondido. Os anos seguintes foram assim, até o fim do ensino fundamental. Eu tinha conseguido formar um grupo de conhecidos dentro da lei que chamava de amigos e assim impedi que outras pessoas viessem com o papinho de “cuidado pra não ser influenciado”.

Aprendi, mais ou menos, a ser homem. E aprendi quão pouco a ver com sexo isso tem. Gay é o cara que transa com outros caras. Ok. Nisso todo mundo concorda, né? Sim. Mas ninguém nunca me explicou por que uma criança que nem sequer tem desejos sexuais pode ser classificada como gay. E nem por que um cara que desmunheca e gosta de musicais ainda vai ser visto como viado pelos outros, mesmo que ninguém nunca o veja transando com outro cara.

Aprendi que ser gay tem menos a ver com sexo e mais com comportamento. Eu mesmo nunca tinha me interessado em transar com caras ou com garotas. Simplesmente não pensava em transar.

O Pânico do Primeiro Beijo que dita as regras da adolescência, pra mim, tinha sido menos por causa da vontade real de beijar alguém do que pela humilhação pública de chegar no ensino médio ainda BV. Só queria cantar *Chicago* em paz, jogar meu *Zelda*, assistir o clipe novo da Shakira e ler meu Stephen King — mas duas dessas coisas não eram de homem, e você sabe exatamente quais.

Aprendi que não importava se eu me interessasse *mesmo* por homens.

O que importava para os outros era como eu agia.

Você foi a primeira pessoa que me despertou algum interesse. A primeira pessoa em quem fiquei pensando antes de dormir. Por quem senti a deliciosa obsessão de agradar e de fazer rir. O primeiro abraço que me aconchegou de verdade. O primeiro cheiro em que viciei.

Calhou de você ser um cara, Theo.

PARTE 1

All teenagers scare the livin' shit out of me
"Teenagers", My Chemical Romance

FEVEREIRO DE 2008

Só hoje eu consigo fazer uma retrospectiva e enxergar que, desde o primeiro momento em que te vi, me transformei para sempre.

Frase de comédia romântica? Não exatamente, porque a sensação que você me causou não foi um encantamento absoluto que me fez esquecer tudo ao meu redor. Não foi o brilho dos seus olhos nem a arquitetura do seu sorriso que me fizeram perder a razão. Não foi sua displicência de adolescente descolado, nem seu estilo de vocalista pop-punk, que transparecia mesmo escondido pelo uniforme da escola.

Apesar de tudo isso ter me arrebatado de alguma maneira, apesar de hoje eu entender que esses detalhes me enlaçaram e condenaram, não foi bonito quando aconteceu. Eu nem percebi o que estava acontecendo, na verdade. As únicas duas coisas que notei — e bem mal — naquele instante foram:

1. Eu queria te fazer sorrir.
2. Minha amiga gostosona também.

Eu não tinha me preparado para te ver entrar no primeiro dia de aula do primeiro ano do ensino médio. Era para 2008 ter sido um ano tão ordinário quanto todos os outros. Nada mudava na minha escola. Éramos os mesmos burguesinhos em formação desde o jardim de infância, e nada naquelas férias tinha indicado que o próximo ano letivo acabaria comigo. Até você aparecer e encontrar meus olhos por entre os cachos escuros que caíam no seu rosto.

Veio andando sedutoramente desleixado, parou bem diante de mim, me encarou e disse:

— Posso?

Demorei demais para entender que você estava falando da carteira vazia.

— Claro, gatinho — respondeu Lexa, a melhor amiga gostosa.

Ela estava sentada do meu lado, jogou o cabelo e ajeitou a postura enquanto abria um sorriso. Um sorriso que você correspondeu. Me senti um peixe fora d'água. Tentei me ajeitar também e pensei em alguma forma de chamar a sua atenção sem parecer um adolescente na frente do seu ídolo — porque é uma das coisas que um homem não pode fazer de jeito nenhum, mesmo que esteja morrendo de vontade —, mas, enquanto eu maquinava o melhor jeito de me aproximar sem comprometer a minha masculinidade, minha amiga simplesmente se virou pra você e disse:

— Você é novo, né?

— Sou, sim. Theo.

— Lexa.

— Prazer.

— Ah, o prazer é todo meu, garoto. Onde cê estudava antes?

— Acho que você não vai conhecer.

— Não me subestima. Eu conheço todo mundo de todas as escolas.

— Até de Petrópolis?

— Aí você me quebra, né, gato...

— Gato? — você perguntou, e abriu um sorriso torto de galã do ensino médio que fez meu coração vacilar, um pouco porque achei a coisa mais linda do mundo, um pouco pela descarga de raiva que bombeou pelo meu sangue.

Tão clichê. Tão artificial. Tão efetivo.

— Não se faz de desentendido — eu te disse naquele tom meio brincadeira, meio veneno.

— Por que desentendido? Você também me acha gato, é?

Essa frase me atravessou como uma bala de canhão. Minhas entranhas foram junto com ela. Não deixei a vergonha aparecer e emendei:

— Pera aí também, né. Tu é bonito? É. Mas não é o único aqui.

— *Aaaiiiiiiiiiiii* — Lexa cascou aquele gritinho de humilhação.

É, *aquele* do ensino médio.

Te estendi a mão numa oferta de paz. Você aceitou com um sorrisinho odioso.

— Mas e aí, Theo, lá em Petrópolis cês tinham um Alexandre também?

— Um Alexandre? Como assim?

Assim que você perguntou, a parede em que a gente estava recostado tremeu. Retumbou, bem no ponto onde nossas costas se apoiavam. Você arregalou os olhos. E então ela tremeu mais à frente, e depois mais um pouco. Como se um gigante estivesse andando por ali; dava para sentir cada passo.

— É o nosso professor de Física I — eu te disse, enquanto me arrumava na pose de bom aluno.

— Não tenta fazer gracinha — Lexa te aconselhou, imitando minha farsa de bom comportamento. — É pro seu bem.

As batidas na parede foram se aproximando, até que a porta da sala foi escancarada. Mas, em vez de um gigante, entrou uma coisa ainda mais terrível: nosso professor de quase dois metros de altura e três de bigode. Olhos fundos e intensos. A voz mais cavernosa que já ouvi em toda a minha vida. Fiquei satisfeito pelo *timing* dramático do Alexandre. Você não esqueceria um primeiro dia de aula com um abre-alas daqueles. E, por tabela, não teria como se esquecer de mim.

— INÉRCIA — Alexandre berrou, iniciando os trabalhos e te fazendo tremer de susto.

Um rito de passagem que todos nós tínhamos enfrentado na oitava série.

Eu ri baixinho. Coloquei a mão no seu ombro, bem perto da nuca, e apertei. Me aproximei do seu ouvido e disse:

— Calma que eu te protejo.

Você riu.

Eu te fiz rir.

Não consegui prestar atenção na aula de física.

* * *

— Gostei do garoto novo. Ele parece legal. É um gatinho — Lexa comentou na fila da cantina naquele mesmo dia, enquanto você voltava pra pegar a carteira na sala.

— É, parece legal mesmo. Mas você viu que o Lucas já tentou chamar ele pro futebol, né? É a porta de entrada.

— Para com isso, garoto. Parece até que o menino é um monstro. Ele sempre foi legal comigo.

— Porque você é você, Lexa.

— Ah, então ele só quer me pegar?

— Sei lá. Ele é... não sou muito fã. Cê sabe.

— Ai, ai, me protegendo do Lucas. Isso é muito filme americano na cabeça, viu? Ele não é um valentão que vai me chamar pro baile, não. Agora, se *você* me desse uma chance de novo...

— A gente é amigo.

— Então ser namorado não é ser amigo?

— É, eu acho. Em parte, pelo menos. Mas é mais do que isso. Ou menos. É diferente. Eu só não tô com cabeça pra pensar nisso agora.

— Nunca teve. Cê podia me poupar desse bando de cara escroto e ser meu namorado perfeito — Lexa disse e abriu um sorriso malicioso, emendando: — Se não, vai ter que me aguentar dando bola pro Lucas.

— Ah, não!

— Ele é legal.

— Ele *não* é legal. Você não sabe como ele é entre os caras.

— Bem, eu só posso julgar por aquilo que ele me mostra, né, gatinho?

Suspirei, derrotado. Não tinha como rebater. Lexa prosseguiu:

— Mas, de qualquer jeito, eu prefiro o garoto novo. Theo. Aposto que ele toca pelo menos violão. Mó pinta de banda.

— De banda emo.

— Sim!

— O sonho de qualquer adolescente, né? — eu disse, deixando um pouco de veneno raivoso escorrer do canto da boca.

— Eu já tô fisgada. Você me ajuda com ele?

— Não consigo nem *me* ajudar, como vou *te* ajudar?

— Por favor!

— Lexa, você não precisa da ajuda de ninguém. Aposto que ele já tá na sua.

— Então vou chamar ele pro nosso próximo karaokê.

— Já?! Ele parece legal, mas… pro karaokê? Já?

— Ele vai ser a única novidade, de resto vai ser igual. Se o Theo for um chato, a gente só esquece dele, nunca mais chama pra nada e daí com o tempo ele vai acabar sendo absorvido pela gangue do seu arqui-inimigo. Mais um Lucão pra escola. — Lexa analisou minha expressão de desconfiança para aquele plano, esperou três segundos para que eu respondesse, e aí lançou a bomba: — Ou a gente pode só deixar ele solto mesmo e já entregar de bandeja pro Lucas. É isso que você quer, né? Excluir o garoto pra ele virar mais um Lucão?

— Isso é golpe baixo.

Lexa riu.

— Chama ele — eu disse. — Mas não garanto que vou conseguir te ajudar com seu romance.

Minha relação com o Lucas não começou mal assim, né, Theo. Mas acho que nunca cheguei a te contar os motivos exatos que me fizeram odiar tanto esse garoto no ensino médio. O tempo passa, as pessoas mudam. Eu também fiz coisas que não foram muito legais na minha vida e ficaria feliz se não me julgassem por meus piores momentos. Mas naquela época eu ainda não sabia como passar a borracha no que tinha acontecido entre nós dois. Tentava entender o lado dele mas, por mais que me esforçasse, as partes amargas da minha história com o Lucas não saíam da minha língua.

No ensino fundamental, éramos melhores amigos. Eu vivia na casa dele, e ele vinha na minha às vezes — a gente concordava, mesmo sem falar nada, que era melhor ficar na dele, porque era uma baita casona.

Uma daquelas do Itanhangá, onde hoje moram os globais. Piscina, sauna, trinta banheiros, quarenta quartos, aquele troço tinha até sótão.

Sótão.

No *Rio de Janeiro.*

Não era só o espaço que fazia daquele lugar uma delícia, mas todo o conforto que amaciava a rotina do Lucas. Lá a gente comia pão de queijo, brioche e presunto de Parma, enquanto no meu apartamento entre Barra e Recreio ficávamos no misto quente com Nescau. Não era ruim. Eu amo meu misto quente com Nescau até hoje — só que o Lucas tava acostumado com um estilo de vida bem específico, e pra mim não era problema viver uns diazinhos no mundo dele. Eu gostava, não só pelo presunto de Parma, mas porque era muito mais fácil suportar as piadinhas sujas e preconceituosas quando vinham do pai dele e não do meu.

Na época em que a gente era amigo, também fazíamos aula de teatro juntos. Abandonamos mais ou menos ao mesmo tempo. Perto de quando nos introduziram ao Clube dos Machos. Eu com meu pai naquela conversa no carro, ele sei lá em que circunstância. O que sei é que a introdução a essa sociedade nada secreta deixa uma marca nas pessoas. Existe um antes e um depois. Existe um momento em que a gente não sabe de nada, e depois começa a entender tudo.

Quando fomos introduzidos ao Clube, eu e Lucas nos transformamos nos pilares de sustentação um do outro. Se bem que *sustentação* não é bem a palavra. Éramos mais como carcereiros. Inspetores, prontos pra denunciar qualquer desvio das normas masculinas que estávamos aprendendo. Um vigiava o outro. Nessa dinâmica teríamos certeza de que nenhum de nós infringiria as normas. Era isso que os melhores amigos faziam. Se adestravam na masculinidade pra ninguém nunca correr perigo.

Só que eu e Lucas também desenvolvemos uma válvula de escape. Uma coisa na linha de: *olha, eu sei que você é macho e você sabe que eu sou macho. Certo? Então se a gente estiver entre estranhos, vamos seguir as regras, mas bora dar uma colher de chá quando estivermos só nós dois. Pode ser? Pode.*

Foi assim que, enquanto os outros meninos da nossa idade se tornaram robôs que me inspiravam ansiedade em qualquer encontro, o

Lucas seguiu sendo um oásis de sinceridade e aceitação na minha vida. Com ele, eu não precisava esconder os meus gostos secretos. Podia conversar sobre *Sakura Card Captors* sem que ele deduzisse qualquer coisa sobre mim. A gente falava de Sakura, sim, e depois ia fazer uma guerra de balão de água com as crianças do condomínio, e depois dar uma volta no minibugre, e então brincar de polícia e ladrão. Essas coisas que a gente fazia naturalmente e que, do dia pra noite, foram separadas em coisas de gente normal e coisas de gente estranha. Coisas de homem ou de viadinho. Nos anos 2000 era assim.

A cada dia que passava, a pressão para fazermos as coisas certas e abandonar as erradas crescia. Apesar da nossa cumplicidade na guerra, íamos perdendo cada vez mais batalhas. Um pouco depois de abandonarmos o teatro, conversas sobre meninas começaram a fazer parte das nossas tardes. Quem era a mais bonita? A mais legal? Com quem a gente queria ficar? Tínhamos que querer ficar com alguma. Esse tópico era obrigatório.

Como assim nenhuma menina te interessa? Não é possível que você não queira beijar nenhuma garota. Não tem nem curiosidade? Ele me perguntava. Então pra escapar desse interrogatório eu simplesmente inventava que queria, sim. Mas mudava o objeto do meu desejo a cada semana, a cada mês, falando que nenhuma menina me interessava por muito tempo — e desse jeito eu conseguia adiar ter que tomar uma atitude.

Já o Lucas escolheu uma garota e focou nela. Paulinha, a rainha do condomínio. Ele fazia planos de como ia se aproximar, de como ia conquistá-la e, nos dias mais ousados, tentava introduzir uns tópicos mais sexuais nas nossas conversas. Me perguntava qual tipo de posição seria melhor, se eu preferia essa ou aquela, se Paulinha tinha cara de quem gostava disso ou daquilo. Eu assisti a masculinidade invadindo aquela que parecia ser a minha única relação legal com outro cara, sem saber muito bem o que fazer para impedir. Fui vendo minha única amizade com outro menino se tornando uma fonte de ansiedade, porque quando ele me perguntava esse tipo de coisa, eu tinha que fingir estar interessado. Se não fingisse... bem, não sei exatamente o que ia acontecer, mas a sensação era de que o equilíbrio minucioso da nossa amizade já nostálgica seria arruinado.

O problema de fingir é que cansa demais.

Ou a gente mantém a encenação à custa de si mesmo, ou a situação chega no nosso limite. Lucas forçou o meu limite. Me esforcei por um tempo, mas acabei não conseguindo mais esconder minha irritação e desinteresse. Ficou insustentável. Foi um dia em que ele estava muito, sei lá, *sedento*, e quis entrar num site pornô. Passava pelos vídeos e fotos fazendo comentários igual ao pai dele. Igual ao meu pai. Igual ao tio do churrasco que me chamou de colorido. Eu não respondia.

— Que foi, cara? Não é possível que você não goste de nenhuma delas. Olha essa morena! — ele disse, apontando pra tela.

— E esses caras aí? Não te incomoda?

— Ah, tenta imaginar sem eles. Ou imagina que você é um deles. É o que eu faço.

— Sei não. Parece que elas não tão gostando. Olha isso. É um ladrão! Não, pera, são dois. Não é possível que isso seja bom.

Lucas ficou em silêncio. Passando pelas fotos do site.

Sem tirar os olhos das imagens, ele falou:

— Preciso te contar uma coisa. Cê promete que não vai ficar bravo comigo?

— Que que foi?

— Promete?

— Prometo.

— Tem umas pessoas comentando de você.

— Comentando o quê? Que pessoas?

— Uns meninos na escola. Meus pais, às vezes.

— O quê?

— Cê é… cê é viado, cara?

O peso daquela palavra que nenhum de nós entendia muito bem, mas que resumia todo o mal do mundo em si, abriu um abismo entre nós.

Meus músculos deram um nó.

— Eu? Cê acha que eu sou viado?

— Pô, cê não gosta de mulher.

— *Dessas* mulheres. Eu acho que não gosto de pornô.

— Cara, que homem não gosta de pornô?

— Sei lá. Eu. A gente vive falando das garotas.

— Mas você nunca fez nada.

— Nem você.

Silêncio. Ele seguiu navegando pelo site, no mesmo álbum.

— Cê acha que eu sou viado? — perguntei.

— Não sei. Só tô te falando o que o povo tá comentando na escola.

Mais silêncio.

— E você, acha que eu sou? — Lucas perguntou.

— Não. Nem me interessa.

Alguns minutos depois a gente foi jogar *Mario Kart*. Superficialmente, as coisas tinham voltado ao normal. Mas esse foi o último dia em que fui pra casa dele — ou pelo menos o último de que tenho memória. Soube ali, naquele diálogo, que não havia piscina ou brioche suficiente que fizesse a companhia do meu amigo voltar a valer a pena. Nada vale a pena quando uma amizade azeda.

A inserção do Lucas no Clube dos Machos foi muito mais rápida e bem-sucedida do que a minha. Eu consegui escapar das suposições e me tornei meio solitário — já ele virou um exemplo pra todos os garotos da escola. Um dos melhores jogadores de futebol, um dos primeiros a perder o BV e logo um dos que pegava as meninas mais gatas — e até mesmo as mais velhas.

Em questão de meses, nossa amizade e cumplicidade viraram um delírio.

Lucas nunca foi violento comigo, mas também nunca mais foi legal ou gentil. Parecia querer se distanciar das nossas memórias. Como se até a nostalgia de algo vivido comigo pudesse contaminar o seu sucesso. Ele queria me apagar da sua história. Me chamava de viadinho pelas costas com o resto da escola. Fez questão de queimar todas as pontes entre a gente.

Na época em que isso aconteceu, lá pela quinta ou sexta série, sofri muito com a perda do meu único amigo de verdade. Mas isso me ensinou, bem cedo, uma lição que acho que tornou minha vida um pouco menos sofrida dali em diante: se uma amizade exige muito esforço, muito trabalho, se faz a gente se sentir mal, é hora de cortá-la. Melhor ficar sozinho do que viver sob tortura.

Agora, não vou dizer que não é um porre quando todo mundo acha esse seu amigo lixo o cara mais legal do mundo.

ABRIL DE 2008

Em fevereiro começaram as aulas, mas logo veio o Carnaval e muita gente viajou. Março é um campo minado de aniversários na família da Lexa. Por isso, o karaokê só foi acontecer lá pra abril, depois das primeiras provas do ano, em um clima especial de "dane-se tudo, eu tirei dois em química mesmo".

Me lembro dos karaokês na casa da Lexa como uma coleção dos melhores momentos da minha vida. Até porque era neles que aconteciam noventa por cento da minha socialização. A gente tinha um grupo mais ou menos pequeno de amigos, formado por uma união de várias escolas. Pessoas que, como a gente, não eram totalmente excluídas, mas também não eram as mais sociáveis das suas turmas. Quando gente de todo tipo é jogada numa prisão, o convívio forçado e a necessidade de sobrevivência social fazem com que os semelhantes se procurem e se unam. Não precisam nem ser semelhanças importantes. Qualquer conforto que o outro possa te dar já cria pontes de afeto e proteção. Não mantive contato com a maior parte da galera da escola, mas nessa época eles foram exatamente o que eu precisava. Minha máscara de oxigênio caindo automaticamente, meu feriado prolongado, minha meia hora de recreio. Amigos que tornaram o cativeiro bem mais leve.

Eu gostava de enxergar a gente como um grupo de espiões. Uma rede secreta de troca de informações entre os figurantes dos colégios da zona oeste burguesa. E, como um bom time de espiões, éramos bem fechados e cautelosos.

Sua introdução ao nosso clã de elite foi um grande evento, Theo, digno de comentários suspeitos como aquele que o Matos fez na cozinha, enquanto abria uma cerveja:

— Foi a Lexa que quis convidar esse cara?

— Ele parece maneiro — respondi.

— Não foi isso que eu perguntei.

— Ela deu a ideia, mas eu apoiei.

— Hum...

Matos deu um golão.

— Ele tem banda?

— A gente ainda não sabe.

— Aposto que tem.

— Tem mó cara, né?

— De rock, alguma coisa assim. Ele é meio emo.

— Demais.

— Acha que ele tá a fim da Lexa?

— Não sei. Sempre acho que todo mundo tá a fim da Lexa.

Matos bebeu com um pouco de raiva e sussurrou para mim:

— Me dá essa força aí.

— Que força?

— Ah, cara. Cê sabe.

Pensei por alguns instantes...

— Pra saber se ele quer pegar ela? — perguntei.

— É, pô. Cê sabe que eu gosto dela.

— E por que não chega logo, Matos?

— Porque eu gosto dela sério mesmo. Não quero só uma ficada.

— Mas não começa com uma ficada?

— Caralho, tu é complicado, hein. Me ajuda?

— Posso tentar descobrir se ela curte o Theo. Mais do que isso, não garanto.

— Valeu, cara. Tamo junto.

Brindei minha garrafa na do Matos e fomos pra sala. Não avançamos nem dois passos direito e ele já me lançou um olhar magoado quando percebemos você e a Lexa bem grudadinhos no sofá. Ela mexendo no controle do videogame com a mão apoiada na sua coxa, e você esparramado de braços abertos, recostado nas almofadas. Os cachinhos caíam sobre o seu rosto e você estava com um sorriso meio frouxo enquanto acompanhava as opções de músicas que minha amiga passava na tela.

— Ah! Chegaram por último, vão ter que começar — disse Lexa, antes de apontar pra gente e já meter um "Fergalicious".

O intuito do karaokê era ser bagaceiro mesmo. Quanto maior a vergonha, mais a gente gostava. E Lexa sempre me pegava pra abrir a noite. Daquela vez foi com "já que chegou por último", mas já tinha sido "já que você sentou aqui primeiro", "já que você gabaritou em inglês", "já que você é o único de vermelho", ou qualquer mínima coisinha que ela pudesse usar de pretexto.

Lexa me jogou um microfone, Matos pegou o outro e começamos os trabalhos.

O problema é que daquela vez eu não tava tão solto quanto o normal — e o Matos menos ainda. O normal seria tentar imitar a Fergie, seduzindo algum dos nossos amigos, do modo mais bizarro possível pra arrancar o maior número de risadas. Mas ali, na sua presença, Theo, era diferente porque, mesmo não percebendo direito, eu queria te seduzir *de verdade*.

Para defender minha honra de palhaço sem dar pala do meu desejo e ainda me proteger de virar chacota aos seus olhos, tentei ao mesmo tempo cantar bem e ser engraçado — e não consegui nenhum dos dois. O Matos então, coitado, engrossou a voz numa tentativa ridícula de parecer mais digno, o que só piorou a situação. A galera sorria, sim, mas eram sorrisos desconfortáveis. A música pareceu durar horas e, quando terminou, eu senti que tinha envelhecido cinquenta anos.

Escolhi a próxima vítima do karaokê e larguei o microfone na mão dela como se fosse um troço peçonhento. Peguei uma almofada, sentei no chão e me agarrei nela como se pudesse me esconder ou camuflar na estampa do tecido. O Matos foi pra outro canto e também ficou quieto.

No minuto seguinte já tinha outra dupla cantando, dessa vez ridícula como deve ser. Aos poucos esqueci da minha vergonha e esqueci de mim mesmo. Que alívio. A gente bebeu, riu, beliscou e deu uma pausa pra fazer brigadeiro. Se eu me recuperei do tropeço no começo da noite, não dava para dizer o mesmo do Matos. Ele, que geralmente era o mais expansivo dos caras, ficou murchinho, murchinho.

Lexa tentou animar o coitado algumas vezes, sem fazer ideia do que se passava na cabeça dele. Não tenho como dizer com certeza, mas acho que naquela hora o Matos se sentia como eu me sentiria no lugar dele: humilhado. Desajeitado, depois triste consigo mesmo e, pra fechar com chave de ouro, sendo obrigado a receber com sorrisos as migalhas de afeto motivadas por pena justamente da pessoa que ele queria impressionar. Pra Lexa aquilo era amizade, mas pro Clube dos Machos aquilo era humilhação. E eu ainda nem tinha cumprido a minha promessa de ajudar o garoto.

Voltamos pro karaokê e as rodadas continuaram. Eu fui novamente, com outra dupla, dessa vez pra arrasar. O Matos também cantou de novo, mas ainda mal. Mais um, mais outro, e então chegou a sua vez. Você já tinha cantado umas três vezes até ali — só que aquela era a primeira rodada de solos. Lexa soltou um gritinho animado e escolheu a dedo seu desafio, anunciando:

— Vai, Britney!

Ao mesmo tempo que selecionava "Toxic".

Todo mundo riu, é claro. O emo cantando Britney.

Você também riu, meio bêbado, meio derrotado, coçando a cabeça como quem avalia o buraco onde se meteu. Mas essa fachada desmoronou assim que a música começou. Você *incorporou* a Britney. De um segundo pro outro ficou sério e sexy, sexy pros padrões de clipe americano. Era ridículo? Muito. Mas funcionava? O que posso dizer é que eu tava vermelho e não era por causa das risadas nem da bebida.

— Tira a camisa! — Lexa gritou.

Você prontamente obedeceu. Gritos histéricos.

E foi girando a camisa em passos marcados enquanto a Britney te imitava na tela ao fundo, apagadinha. Você se aproximou do sofá de onde eu e Lexa assistíamos totalmente hipnotizados.

Subiu de joelhos no sofá e foi rastejando em direção à Lexa. Passou pelos pés dela. Pelo quadril. Quando colocou seu rosto a centímetros do dela, troquei um olhar condenado com Matos. Um olhar de quem sabia que ia ver o que não queria. Tanto ele quanto eu. Mas um olhar que só durou um segundo porque, no instante seguinte, você voltou os olhos pra mim. Me enlaçou com a camisa e me puxou na sua direção. Grudou o nariz no meu, me olhou nos olhos, cantando um verso que nem ouvi direito — e então meteu a mão na minha cara pra me empurrar de volta pro sofá.

Todo mundo achou o máximo. Assobios, gritos, risadas.

Quando a música acabou, a gente te lavou de palmas. Alguns, como Lexa, até se levantaram pra dar pulinhos, enquanto você recobrava alguma timidez e botava a camisa de volta. Aproveitei a comoção geral para tomar um ar na varanda na primeira oportunidade que tive.

O que eu menos queria era que me notassem. *Ah, relaxa, ele deve ter ido pegar mais uma ice, cerveja, Doritos, ou foi matar o brigadeiro secretamente.* Qualquer coisa, menos que desconfiassem que eu tinha ido tomar um ar — afinal, que tipo de adolescente vai tomar um ar se não ficou abalado com alguma coisa? Que tipo de homem? Ninguém que tá bem precisa tomar ar.

Escapei pra varanda e pro frescor da noite, tentando entender por que estava tão impactado. Experimentava uma sensação que ainda não sabia bem o que era, dessas descobertas que provocam confusões tão grandes que acho que a gente só vive cedo na vida. Uma confusão sem precedentes. Uma coisa totalmente nova, uma mistura de nervosismo e desejo que... Será que era isso que meus amigos diziam sentir quando me falavam que queriam pegar alguém?

Era isso que sentiam quando achavam uma menina gata?

Era isso?

Não era possível.

Não era possível tanto barulho por uma sensação que nem era necessariamente boa, como sempre me venderam. Era confusa. Descontrolada. Eu queria um tempo pra processar aquilo. Precisava tomar um ar e precisava que ninguém me incomodasse. Só uns minutos pra me deixar sentir aquela coisa — que a cada segundo parecia melhor. Era boa, eu acho. Bem boa. Totalmente angustiante, mas deliciosa.

Depois dos segundos pra sentir, precisei de mais alguns pra sufocar essa nova sensação e fazer de conta que ela nunca tinha existido.

Fui pra um canto estratégico da varanda onde não seria visto tão facilmente. Subi a escadinha que levava à pequena piscina da cobertura da Lexa, sentei bem na ponta do último degrau de madeira e deitei de costas pra olhar o céu enquanto o frio da garrafa de cerveja deixava minha mão dormente. Eu não estava prestando atenção de verdade em nada ao meu redor, porque estava revivendo sem parar aquela sua performance, Theo.

Revivendo sem parar os seus movimentos ridículos, o modo como me puxou e o ar que prendi com a surpresa do seu nariz encostando no meu. Torcendo pra que tivesse alguma coisa ali e, ao mesmo tempo, que fosse tudo fruto da minha imaginação. Aos poucos, racionalizei: eu nunca havia me interessado por ninguém — por que contigo seria diferente? Não era. Você não tinha nada de diferente de todas as outras pessoas da minha vida. Quer dizer, nada, *nada*, não. Claro que tinha alguma coisa. Algo ali tinha mexido comigo. Mas o quê? Sua confiança. Uma confiança forte demais pra um garoto da nossa idade.

Era *isso* que eu queria.

Ser mais como você, é claro!

Eu queria *ser* como você — era inspiração, e não desejo.

Meus músculos relaxaram quando cheguei a essa conclusão. Respirei mais leve e fiquei feliz por descobrir exatamente o que estava acontecendo.

Você era o cara que eu queria ser — e isso já era suficiente pra que eu me acalmasse e começasse a pensar numa maneira de lidar contigo e com essa sensação. De assimilar aquilo que admirava em você e usar pra minha vantagem. Dali pra frente, eu faria da nossa amizade um cursinho de autoestima e assertividade. Dali pra frente, todo frio na barriga que você me causasse eu veria como admiração — porque era só isso mesmo: eu te admirava. Tava claro.

Foi aí que você chegou, dando dois tapas amigáveis no meu joelho e deitando do meu lado, no degrau de baixo, antes que eu pudesse me levantar.

— Cansou? — te perguntei sem um pingo de nervosismo.

Se você tivesse chegado dez segundos antes, teria sido terrível pra minha sanidade. Mas agora? Agora eu sabia o que estava acontecendo.

— Depois daquele show? Claro, pô.

Rimos. Pela primeira vez eu vi uma sombra de nervosismo em você, quando emendou a pergunta:

— Cê ficou chateado, cara?

— O quê?

— Eu exagerei? Perdi a linha?

— Ué, no karaokê?

— É. Não sei. Vocês são irados, eu senti que tinha que fazer alguma coisa à altura, sabe? Mas acho que extrapolei um pouco. Não quero que você ache que…

— Relaxa cara, tá tudo certo. Tá com medo da gente, é isso?

— Não é medo. É que vocês são todos enturmados já. Parece que eu tô fazendo um teste.

— E tá mesmo.

— Tô?

— Bateu medo agora?

— Um pouquinho.

— Tá com medinho da gente?

— Da gente?

— Tá com medinho de *mim*? — perguntei.

— De *você*?! — Você riu.

— Qual foi?! Eu posso dar medo.

Você bufou e riu mais da minha cara.

Eu avancei direto nas suas costelas, num ataque de cosquinha. Você se contorceu todo.

— Fala que tem medo!

— Nunca!

— Fala!

No segundo seguinte, foi você que veio pra cima de mim. Eu chutei a cerveja e me contorci, rindo, desesperado.

— Opa — disse uma voz que não era minha nem sua. — Tô interrompendo alguma coisa?

Era o Matos.

Imediatamente nos endireitamos, você mais por reflexo de me imitar do que por culpa, como no meu caso. Era só cosquinha, mas minha sensação foi de que estávamos fazendo algo muito errado.

— Interrompendo a lição de moral que eu tava dando nesse moleque — você falou, espetando um golpe de misericórdia nas minhas costelas.

— A Lexa tá convocando vocês dois. Ela já escolheu a música.

— Ah, não. Qual? — perguntei.

— "I kissed a girl".

And I liked it. The taste of her cherry chapstick.

I kissed a girl just to try it.

A música tinha acabado de estourar, mas todo mundo já sabia a letra de cor. Instantes depois, nós cantávamos acompanhados da Katy Perry na TV, marcando uma das melhores performances da história do karaokê. Incorporamos gogo boys e nos juntamos em cima da Lexa, que ficou tão envergonhada, mas tão envergonhada, que não conseguiu nem olhar pra gente, se acabando de rir. Nossos amigos assobiaram, bateram palma, até tiraram uma foto nossa com a Katy na TV pra postar.

Minhas preocupações já não existiam mais. A montanha-russa de emoções da noite tinha se estabilizado, e o karaokê correu leve e tranquilo até tarde. Um a um íamos apagando. Uns na sala, outros se retirando pra dormir em colchões nos quartos. Lexa deitou no meu ombro ali mesmo, no sofá. Fiz cafuné até que ela dormisse. Você ainda cantava no videogame — agora mais pra si mesmo, uma das suas músicas de hominho roqueiro. Adormeci te assistindo.

A primeira vez que acordei, algum tempo depois, já tava tudo apagado. Você se deitou no ombro da Lexa, que nem ela havia feito comigo. Meu braço passava por trás do pescoço dela, de modo que minha mão encostava na sua nuca. Apertei de leve. De leve o suficiente pra poder alegar sonambulismo se você acordasse — mas você ficou quietinho. Segui te fazendo um carinho imperceptível e acabei dormindo de novo.

A segunda vez que acordei foi com Lexa se mexendo. Minha mão não tava mais na sua nuca. Você tinha mudado de posição. Agora tava grudado na Lexa, beijando sua boca bem devagarinho — devagar o suficiente pra eu não ter direito de ficar ofendido, mas com desejo suficiente pros movimentos de vocês me acordarem. Ela te afastou, carinhosa, levantou com graça, pegou sua mão e te puxou pra longe dali. Provavelmente pro quarto dela, ou algum canto com privacidade. Pra ficarem sozinhos. Assim como eu fiquei, lá no sofá.

JUNHO DE 2008

Tudo bem. Estava tudo bem.

Eu não podia ficar chateado com aquilo. Afinal de contas, não queria *você;* só queria ser *como* você. Ser o cara relaxado que se infiltra num grupo de amigos do dia pra noite e conquista meninas com beijos discretos bem à vista de todo mundo.

Você fazia com que a tarefa de ser homem parecesse fácil e até divertida. Eu queria isso.

Queria me divertir, ficar confortável comigo mesmo e cumprir o papel social que esperavam de mim. Uma coisa que parecia tão simples e ao mesmo tempo impossível de conseguir. Era só botar um boné e fazer piada suja. Chegar nas meninas e depois contar pros caras. Um teatrinho. Eu sabia o que tinha que fazer — mas agir de fato era outra história. Só que ali estava você, Theo, me provando que era possível ser homem sem ser detestável.

Você me apresentou o exemplo. Agora eu queria aprender.

Acontece que, apesar de toda essa racionalização, eu ainda sentia um desconforto quando você abraçava a Lexa por trás no recreio. E quando ouvia as meninas te elogiando baixinho, pelas costas. E quando pessoas se aproximavam do nosso grupo não por um de nós — ou de Lexa, que era quem geralmente transitava melhor entre os alunos —, mas por causa dos seus cachos escuros e sorriso torto. Minhas entranhas se reviravam numa raiva silenciosa que me fazia engolir em seco e pensar: *olha e aprende.* Afinal, essa era a causa, né, da minha raiva: não conseguir ser como você. Era só isso que eu queria.

Quanto tempo gastei nessa palhaçada.

Se naquela época eu não vivesse rodeado de caras raivosos porque não podiam ser como você, como o Matos, talvez eu não tivesse persistido nessa teoria absurda por tanto tempo. A inveja desses garotos me ajudava a mentir pra mim mesmo e, de um jeito estranho, me ajudava a me conectar com eles. Finalmente algo em comum.

Esse sentimento que você despertou em mim mudou um tanto minhas relações sociais naquele ano. Me afastei um pouco da Lexa. Na verdade, a gente se via quase sempre, mas nunca apenas nós dois. Eu evitava passar momentos sozinho com ela.

Além disso, acabei me aproximando do Matos, que alimentava essa rixa secreta contigo. A gente saía e sempre chegava um momento da noite em que fazíamos umas piadinhas sobre o seu jeito. O conquistador, o sonso. Escondam os violões antes que ele toque NX Zero ou algum clássico de acampamento. Escondam as garotas antes que ele dê um papinho no ouvido delas e fure seu olho. Escondam seus corações, era o que queríamos dizer, porque você quebrava todos aqueles dos quais se aproximava. Sem querer ou querendo. Quando eu estava com o Matos, dizia que era querendo — mas, quando estava sozinho, acreditava que era sem querer. Afinal, você não era dos caras mais expansivos. Não era do tipo que sai dando em cima de todo mundo, borrifando carisma. Só que existe alguma coisa em você, Theo, alguma coisa na sua presença que é suficiente pra enfeitiçar as pessoas ao seu redor. E isso dá ainda mais raiva.

Por isso, eu entendia bem demais a fantasia do Matos de tomar o seu papel de sonho adolescente. A minha fantasia secreta, porém, era ser o dono do coração que você quebrava.

Lembra que foi nessa mesma época que a gente chegou a se aproximar, né? Na minha fuga pra evitar ficar sozinho com Lexa, acabava encontrando você.

Sempre conseguia uns instantes só contigo — fosse nas festas, fosse numa social, ou no clássico karaokê. Quando o Matos, os outros caras e as meninas não estavam perto, a gente ria que nem naquela primeira noite, no ataque de cosquinha, sempre fazendo alguma coisa idiota. Parecíamos duas crianças. Metíamos massa crua de pizza na cara um do outro, você jogava gelo na minha camisa, eu te assustava. Ou então falávamos de coisas que não deviam ser ditas quando tava todo mundo junto.

Foi nesses papos secretos que descobri que você vinha de uma família de espíritas e tava estudando os livros do Kardec, mas escondia dos pais que tava mais interessado numa leitura budista paralela. Que te contei dos meus planos tímidos, quase secretos, de voltar pro teatro e talvez cursar artes cênicas na faculdade. Descobri que você também amava *As meninas superpoderosas* e fazia uma imitação hilária de Ele — coisa que nenhum cara do ensino médio de qualquer escola ousaria fazer em público naquela época.

Como a gente se divertia longe dos outros.

Descobrimos também gostos em comum, como sabores de pizza favoritos, amor por piscina e temperatura de ar-condicionado congelante. Víamos cardápios juntos nos restaurantes e trocávamos mensagens antes de cada dia nas casas dos amigos:

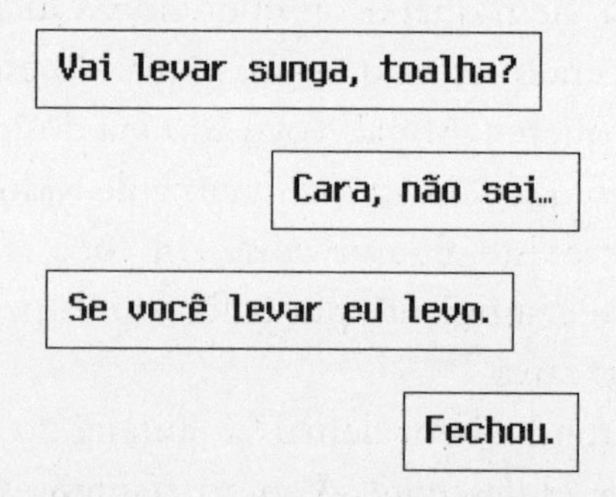

E também adquirimos o hábito mais vergonhoso pro meu raciocínio teimoso de *quero ser você*: sempre dormíamos juntos nos rolês. Aham, isso era indispensável pra aprender contigo. Ficar bem pertinho, pra ver todos os seus movimentos, especialmente a respiração sonolenta. Que idiota.

Acho que a única coisa que salvava minha justificativa delirante era o fato de que ninguém aguentava o ar-condicionado no mínimo. Depois que nos encontramos, soubemos que deveríamos nos unir em nome do conforto climático. Dominávamos um quarto e quem quisesse entrar no nosso território teria que aguentar nossas regras. Era só isso. Muito simples, muito prático. A gente dividia a cama, sofá ou colchão que tivesse no lugar mais frio da casa e fazíamos uma barreira ridícula entre a gente com a coberta. Assim ninguém podia nos acusar de viadagem.

Era ridículo.

Ridículo, porque eu ainda acordava a um palmo do seu rosto de manhã, dando de cara com seus olhos já despertos em mim. Ridículo, porque a barreira não impediria nada de acontecer se a gente decidisse que queria. Ridículo, porque eu não queria que tivesse barreira nenhuma, só pra ter uma desculpa quando te abraçasse durante a noite, assim, sem querer. Ops.

Minha negação não durou nem até o fim do ano. Eu deveria estar me concentrando na recuperação de química inorgânica, mas só conseguia pensar em você. Eu só queria pensar em você.

Desisti.

Aceitei que estava apaixonado. Agora tinha que decidir o que fazer com isso.

Dois dias depois, você avisou que não voltaria no ano seguinte.

NOVEMBRO DE 2008

Eu lembro que era o intervalo entre a aula de espanhol e a de literatura. Você, que sentava na minha frente, jogou a cabeça pra trás e deitou na minha mesa.

— Bora ver um terror esse fim de semana? — perguntou, me encarando com grandes olhos pedintes.

Comecei a fazer carinho no seu cabelo discretamente.

— Bora, pô. Mas o quê?

— *REC*.

— O espanhol de Zumbi?

— Isso! Tô doido pra...

— Já vi.

— Ah... Então *Cloversprield*!

— Quê?

— *Cloverson*?

— Theo? Cê tá tendo um AVC?

— Ah, moleque, é um Clover aí. Um monstrão que cai do espaço. Bora?

— Vou pensar.

— Ah, é? — Você levantou a cabeça da minha mesa e se virou pra mim. — Pensa bem então, porque pode ser agora ou nunca.

Agora ou nunca... *o quê?*

— Como assim? — perguntei.

— Não volto ano que vem pra escola.

O resto da sala toda se apagou naquele momento pra mim. Só você importava.

— E não vai terminar o ensino médio? — te perguntei.

— Vou, mas fazendo supletivo.

— E pode isso?

— Pode. Não sou bom na escola e não quero fazer medicina nem nada assim. Um cursinho vai servir. Acabo logo com isso.

— E o que você quer fazer, afinal? — perguntei.

— Cara, sei lá. Administração, marketing, um troço desses.

— A única coisa que já pensei em fazer foi artes cênicas. Mas nem rola, né. Acho que vou pra publicidade. Não é tipo marketing?

— Sei lá. Parece.

Pensei um pouquinho, antes de prosseguir:

— Bem, pelo menos a gente ainda vai se ver, né? Já sabe onde vai ser o cursinho?

— Em Petrópolis.

— Tá de zoa.

— Não. É mais barato. Vou ficar na casa da minha tia. Vai ser até bom pra dar um tempo daqui. Não aguento mais a minha família.

— Que bom, então.

— Mas a gente ainda vai poder se ver. Eu, você, Lexa, a galera. Venho pra cá quando der, e vocês podem ir pra lá. Petrópolis não é tão longe assim.

— Eu sei.

— Cê tá triste, cara? — você me perguntou.

— Não, não, pô.

— Qual foi, nem um pouquinho?

— Quer saber a verdade?

Você fez que sim, com um sorriso malicioso. Eu retribuí e agarrei sua cabeça com as duas mãos e me aproximei levemente:

— A verdade é que se você for embora sem me dar uma segunda chance no *Smash* eu vou acabar com a tua vid…

— Iiiiiiiiiiiihhhh.

Uma voz que não era minha nem sua tomou a sala inteira.

Lucas.

Ele nos encarava lá de trás, com uma expressão de predador, fazendo sua corte de hienas gargalhar. Forçando a voz de macho que eu sabia que ele não tinha, falou bem alto para a sala toda ouvir:

— Aqui não, hein. Arranja um motel.

Sem nem pensar, tirei as mãos imediatamente do seu rosto, Theo. Com urgência, com medo. Senti meus ombros se encolherem e não consegui mais olhar ninguém nos olhos. Eu simplesmente não fui capaz de conter a sensação de que estava te contaminando com minha viadagem. Afinal, eu estava acostumado com a patrulha do Lucas. Aquilo não era novidade pra mim. Agora, arrastar você pra um inferno desses era um crime. E o criminoso era eu. O desejo era meu.

Mas você só levantou o dedo do meio pro Lucas e me deu dois tapinhas reconfortantes no braço.

Em outro lado da sala, ouvi Lexa falar em alto e bom som:

— Babaca.

Enquanto ela atravessava o mar de carteiras em nossa direção, vários IAAAAAIIIIII! eclodiram pela turma, agora direcionados ao Lucas, que tinha resmungado alguma coisa.

Lexa sentou no seu lugar de direito, do nosso lado, e se inclinou pra gente, já com um convite:

— Karaokê esse fim de semana?

Quando eu ia responder que talvez não desse, você me atropelou:

— Fechô.

Quando soube que seria o seu último, Lexa fez questão de montar um karaokê glorificado. Compramos umas decorações baratinhas, nos dedicamos a fazer mais do que só brigadeiro e cada um de nós em algum momento te abraçou de um jeito um pouco mais especial, sussurrando às vezes um "vou sentir sua falta". Até o Matos fez isso, e foi sincero, ainda por cima.

Fiquei feliz quando ele passou um braço pelos seus ombros e bateu no seu peito de um jeito camarada.

— Parte o dobro de corações lá no cursinho, tá bom?

Todo mundo riu, inclusive você. O rancor que o Matos nutria por você tinha se tornado cada vez mais óbvio pra todo mundo — ao contrário do meu, que ia ficando mais secreto —, então foi uma surpresa deliciosa ver as armas baixarem naquela noite de despedida. O clima era de tanta paz que você e a Lexa ficaram de casalzinho a noite toda e ninguém se incomodou. Ninguém, leia-se eu e o Matos. Acho que entramos numa mentalidade de que era nosso último dia de sofrimento, o que tornava a pior das torturas bem mais suportável.

Você e a Lexa cantaram juntos, se beijaram e sumiram por um tempo. Eu sabia que você era um aperitivo pra ela, *meu galã de uma noite*, como ela tinha me dito num recreio. Eu só tinha que aguentar mais um pouco. Sabendo disso, consegui aproveitar muito bem. Foi um dos melhores karaokês que fizemos, com certeza.

Mas a melhor parte não foi naquela noite.

Apesar da sua proximidade com a Lexa, seguimos nossa estratégia de guerra na hora de dormir. Ocupamos o quarto vago do irmão dela, expulsamos um amigo que tinha ousado pegar a cama de casal, o exilando num bolo de edredons no chão, e ligamos o ar na menor temperatura possível. Dessa vez, estávamos tão exaustos que nem nos preocupamos em colocar a barreira de cobertor no meio da gente.

Ainda assim, não rolou nada. Eu dormi no meu canto, você, no seu. Foi de manhã que as coisas ficaram melhores. Eu acordei. Você acordou. Um palmo era tudo o que separava nossos olhos. Olhos que se enlaçaram por muitos minutos, sem vergonhas, sem palavras. O ronronar do ar-condicionado ao fundo, a luz suave do dia escapando pelas frestas da cortina, nosso amigo apagado no chão e a gente se olhando por uma das últimas vezes naquele ano. Talvez pra sempre. Foram minutos inteiros só observando suas sobrancelhas, seu cabelo, seus lábios.

— Eu quero uma despedida contigo — você sussurrou, rouco.

— Só comigo?

Você assentiu.

— *Cloverson*? — perguntei.

Você abriu o sorriso mais lindo do mundo e assentiu com ainda mais energia. Empolgado que nem criança.

— *Cloverson* — respondeu.

E aí você pegou seu travesseiro e jogou na minha cara. Levantou da cama em um pulo e saiu do quarto sem olhar pra trás. Nada na noite anterior tinha me deixado tão feliz quanto aquela promessa. Nenhuma realidade pode ser tão perfeita quanto uma promessa.

Sempre que queria esconder alguma coisa de mim mesmo, eu tinha que escapar da Lexa também.

Nunca consegui esconder nada dessa mulher. O único jeito de impedi-la de farejar o que quer que eu estivesse sentindo era simplesmente evitar sua presença. E foi isso que fiz naqueles dias entre o karaokê e nosso filme. Só a fuga poderia me salvar de ser sincero comigo mesmo e de botar pra fora tudo que estava tentando esconder.

Theo, o que eu menos queria na contagem regressiva até a nossa despedida era que notassem quão animado eu tava pra te ver e, pior ainda, ter que esconder essa animação. Como homem, eu já devia ter meio que me acostumado a silenciar minhas emoções verdadeiras naquela altura do campeonato — mas nunca fui lá um bom modelo de masculinidade, né. Não fazia sentido. Eu não tinha vontade.

Eu queria poder falar de você o tempo inteiro pra todo mundo.

Queria ir na sua casa e dormir do seu lado, com o ar-condicionado no mínimo e um cobertor entre a gente, porque era isso que fazia meu coração acelerar. Com essas migalhinhas eu já ficava feliz. Tão feliz. E sabia que, se me encontrasse com a Lexa, eu me sentiria confortável o suficiente pra contar isso pra ela. Começaria a falar de você, de tudo que gostava em você, desde os olhos gentis ao jeito que passava o braço pelos meus ombros. Se deixasse uma verdade escapar, todas as outras seguiriam numa avalanche descontrolada. Não podia me dar a esse luxo. Não podia me sentir confortável.

A saída mais segura era passar menos tempo com os meus pensamentos e com as pessoas com quem eu me abriria — vulgo Lexa —, e mais tempo na companhia de gente que não me desse tanta liberdade.

Foi assim que passei a frequentar a casa do Matos.

Ele e nossos amigos homens eram a companhia perfeita pro meu propósito: divertidos o suficiente pra não me deixar pensar e masculinos o suficiente pra não me oferecer qualquer brecha real de intimidade. A gente tava sempre fazendo algo. Bebendo, jogando baralho, videogame, dando uma volta, indo na praia, rindo — não sobrava nenhum espaço pra falar de nós mesmos. E era disso que eu precisava.

Faltava um dia pra me despedir de você, só um dia, quando todos os meus esforços foram ameaçados. Era uma social na casa do Matos numa sexta-feira. Você não tava, graças a Deus. E eu, ingênuo, me senti seguro. Fui na cozinha pegar uma garrafa de ice quando uma mão pousou no meu ombro.

— E aí, sumido. — Lexa disse ao pé do meu ouvido.

Dei um pulo pra trás, e ela riu.

— Ih, tá assustado?

— Nada.

— Posso dividir com você? — Ela apontou pra garrafa. — Não vou conseguir matar uma sozinha e acho que você não devia matar outra inteira.

— Sim, mamãe.

— Ah, para. Eu ainda lembro do dia do risoto. Já esqueceu?

— Ok, ok. Cê tá certa.

Dei um golão e passei a garrafa pra ela.

— Que que houve?

— Houve nada, ué.

— Anda fazendo o quê, que não foi mais lá em casa?

— Sei lá. Tô vendo muito os caras. Praia, social, essas coisas. — E aí, a brilhante ideia de virar o jogo me passou pela cabeça: — E você, por que anda sumida?

— O Matos não me chama pra nada faz um tempo. E acho que agora que você só anda com ele…

— Putz. Mas hoje ele chamou?

— Eu me chamei. Ele é outro que tá escondendo alguma coisa.

— Outro?

— É. O primeiro a esconder coisas aqui é o senhor.

— Eita! Você sabe que não sou nem capaz disso. Sou transparente pra você.

— Por isso que eu tô aqui.

E me passou a garrafa. Fiquei tão tenso que não consegui beber.

— Me fala, lindo. — Lexa olhou fundo nos meus olhos. — O que é que tá acontecendo?

Era tudo o que eu precisava pra falar de você.

A menor brecha, o menor incentivo.

Já tava na beira do penhasco. Esse era o empurrão de que eu não precisava. Ela abalou meu equilíbrio, e eu me deixei tombar. Me inclinei em direção a tudo o que tava sentindo por você — e encontrei os lábios dela no caminho.

O beijo começou como uma surpresa. Eu mesmo não sabia o que tava acontecendo. Mas aos poucos fui descobrindo. Me aproximei quando Lexa me puxou. Pressionei o corpo dela contra a porta da geladeira e coloquei as mãos nos seus quadris macios. Apertei. Tudo parecia fisicamente certo, só que eu ainda não sentia nada. Tentei pressionar mais, apertar mais, na esperança de fabricar o desejo de que todos falam, mas quanto mais eu me esforçava, mais impossível parecia.

De repente, Lexa se afastou. Me olhou por algum tempo. Tentei, mas não consegui ler o que se passava na cabeça dela, até que:

— Tô feliz que seu primeiro beijo foi comigo.

— Ah. Eu também.

— É. — Lexa abriu um sorriso doce. — Mas vamos deixar por isso mesmo, ok?

— Ok.

Deu um beijinho na minha bochecha.

— Quer ir lá em casa essa semana?

— Quero.

Ela pegou a garrafa da minha mão e foi saindo da cozinha. Eu chamei:

— Lexa. — Ela se virou. — O Matos gosta de você. De verdade.

Ela sorriu, linda, e saiu.

Suspirei aliviado e fui embora pouco tempo depois, quando vi Lexa e Matos ocupados em um canto da sala.

NOSSA DESPEDiDA

Cloverfield é o nome do filme que a gente planejou assistir, e foi o filme que sugou minha alma.

Me lembro da sensação exata de chegar na sua casa nos limites da civilização, lá na Praia da Macumba, animadíssimo para viver um romance inesquecível. Compramos guloseimas, ficamos de papo e aí sentamos para ver o filme. Um filme de terror. *Cloverfield*.

Por muitos anos eu usaria a estratégia do filme de terror nos meus dates. "Ai, que medo, um espírito! Deixa eu colocar minha mão na sua coxa para me acalmar." Ou vem pra cá, fica aqui coladinho em mim, eu te projeto. Nada de risos, nada de lágrimas. A emoção mais condutiva para o amor é o medo.

É o susto, na verdade. Foi isso o que aprendi naquele dia.

Eu não estava esperando que um Godzilla que cai do céu e acaba com Nova York fosse levar mais de dois segundos na minha mente. Mas assim que o filme acabou, eu soube que estava transformado. Senti que uma parte importante da minha inocência tinha sido fulminada.

Da nossa inocência. Porque quando me virei pra você, enxerguei a mesma expressão murcha de desesperança que tomava meu rosto. Que belo começo pra noite de romance que eu pensei que a gente teria, hein.

Nos deixamos ficar paralisados por algum tempo no sofá, até os créditos acabarem, em silêncio absoluto. E aí, quando os nominhos pararam de correr na tela, você simplesmente pulou, abriu um sorriso e disse que estava morrendo de fome, como se nada tivesse acontecido.

Mas tinha. E mesmo quando pedimos pizza e jogamos *Super Smash* no seu GameCube, senti que o filme ainda estava com a gente. E, ironicamente, estava causando o mesmo efeito que eu tinha planejado: nos deixar pertinho um do outro. A gente riu, gritou, se animou, mas a catástrofe de *Cloverfield* nos fazia lembrar que nenhuma alegria é capaz de impedir a tragédia. Que estamos e sempre estaremos sozinhos, não importa o tamanho do nosso amor.

Com medo disso, não desgrudamos.

Sempre uma perna colada na outra jogando videogame, sempre um toque das mãos andando pela casa e abraços espontâneos. Abraços que duravam cada vez mais, de segundo em segundo, crescendo como nosso medo. Ainda bem que sua família tinha saído naquela noite.

Foi nesse grude apavorado que fomos fazer o quê? A única coisa realmente indispensável em uma noite tórrida de amor: brigadeiro.

Enquanto eu mexia na panela, você se aproximou por trás e ficou ali assistindo por cima do meu ombro. Sem encostar de verdade, dessa vez, mas tão perto que eu sentia o seu calor.

Completamente tenso e fora de mim, nem vi o tempo passar. Precisei que você me dissesse:

— Ou, tá bom isso aí, já.

— Cê acha?

— Aham. Desliga e deixa aí. Vamos lá fora.

— Lá fora? Agora?

As luzes amareladas da casa e o seu toque conseguiram aplacar a desesperança que *Cloverfield* tinha me inspirado, mas eu não sabia se já tava pronto pra enfrentar a escuridão lá fora.

— Tu vai gostar.

Você pegou minha mão e foi me levando. Como te dizer não?

Você sentou na beira da piscina, colocou os pés dentro d'água e deu tapinhas no chão ao seu lado, pra que eu me juntasse. Sentei coladinho. Você deitou. Eu também, logo em seguida.

— É agora que você vai tirar o violão e cantar Green Day? — perguntei, pra implicar contigo.

— Quer uma serenata?

— Tá doido?

— Ainda bem. Sei pouquinho de música, na real. Mas sei alguma coisa de astronomia. Gosto de tentar achar umas constelações. Aqui é bem bom pra isso.

— Astronomia? Você?

— Qual foi?!

— Nada, não. — Eu ri. — É só meio bizarro. Não esperava isso.

— Você também é uma caixinha de surpresas.

— Eu? Como assim? — perguntei.

— Deixa quieto.

— Ah, não. Ninguém fala uma coisa dessas assim do nada, Theo. Por que eu sou uma caixinha de surpresas?

— Cê é legal.

— *Legal*. Você não esperava que eu fosse legal?

— Mais legal que os outros caras. Não sei dizer. Você é meio diferente.

Se eu tivesse os olhos e ouvidos de hoje, provavelmente teria ficado feliz com isso — mas na época interpretei como algo péssimo.

Me joguei direto naquela memória constrangedora da conversa no carro com meu pai, anos antes. Apesar de todo tempo de luta e esforço pra me encaixar, eu ainda era aquele menino que não tinha consciência da própria inadequação. Apesar de todo o meu esforço pra ser como os outros homens, ainda tinha uma coisa que me diferenciava deles.

Eu era mais *legal* que os outros.

Provavelmente menos agressivo. Menos orgulhoso. Molenga. Emotivo. Amigo de garotas. Metido a espertinho. Ou seja, eu ainda era um viadinho. Apesar das zoações, dos bonés, dos palavrões, eu ainda era diferente dos outros caras.

Minha resposta pra você foi rir do jeito mais natural que consegui — o que me pareceu bem mentiroso. Me sentei. Ficamos em silêncio por uns instantes. Você mexendo os pés na água, deitado. Meus olhos no reflexo da piscina, tristes. Minha mente na minha própria inadequação.

— Cê sabe alguma coisa de constelação? — você perguntou.

— Não. Nunca consegui ver nada no céu.

— Aqui, ó. — E levantou o corpo. Se aproximou. Seu calor encostou em mim.

Instantaneamente todo o desconforto que se espalhava pelo meu corpo retrocedeu, como um animal peçonhento voltando pra toca. Assim, de um segundo pro outro. Bastou você apoiar o queixo no meu ombro e colocar a mão sobre a minha. Seu corpo ficou pendendo pra cima de mim, enquanto seu braço passava pela extensão das minhas costas.

— Vou te ensinar. A gente começa pelas mais fáceis. Aquelas três ali, tá vendo?

— Não.

E, pra apontar, você se aproximou ainda mais.

Começou a me falar de estrelas das quais eu nunca mais lembraria. Um nome grego atrás do outro. Sussurrando no meu ouvido coisas de ciência pras quais eu não tava nem aí. Mas ouvi cada sílaba, e respondi às perguntas que me fez. Ainda consegui elaborar alguns comentários genéricos. Não sei se já te contei isso, ou se você percebeu, mas na maior parte daquela conversa eu fiquei de olhos fechados. Estrelas e planetas importavam tão pouco em comparação à sua presença. As coisas do céu continuariam lá, mas aquele momento tava passando rápido. Tão rápido. Sem a visão das estrelas pra me atrapalhar, consegui te aproveitar melhor.

Quando acreditei que fosse varar a noite falando do espaço, você ficou quieto de repente. Parou de falar e, ainda assim, continuou com a cabeça apoiada no meu ombro. Tive a impressão de que sua mão se fechou ainda mais na minha. Não sei. O que sei é que ficamos quietinhos mexendo os pés na água. Depois de um tempo, você deitou no chão de novo, me puxando delicadamente. Recostei a cabeça no seu peito e te olhei. Só que você ainda tava encarando o céu. Os olhos desfocados, mas apontados pras suas constelações.

Naquela quietude pacífica e satisfeita, a gente dormiu.

Theo, foi naquela noite que você me mostrou o que eu realmente quero de outra pessoa. Apesar de ter demorado ainda alguns anos pra elaborar isso, naquele instante eu entendi que busco nos outros a mesma intimidade que vivemos ali, na sua piscina.

Fácil, né? Simples.

Anos de experiências, anos batendo a cabeça pra entender que o que eu quero, ainda hoje e agora, é replicar uma intimidade quieta. Nada grandioso. Nada complicado. Nunca me interessei em perder o BV, em pegar vinte numa noite, nem em transar.

O que eu queria e ainda quero é deitar em silêncio com alguém e deixar a felicidade me encharcar.

Simples na teoria.

Complicado na prática.

Eu devia ter dito que te amava naquele momento.

Como teria sido a nossa vida, então?

Acordamos e fritamos um bocado no sol antes de seus pais chegarem. O barulho das chaves foi nosso despertador. Vi o pavor nos seus olhos e, instantaneamente, me enchi dele também. Você não soube o que fazer, Theo, então eu me virei e disse:

— A gente tá na piscina.

Tirei sua camisa. Depois a minha. E pulei na água.

Você veio logo em seguida e, alguns instantes depois, seus pais e irmão mais novo apareceram. Ninguém suspeitou de nada, e o medo sumiu do seu rosto. Só então comecei a relaxar. Almocei com a sua família e fui embora. A gente não conversou sobre a noite anterior, nem naquele dia nem depois. Você foi pra Petrópolis vinte horas mais tarde. Passamos a trocar mensagens falando de tudo, até tarde da noite, sobre coisas que homens geralmente não falam. Elas eram cheias de carinho enviesado e iam fundo nas emoções. Meia-noite, uma hora, três, até cinco da manhã — e só não fizemos chamada de vídeo porque isso ainda não existia. Ou era caro. Sei lá.

Falávamos de tudo, menos daquela noite. Do seu queixo na minha cabeça deitada no seu peito.

Era um romance o que a gente tinha, não era? Será que era possível eu estar tão iludido assim, pra enxergar afeto em coisas normais? Será que dormir agarrado com um amigo era comum e ninguém nunca me disse?

Theo, você quase me enlouqueceu naquela época. Seu silêncio e sua fuga sempre que eu tentava tocar no assunto me deixavam com medo. Medo de estar imaginando tudo aquilo, de ter me tornado um stalker, de ser direto contigo e te deixar com raiva. Medo de te perder. A verdade é que eu tinha muito pouco, porque tudo tava na minha cabeça. Mas, ainda assim, era o suficiente pra me alimentar com a esperança de viver felicidades maiores.

Talvez eu estivesse ficando doido.

Talvez você interpretasse a nossa amizade de um jeito completamente diferente.

Talvez eu fosse só um trouxa comendo na sua mão.

Mas eu tirava prazer daquilo. Enquanto ninguém mais me abraçasse do jeito que você abraçou, enquanto ninguém mais me despertasse interesse, eu ainda guardaria meu coração pra você. Trouxa. É claro que não me colocaria nesse papel tão ridículo e complicado se conseguisse controlar a euforia que você me causava.

Era muito engraçado escrever essas palavras melosas porque, até aquele momento, com exceção da nossa história, a minha fama sempre foi de frio e desinteressado. Com exceção das nossas mensagens, eu demonstrava pouco sentimento — especialmente com os caras. Muitos risos, muita brincadeira, mas pouco afeto.

Ter ficado com a Lexa tinha me ajudado a quebrar esse gelo.

A notícia se espalhou, e o povo parou de me cutucar pra perder o BV. Quando alguém ameaçava se meter ou insinuava qualquer coisa sobre mim, eu pegava uma menina na festa seguinte só pra calar a boca do povo. Nunca passou disso. Até pensei em pedir a Lexa em namoro, mas demorei demais. Ela e Matos viraram um casal antes mesmo de as aulas recomeçarem. Mas, de qualquer forma, minha estratégia não teria adiantado de nada. Quando voltei pra escola, meu pensamento continuava em você. Ainda mais longe do que a serra que nos separava. Estava lá naquele dia na beira da piscina.

PARTE II

Summer has come and passed
The innocent can never last
Wake me up when September ends
"Wake me up when September ends", Green Day

DEZEMBRO DE 2010

Passei o resto do ensino médio na calmaria aflita que era a adolescência da classe média barrense. Atormentado pelo vestibular e pela pressão de escolher uma carreira. Pela minha própria cobrança de aproveitar cada segundo como se fosse o último — mas sempre acreditando que nenhum prazer era suficiente assim que ele acabava. Atormentado pelas correntes de fofocas das festinhas, pelo drama raso do momento, que nunca resultava em nada.

Nada resultava em nada na adolescência.

Parecia um ensaio pro nosso futuro. Nada de grandioso ou surpreendente, mas sempre uma sensação de apreensão e ansiedade. Por isso a calmaria. E por isso a tormenta. De todos os vazios da nossa turma, eu me sentia o pior. Nunca era alvo de nenhum causo, nada me afetava de verdade. Eu era só um observador entediado. Você chegou, me balançou e, quando partiu, levou meu ânimo junto, Theo.

A gente não sumiu totalmente da vida um do outro nessa época. Conversamos muito nos primeiros meses da sua mudança e depois fomos desaparecendo. Você chegou a voltar algumas vezes. Nos encontramos, tanto com a galera quanto sozinhos, mas toda a intimidade que a gente tinha construído ficou meio nebulosa de repente. Momentos de silêncio que antes me enchiam de paz se transformaram em bolsões de ansiedade que eu corria pra preencher. Meus esbarrões propositais na sua mão já não pareciam mais tão certos. Nossa batida saiu de ritmo, e eu soube imediatamente que esse descompasso era mais uma prova de que eu tinha inventado um afeto que não tinha existido — que *nunca* tinha existido entre a gente.

Quando você sumiu das minhas mensagens e da minha vida, Theo, eu acabei nem notando. Meu desejo por você à distância já não tinha o prazer do convívio. Virou uma fonte de inquietação. Te ver era pisar em ovos. Eu ficava tão exausto e apavorado de te encontrar que nossas despedidas deixaram aos poucos de ter sabor doloroso pra se tornar um alívio fresco que ficava no meu paladar por horas.

Ufa, não foi dessa vez que eu o ofendi com um abraço.

Será que eu arruinaria tudo se desse um cheiro no seu pescoço?

Ou se recostasse minha cabeça no seu ombro, fazendo de conta que dormi no ônibus?

Não. Não podia arriscar estragar a nossa relação.

Mas que relação? Uma relação que vive de microataques de pânico? Eu estava cansado. Dessa confusão ridícula, desse gaslighting que você tava fazendo comigo, ou que eu mesmo criava voluntariamente. Todo o sofrimento quieto que não doía, todas as barreiras que a gente não teve coragem de quebrar, tudo o que antes era leve e insignificante, de repente pesou. Eu estava cansado. Nos afastamos, e eu aceitei.

Era hora de prestar atenção na faculdade, para a alegria do meu pai. Vestibular, notas, futuro profissional. Seria esse o meu foco dali em diante. Passei o fim do ensino médio com os amigos de sempre. O leal escudeiro da Lexa. Eu, ela, Matos e meu casinho relâmpago da vez. A cada fim de semana, um encontro duplo. Estudos, cinema, provas. Aulas, social, provas. Até a formatura.

FEVEREIRO DE 2011

Fiz um vestibular qualquer e passei em uma universidade privada que cabia no bolso — pra publicidade e propaganda — e enfrentei os trotes, que foram muito mais leves do que eu tinha imaginado. E essa foi a mesma sensação com a experiência universitária em si: muito mais leve do que eu tinha imaginado. Descobri que a melhor e a pior coisa de deixar o ensino médio pra trás eram a sensação de estar recomeçando do zero.

E olha que eu nem fui muito ousado no meu recomeço. Admito que, naquela época, uma das coisas que mais pesou na balança das minhas escolhas de futuro foi o lema do controverso bairro da Barra da Tijuca. Um lema que sintetizava todo o separatismo esnobe que a maior parte dos moradores tinha orgulho de ostentar. Um lema que se resumia em: "faça qualquer coisa sem sair da Barra!".

Faça seu ensino médio sem sair da Barra!

Universidade sem sair da Barra!

Case sem sair da Barra!

Morra sem sair da Barra!

Afinal, pra que alguém iria querer deixar esse paraíso de shoppings e avenidas? Eu, que morava lá no finzinho, quase no Recreio, com certeza não tava muito interessado em ter que pegar três horas de transporte público pra chegar no Rio de Janeiro (afinal, para o resto da cidade, eram lugares totalmente diferentes). A Barra era um grande condomínio. Do qual eu já sabia as regras. Pra que sair agora? *Estude sem sair da Barra?* Pode deixar!

Não me achei acomodado na época. Eu estava disposto a abandonar minha pele antiga, mas vamos com calma, né. Já era um passo grande o suficiente deixar a vida escolar para iniciar a universitária. Eu precisava digerir as mudanças e me adaptar a elas uma por vez. Se o cenário continuasse o mesmo, pelo menos o desafio de adequação seria do tamanho exato que eu conseguisse dar conta.

E, assim, eu recomecei. Entrei na faculdade e comecei a entender que todas as pessoas que a gente conhece, todas as regras sociais não ditas que internalizamos, o espaço que a gente acha que ocupa no mundo, tudo isso some assim que pegamos o diploma no terceiro ano. É como se a gente saísse de uma prisão de segurança máxima pra entrar numa de segurança mínima. Uma oportunidade pra agir de outro jeito, ser melhor, encontrar outro grupo — muita esperança, mas também ansiedade, porque, se não der certo, serão pelo menos mais quatro anos de tortura.

Eu tava superanimado e superansioso. Queria falar com as pessoas, queria rir com elas, sair pra barzinho depois da aula, descobrir como era o mundo fora da nossa escola. Ao mesmo tempo, tinha medo de me levar pela animação e acabar deixando transparecer *aquilo*. E se eu abraçasse um amigo do jeito errado? E se minha voz saísse muito fina e aguda? E se na alegria eu desmunhecasse? Sabe aqueles cachorros que ficam tão, mas tão animados quando o dono chega em casa que parece que sofrem de tanta alegria? Era mais ou menos assim que eu me sentia.

Além de *estudar sem sair da Barra*, minha sorte foi que Lexa tinha ido para o mesmo campus. Eu lá nos andares de cima e ela lá nas cozinhas de baixo. O que era muito oportuno, porque, nas visitas pós-aula que fazia à minha amiga, eu não só desfrutava do descanso de não me preocupar em como agir com pessoas novas, mas também filava o banquete do dia no curso de gastronomia.

Naquele começo de faculdade, eu e Lexa não convivemos muito. Ocupados em criar boas bases pro nosso futuro social ali dentro, acabávamos trocando poucas mensagens e ficávamos sozinhos pra recarregar a bateria social depois das aulas, ou saíamos com os novos amigos nos fins de semana — mas sempre, sempre tirávamos um instante pra nos vermos na faculdade. Cinco minutinhos, um lanche, uma caminhada até a sala 402 ou a cozinha 3. Nossa convivência naquele momento era assim. Por isso eu demorei a descobrir que a vida da Lexa tinha mudado. Foi numa dessas conversas casuais, subindo as escadas para a minha próxima aula, que me dei conta do quanto. Eu disse:

— Vem com a gente. Já fui nesse barzinho e é bem maneiro, acho que você e o Matos vão gostar.

— Não sei, não.

— Por favor! Sei que você tem o Matos, mas eu me considero o homem da sua vida. Você tá me traindo com seu namorado.

Ela riu.

— Ah, você acha que é o homem da minha vida?

— Acho.

— Que convencido.

— Não, não. Não é isso. Eu só acho que sou o homem da sua vida porque você é a minha melhor companhia.

— Iiiih, que papo é esse? O que você quer de mim?

— Credo, quero nada, Lexa. É verdade, ué.

— Bateu saudade?

— Acho que bateu.

Ela me deu um beijinho na bochecha. Não falou mais nada.

— E você, não tá com saudade de mim, não? — pressionei.

Ela deu de ombros e riu alto.

— Retiro o que eu disse — falei, fingindo ressentimento.

— Você sabe que também é minha melhor companhia, seu idiota.

— Aí, sim! Pode deixar que vou guardar esse segredo do Matos.

— Não tem que guardar nada. A gente não tá mais junto, não.

— Ué?

— É isso.

— E você tá bem?

— Eu tô ótima. Ele que não ficou muito legal. Mas vai passar, eu acho. Ele não te procurou?

— Nada. A gente não se fala sem você.

— Jura?

— Aham.

— Que estranho…

— Sei lá… bem, se quiser posso ser seu acompanhante no barzinho, na sexta. Hein, vamo?

— Meu acompanhante? — Ela riu, descrente.

— Já que não tem o Matos, por que não? A gente vai, se diverte, eu afasto os caras chatos que vierem pra cima de você, e você me ajuda a tirar uma ondinha. Se quiser, claro. Não sei se é muito cedo, se você prefere ficar sozinha. É muito cedo? Existe isso? Porque, se você quiser ir pra pegar alguém, também não tem…

— Tá ok. Vamos de casalzinho sexta. Mas você tem que me dar carona.

— Pode deixar.

— Então até lá, lindinho.

Lexa me deu um selinho e foi embora sem olhar pra trás, na maior naturalidade. Fiquei paralisado de surpresa por uns segundos e só fui entrar na sala depois. Percebi olhares curiosos para mim. Sentei bem do lado de um deles.

— Quem era aquela? — perguntou um colega.

Quando a gente chegou no bar, a mesa já tava bem cheia. Eram, na verdade, três, quatro mesas juntas, rodeadas por muito mais cadeiras do que o ideal, e com um amontoado de garrafas vazias num canto. O povo já tava alegrinho e assobiou quando cheguei de mãos dadas com a Lexa. Puxamos mais duas cadeiras e nos esprememos ali, entre meus colegas de curso. Passei o braço pelos ombros dela, que segurou minha mão do outro lado.

Era isso. Hora de fazer um experimento: eu continuaria sendo tratado como sempre do lado de um mulherão como a Lexa?

Apesar de querer bancar a farsa, me senti enferrujado e exposto. Até então, eu não tinha sido muito extrovertido entre os meus colegas.

Sabiam pouco de mim. Ainda estávamos naquela fase de medir uns aos outros, tirando as primeiras impressões. Essa era a minha oportunidade de escapar de vez de quem eu tinha sido na escola. Tinha que dar certo. Era agora ou nunca.

Minha confiança, porém, era como aqueles óculos com nariz e bigode, um disfarce fajuto no qual nem eu mesmo acreditava. Eu fazia de conta que estava arrasando, e os outros faziam de conta que acreditavam.

Mas talvez não fosse exatamente essa a realidade.

Comecei a perceber aos poucos, desde que cheguei com Lexa, que minha imagem no grupo estava realmente começando a mudar. Na minha cabeça eu era, até ali, o menino bonzinho e quietinho que aparecia nos rolês. Mas, ao lado de Lexa, ganhei sorrisos cheios de intenção, fui puxado por várias pessoas diferentes que queriam comentar coisas comigo e senti no ar o raro cheiro de respeito. Com meu braço sobre os ombros dela, eu podia ser um garanhão que come quieto porque, afinal, era *a* Lexa. Que no seu pouco tempo de faculdade já tinha causado a mesma impressão que causava na escola: uma gostosa cheia de carisma que faz suas próprias regras. Dane-se o que os outros acharem, ela vai andar com quem quiser, falar o que quiser e namorar quem quiser. E agora todos achavam que ela tinha *me* escolhido.

Lexa fazia todas as cabeças se virarem, sim, mas era só a minha que podia se aproximar pra sentir o cheiro de baunilha do seu pescoço. Só por esse fato eu já me tornava mais interessante.

Claro que nossa intimidade óbvia não impediu o interesse de outros caras. Dava pra perceber os olhares demorados sobre a minha amiga, e como se esticavam pra falar com ela.

— Ué, você é lá da faculdade? — um deles perguntou.

— Isso.

— Como não te vi ainda?

— Ah, é que eu fico nas masmorras da gastronomia. A gente não encontra quase ninguém dos outros cursos.

— Ah, não. Tá zoando. Gastronomia? — E se virou para mim. — Pô, não rola me chamar pra filar comida depois da aula lá não, cara?

Meio desprevenido, eu ainda pensava no que dizer quando Lexa respondeu:

— Quem tem que te dar permissão sou eu, gato.

— Gato? Gostei.

— Eu não. Muito abusado.

— Opa, foi mal. Não quis ofender.

— Não. Sai daqui — emendou, como uma Regina George.

O garoto ficou plantado, o sorriso escorrendo da cara. A conversa ao nosso redor silenciou com o fora. O clima murchou como um balão furado, pesando a atmosfera de alegria — e então Lexa começou a rir. As pessoas se olharam. Uma ou outra riu também. Outros se juntaram, e depois o próprio menino, aliviado, passou a fazer graça de si mesmo, levantando as mãos e reconhecendo que tinha perdido o jogo.

— Essa é pra aprender a ser menos abusado, garoto. Mas pra ser boazinha deixo você filar meus exercícios, sim. Agora é a hora que você pede permissão pro meu namorado.

Namorado.

O garoto virou pra mim, meio constrangido, mas pagando pra ver. Malícia nos olhos.

— Vou pensar no teu caso — eu disse, deixando claro que não.

A galera riu, e daí pra frente a noite correu ainda mais animada. Conforme íamos ficando bêbados, eu e Lexa íamos nos grudando mais e mais. Coloquei a cabeça no ombro dela, que fez carinho no meu rosto. Um carinho na perna. Mãos enlaçadas. Eu tinha consciência de que era um teatro, mas me parecia natural conforme acontecia. Cada vez mais relaxado, fui pego despreparado pro que veio em seguida.

Sempre chega o momento em que a gente acaba ficando meio perdido entre uma conversa e outra no bar. Eu e Lexa nos perdemos nesse mesmo momento. Olhamos pela mesa, buscando uma brecha de assunto por onde pudéssemos entrar, e acabamos encontrando os olhos um do outro. Tão perto.

Eu dei um selinho nela de brincadeira, mas não afastei o rosto depois. Ela sorriu e esfregou o nariz no meu. Então dei mais um selinho, e outro, e já não era mais brincadeira. Engatamos num beijo longo, daqueles que a gente esquece o que tem ao redor. Ficamos ali tempo demais, parando só pra colar as testas, dar uma risadinha e voltar pro beijo.

Horas depois, eu cumpri minha promessa de levar Lexa em casa. No carro, o rádio era a única voz, mas nosso silêncio não incomodava. A gente tava bem. Em paz. O frio do ar-condicionado, as luzes da cidade à noite, os pingos da chuva que começava a bater no para-brisa. Tudo tinha dado certo. Tava tudo bem.

Estacionei na frente do prédio da Lexa. Sorrimos um pro outro pela milésima vez. Coloquei minha mão sobre a perna dela, que puxou meu rosto pra um beijo de despedida. E depois disse só:

— Até segunda, lindo.

Acompanhei sua caminhada com olhos bobos. Quando sumiu da minha vista, suspirei satisfeito e parti. No meio do caminho, tranquilo e relaxado, comecei a me dar conta de que segunda-feira essa peça teria que se repetir.

E depois, e depois, e depois.

MARÇO DE 2011

Eu e Lexa não nos falamos durante todo aquele fim de semana. Nenhuma mensagem, nenhuma ligação. Na segunda, cheguei atrasado propositalmente e fui direto de uma sala pra outra, cortando meu tempo de corredor. Não era medo que eu estava sentindo, mas quase isso. Algo entre medo e preguiça, com uma pontada de irritação. Não queria ver Lexa porque não sabia como agir. Será que eu deveria agarrar minha namorada na frente de todo mundo? Ou só o nosso cumprimento normal já era suficiente? Como era o nosso cumprimento normal? Ela era minha namorada, ou uma ficante?

Eu não sabia gerenciar o afeto. Estava com receio de frustrar a Lexa. Pensei que, se me desse algum tempo pra pensar e me preparar, eu conseguiria canalizar calma e tranquilidade, e fazer do nosso reencontro uma coisa supernormal e relaxada.

Não foi o que aconteceu.

Depois da minha última aula, fui obrigado a seguir nosso protocolo. Desci as rampas em direção às masmorras da gastronomia. O movimento e as vozes das pessoas foram sumindo, enquanto os risos dos talheres e o cantar das panelas ficavam mais altos. Passei pelo corredor de cozinhas, assistindo o destrinchar de lulas, o flambar das frigideiras e a graça de Lexa, com um cutelo na mão, arrancando uma cabeça de peixe. Ela sorriu ao me ver. Sorri de volta, já sem estômago.

Fiquei ali, esperando, cada vez mais incomodado. Passei a andar de um lado pro outro pra tentar descarregar o nervosismo e não percebi quando a aula acabou. Fui pego de surpresa — ainda me preparava quando os braços da Lexa se fecharam no meu corpo, vindos de trás. Imediata e inesperadamente, tive um estalo. Um estalo bom. Quando me virei e encontrei seu rosto pertinho, minha alegria foi sincera, e abracei minha amiga — minha namorada? Minha ficante? — com o mesmo amor de sempre. E ficou por isso mesmo. Conversamos um pouco com seus amigos e ela me convidou pra um almoço na sua casa.

— Quando?

— Agora.

— Mas nossa.

— Tem muita coisa pra fazer?

— Não. Só uns trabalhos.

— Faz lá em casa. A gente conversa enquanto eu testo um risoto e depois cê faz suas coisas no computador. Eu fico quietinha no *Mario Tennis*, não vou te atrapalhar.

— Ah, não sei…

Foi o que eu disse, pouco antes de partirmos juntinho.

Minha ansiedade foi expelida do corpo com aquele abraço dela, mas me libertei de verdade da neura quando ficamos sozinhos, eu e minha amiga. Fomos pra sua cobertura no Jardim Oceânico e nos instalamos direto na cozinha. Colocamos música e roubamos o vinho branco do risoto de golinho em golinho, até ficarmos felizes a ponto de explodirmos em gargalhadas que nos distraíram do arroz. Ele queimou na medida exata para que pudéssemos ignorar.

Comemos e seguimos pro quarto da Lexa. Ela se jogou na cama já com o controle do GameCube vintage em mãos e eu me joguei em frente ao computador, murcho como um suflê. Fiquei mais ou menos uma hora trabalhando sem trabalhar, secretamente focado nos gritos do Yoshi que vinham da TV ao meu lado. Tentei, juro que tentei, fazer o que devia, mas os xingamentos que Lexa deixava escapar me tiravam a atenção. Depois de perder pro Bowser pela décima vez, ela jogou o controle na cama e soltou um palavrão que me faria chorar se fosse dirigido a mim.

— Deixa eu tentar — falei.

— Boa sorte.

Não ganhei. Mas tentei de novo. E perdi de novo. Ficamos nos revezando contra o Bowser e, no fim das contas, a competição passou a ser entre nós dois. O jogo era oficialmente contra o computador, mas sabíamos que a disputa agora era coisa nossa. Quando percebi no último game do último set que seria eu o perdedor, avancei pra tomada do GameCube, pronto pra sacrificar a última dignidade que me restava.

— NÃO! — gritou Lexa, e se jogou em cima de mim.

Caímos no chão. Eu me arrastei, ela me puxou. Meu braço esticado, a mão dela se fechando no meu rosto. Mesmo sem ver, consegui encontrar o fio, e soltei um riso de vitória — que no segundo seguinte se transformou em desespero, quando Lexa cravou as unhas nas minhas costelas. Me contraí todo, completamente incapaz, imobilizado pela cosquinha.

— Ridículo! — gritou ela, meio achando graça, meio indignada.

Consegui escapar. Retribuí a cosquinha e comecei uma guerra. O Yoshi comemorava na tela, e nós nos debatíamos no chão. Batendo na porta do armário, no pé da escrivaninha, rastejando pelo piso. Em algum momento, senti o cheiro de baunilha do creme da Lexa e, sem conseguir me conter, dei um cheiro profundo e sem disfarces no seu cangote.

Paramos.

Ela me olhou de cima, surpresa.

Ficamos imóveis por alguns segundos — e então, sem pensar, me aproximei novamente, devagar, e senti mais uma vez o cheiro doce. Aos poucos deitei Lexa contra o piso e passei a beijar seu pescoço. As bochechas, a testa, enquanto fazia carinho no seu cabelo. De olhos fechados, me deixei tomar pela sensação da baunilha no olfato e das mãos que passavam pelas minhas costas.

Beijei o pescoço, os ombros, o peito, e fui descendo.

Ali no chão, ofegante ao lado dela, me dei conta de que todos os meus pensamentos de ansiedade do começo do dia tinham se passado só na minha cabeça. Isso era óbvio uma vez que nenhuma das regras que me preocupavam estava realmente implícita. Era tudo coisa minha. Eu pensei que tivesse que continuar o teatro de namorado da Lexa porque sim, não porque alguém, muito menos ela, tivesse me dito. E foi ali, deitado no chão ao lado dela, que percebi que precisava falar. E eu disse:

— Quero de novo.

— Mas deixa eu desligar o GameCube antes. Não aguento mais essa musiquinha.

— Quê? Não, agora não. Me dá um tempinho.

Ela riu. Levantou, desligou o jogo e me olhou de cima.

— Do que cê tá falando, então?

Estiquei os braços pra ela, como uma criança. Lexa veio, deitou, e ficamos abraçados. Eu ainda fazia a curadoria das palavras certas pra exprimir o sentimento delicioso e desconhecido que me tomava, quando ela insistiu:

— Hein, cê quer o que de novo?

Ela cutucou a minha costela e voltou os olhos grandes pra mim. A beleza dela fez com que tudo ficasse ainda mais confuso.

— Ah, esse momento aqui.

— Esse momento… mas sem a transa?

— Pera, sim, com a transa. Mas não agora.

— Lindo, eu preciso que você seja mais claro.

— Me dá um tempinho. Eu tô pensando.

— Ai, que saco. Você sempre fica séculos pensando nas coisas.

— É complicado.

— Tudo pra você é complicado.

— Não, não. Calma, eu vou explicar. É que é muito importante.

— Ok, então vai pensando aí. Quando tiver pronto me fala.

E deitou a cabeça de novo no meu peito, escutando meu coração desesperado trabalhando em toda a sua capacidade. Talvez pudesse ouvir também a ansiedade dos meus pulmões e os gritos nervosos dos meus neurônios que tentavam se comunicar, sem sucesso.

Eu sabia o que queria, exatamente o que queria, mas estava com medo de falar.

Lexa não era uma mulher com quem eu pudesse me dar ao luxo de errar. Lexa era mais forte do que eu, mais interessante, mais carismática em todos os sentidos. Eu não podia errar — mas já estava errando. E a cada segundo que passava eu errava mais um pouco. A cada segundo a expectativa de dizer a coisa certa do jeito certo pesava mais sobre mim.

Nem soube quanto tempo fiquei em silêncio antes que ela decidisse me dar um beijo no peito. Meus músculos deram um nó. Depois outro no pescoço, na testa, nas bochechas. Rimos baixinho. Beijo no nariz. Apertei seu corpo contra o meu. Beijo no queixo. Segurei sua cabeça e aproximei a boca do seu ouvido.

— Me namora.

No mesmo momento, Lexa escapou de mim. O ar pareceu gelar instantaneamente.

— O quê?

Me senti ridículo na mesma hora. Repugnante. E lerdo demais, porque não soube criar uma saída para aquele sentimento imbecil. Só consegui repetir:

— Me namora.

Silêncio.

Tentei remediar:

— Eu nunca namorei ninguém, você sabe. Não sei se tá cedo demais, por causa do Matos, né. Não sei como...

— Shhh.

Lexa se vestiu — e fiz o mesmo na mesma hora — e sentou na cama. Fiquei de pé, apreensivo. O silêncio dela ia fazendo eu me sentir cada vez mais inadequado. Insuportável. Então eu disse:

— Esquece. Esquece isso. Vou pra casa e a gente se fala depois. Tá tudo bem entre a gente. Ok?

— Não, espera aí. Fica. Só me dá um tempo pra pensar.

— Ahá.

— Cala a boca.

Dessa vez, ela que esticou as mãos pra mim. Fui imediatamente pro seu abraço. Fiz carinho nos seus cabelos, enquanto ela se agarrava à minha barriga. Depois me ajoelhei no chão e deitei a cabeça no seu colo. E então passamos para a cama, onde revezamos cafuné. Tudo isso em silêncio. Tudo isso num limbo. Criamos aquele espaço onde as coisas ditas podiam ter peso demais, onde o desejo e o medo, presentes em medidas exatas na atmosfera, propiciavam o ambiente ideal para que qualquer alteração muito brusca resultasse em fins irreversíveis. Como gás de cozinha empesteando o quarto, as menores palavras poderiam causar uma explosão. Qualquer desequilíbrio seria catastrófico.

Sabe o que é engraçado, Theo? É que nada daquilo era verdade. Assim como o beijo, o carinho e a transa, aquele momento era só mais um momento. Não seria exclusivamente graças àquelas horas ali que nossa amizade evoluiria pra romance ou se quebraria pra sempre. Aquilo não era um passo-chave no nosso destino — ou pelo menos não precisava ser. A irreversibilidade das coisas está mais na nossa decisão de fazer delas irreversíveis do que nos acontecimentos em si. Nós acreditávamos, ali, que vivíamos um tudo ou nada, então acabou que essa se tornou a nossa realidade.

Postergamos tanto a resolução do meu pedido de namoro que acabamos dormindo. Quando acordei já era noite e tinha várias ligações perdidas e mensagens emburradas me caçando. Levantei, peguei minhas coisas e abri a porta.

— Vem aqui — Lexa chamou, sonolenta, fazendo sinal pra que eu me aproximasse.

Obedeci.

Me curvei na sua direção. Ela agarrou minha bochecha, de olhos ainda fechados, e disse:

— A gente tá namorando, então?

— Tá?

— Tá.

— Então beleza.

Lexa me mandou um beijo semiconsciente e voltou a dormir. Puxei a coberta até seu queixo, coloquei o travesseiro que ela adorava nas costas, dei um beijinho em sua testa e fui embora. Saí da casa da minha primeira namorada pela primeira vez.

Não vou dizer que fui tomado por uma alegria imensa depois que deixei a casa da Lexa. Não vou dizer que o amor tornou o mundo um lugar melhor e fez tudo ser mais bonito do que realmente era. Isso é mentira. Talvez eu tenha sentido essa beleza naquele nosso dia na piscina, Theo. Senti que o mundo era, sim, um lugar melhor só por estar na sua companhia, mas a sensação de ter virado o namorado da Lexa não era exatamente amor. Não amor romântico, pelo menos, desse que nos deixa meio doentes, meio doidos. Essa paixão que eu muitas vezes senti por você era uma sensação bêbada. Perigosa, ridícula, passageira e, sobretudo, deliciosa — mas definitivamente não foi o que eu senti pela Lexa naquele dia.

Pensei que era. Me enxerguei como um garoto vivendo sua primeira paixão verdadeira, só porque foi a primeira oficial. Uma paixão que tinha tudo pra dar certo. Afinal, minha namorada era linda. Era minha melhor amiga. Era a *Lexa*. Como é que algo com a Lexa poderia dar errado? Eu, que nunca tinha me interessado por ninguém, da noite pro dia tinha conquistado a mulher mais incrível com que qualquer cara poderia sonhar. Minha namorada.

Tudo na minha volta pra casa me despertou interesse, tudo me encheu de curiosidade, tudo por causa dela. De certa forma, isso é felicidade, não é? Dá pra confundir com paixão. Todo mundo volta de Nova York querendo morar lá, mas as pessoas que moram sabem que a coisa é bem diferente no dia a dia.

— Ih, ah lá o cara. A gente começando a noite e ele já voltando. Foi bom o negócio, hein — um dos amigos do meu irmão mais velho me falou assim que cheguei em casa.

Sempre que eu encontrava os amigos do Caíque, bebendo na varanda e ouvindo Gusttavo Lima na TV, eu ia direto pro quarto. Dava um sorriso pra disfarçar o desconforto e me exilava até que eles saíssem pra noite — e só então eu me esgueirava pra atacar a geladeira. Mas daquela vez eu decidi ir até eles. Esses caras de vinte e muitos anos, com trabalhos e uma vida que eu pensava estar nos trilhos não me meteram medo naquela noite.

Cumprimentei o Zé, esse amigo que me recebeu, e todos os outros. Meu irmão não falou nada. Só olhou curioso e deu um golão na sua cerveja.

— Fala aí — Zé insistiu. — Tô certo ou tô errado?

— Sobre o quê?

— Tu transou, né?

O sorriso do Caíque se alargou. Ele achava que minha resistência só aguentaria até ali. Dois minutos, meu recorde como um cara normal.

Não dessa vez.

— Pô, tá na cara assim? — respondi num tom entre envergonhado e orgulhoso.

Imediatamente toda a atenção dos caras veio pra mim.

Isqueiros acesos foram largados na mesa, garrafas baixaram dos lábios e o Gusttavo Lima foi silenciado na TV. Olhos se viraram pra mim com uma empolgação que nunca tinha sentido vindo daquele bando de hienas. Estavam abertos e brilhantes e sedentos. Alguns caras batucaram na mesa, outros uivaram. Eu ri, achando tão ridículo quanto divertido.

— Ah, moleque! — A essa altura o Zé já tinha me puxado pra cadeira do seu lado, colocado uma garrafa na minha frente e passado um braço pelos meus ombros. — Pode contar mais. A gente tem tempo pra história.

— Foi com quem? — Caíque me perguntou.

— Com a Lexa.

Na mesma hora, vários caras fizeram aquele *gshhhhh* de quem se queima. Dedos passando nos lábios. Um deles assobiou e outro disse: "mó gata".

— Tá zoando. — Meu irmão, o único que não se animou com a revelação, continuou: — Não era só sua amiga? Ela não tava namorando?

— *Tava*. Ela e Matos se separaram uns meses atrás. Aconteceu.

— O garoto come quieto, Caíque! — Zé gritou, e todo mundo riu.

Ri junto. Meu irmão não tirava os olhos de mim, e eu não soube identificar se era raiva, desprezo ou curiosidade escondida na sua expressão. Zé também notou esse ar esquisito do Caíque. Me puxou mais, bagunçou meu cabelo, apertou minha cara, e atiçou meu irmão:

— Que foi? Tá com medinho de perder o posto de comedor da família, cara? Tá certo, tá certo. Julgo não. Eu também teria medo. Começar logo com a *Lexa*? — Me lançou um sorriso largo. — Tu vai ver o monte de mina que vai correr atrás de você agora. Teu irmãozão vai ficar no chinelo.

Meu irmão levantou sua garrafa e disse:

— Um brinde pro comedor da família!

E, enfim, uma admiração sincera apareceu no seu rosto. Se até aquele ponto eu ainda não tinha enxergado o mundo com os óculos da felicidade, dali pra frente com certeza passei a enxergar. Me lembro até hoje do sorriso que meu irmão me deu naquele momento. Todo mundo brindou as garrafas umas nas outras bem acima da minha cabeça, e o Zé até derrubou um pouco de cerveja em mim.

— Tá batizado!

Rimos. Rimos muito e o tempo todo. Então fazer parte do Clube dos Machos era desse jeito. Era isso que Matos, Lucas e você sentiam todos os dias. Era essa a vida do meu irmão. E esse tempo todo, a única coisa que me faltava pra entrar nele era... uma namorada. Só isso.

Até então eu desdenhava da busca desesperada por namoros. Via isso como um trunfo de status social meio vazio, uma coisa que só existia na cabeça de gente meio fútil, meio burra — mas, se era assim que essa gente burra e fútil me faria sentir só por estar namorando a Lexa, eu nunca mais a largaria.

Passei horas ali com eles. Falei da transa mais uma vez, adaptando a história pra focar nos detalhes que achava que eles pudessem gostar mais. Contava na minha mente pontos de vitória a cada uivo, assobio ou ataque histérico que incitava na galera. Me senti um deles. Ao aceitar minha presença ali, Caíque me validou. Mais do que aceitar, ele encheu a minha bola, destacando como a Lexa era gata e quanto eu tinha mandado bem. O Zé mesmo chegou a me chamar pra ir com eles naquela noite, mas neguei. "Vou na próxima, pode deixar."

O bando colocou as garrafas ao lado da lixeira da cozinha, encheu a pia com pratos sujos e se despediu.

No caminho pra porta, Caíque me deu um tapão nas costas. Segurou meu ombro e disse:

— Depois vamos bater um papo, pra eu te dar umas dicas.

Sorriu e saiu.

Não era felicidade por estar apaixonado o que eu tava sentindo. Era uma coisa ainda mais poderosa e viciante: orgulho. Eu era um *homem*. Finalmente! Podia beber com aqueles caras, podia ser um deles. Os limites do meu mundo de solteiro, de estranho, de tímido, já não existiam mais. E quais outros limites o namoro com a Lexa tinha quebrado pra mim?

Queria ver aquele sorriso do Caíque, aquele com que ele tinha se despedido de mim, com que tinha brindado minha conquista, nos rostos de outros caras. Nos meus colegas da faculdade, nos garotos da academia do prédio, no meu pai. Será que conseguiria fazer com que todos eles me abraçassem como o Zé abraçou? A última vez que eu quis tanto correr atrás de alguma coisa foi de você, Theo.

Naquela noite fiquei muito pilhado pra conseguir dormir. Animado demais com todas as possibilidades da minha nova vida pra desperdiçar momentos na inconsciência do sono. Passei horas zanzando pela casa, assistindo séries e fazendo visitas cronometradas ao armário da cozinha.

Quando os primeiros raios de sol ameaçaram surgir no horizonte, meu irmão entrou todo troncho em casa, escorando o Zé. Os dois estavam acabados. Cabelos bagunçados. Um ou outro arranhão. O Zé tinha uma mancha roxa na bochecha esquerda e estava visivelmente muito mais bêbado que o Caíque — o que era meio assustador, já que até a vizinha devia sentir o cheiro de álcool exalando do meu irmão. Fui imediatamente até eles.

— Você é tão lindo, cara — Zé me disse, jogando o peso em mim enquanto Caíque aproveitava a folga pra trancar a porta.

— Brigado. Você também é — respondi com toda a sinceridade de quem não queria contradizer uma pessoa dando PT.

— Não. Eu queria ser que nem vocês dois. Teu irmão é o cara, cê sabe disso. Cê sabe, né? — Ele bagunçou meu cabelo. — E você também é o cara, moleque.

Sorri pro Zé e olhei pro Caíque, silenciosamente pedindo socorro.

— Hora do banho. — Meu irmão puxou o amigo dos meus braços e o arrastou em direção ao banheiro. — Traz uma toalha.

Obedeci. Era a primeira vez que eu via meu irmão, que não lavava nem um copo, nunca nem arrumava a própria cama, cuidar de alguém com tanto carinho e dedicação. A primeira vez — fora a gente, Theo — que via uma demonstração de carinho entre caras.

— Ele pode dormir na minha cama. Eu me viro — falei.

Caíque tentou focar os olhos tontos em mim e murmurou:

— Valeu.

Enquanto Zé estava no banho, Caíque se recostou na parede e deslizou até sentar no chão. Ficamos ali uns segundos em silêncio, no corredor, ouvindo a água do chuveiro por trás da porta. Então Caíque me olhou lá de baixo, e disse:

— Parabéns de verdade pela Lexa. Você tem coragem.

— Brigado... Mas como assim, coragem?

— Você não acha que precisa de coragem, não?

— Pra namorar a Lexa? A gente sempre andou junto.

— É diferente, né.

Não soube o que dizer.

— Cara, ela é gata — ele disse.

E eu apenas continuei olhando, em silêncio.

— Você não acha?

— Acho. Claro. Mas o que tem a ver com coragem?

Dessa vez foi ele quem ficou me encarando. Caíque bufou, tão exasperado que a impressão era de que eu tinha acabado de perguntar a ele como se fazia pra andar.

— Não esperava isso de você — Caíque falou, com um sorriso de respeito.

Eu sorri de volta, feliz de verdade, mas meio perdido. Ele continuou:

— É normal você dar uma vacilada, viu, cara? É foda namorar uma gata dessas. Muita responsa. Muito olho em cima. Se precisar esvaziar a cabeça, pode vir falar comigo. A gente tá aqui pra se ajudar.

— Valeu, Caíque.

Outro instante de silêncio. Só então perguntei o que tava me corroendo:

— O que aconteceu com vocês dois?

— Com o Zé. Eu só fui ajudar. Ele tava vacilando. Não se aguentou. É muito emocionado, perde a cabeça fácil.

— Como assim?

— Mulher, cara. Ele tem um rolo com uma mina aí. Mas é brincadeira, sabe? Pelo menos pra ela.

— Entendi. E daí?

— Ela tava na festa. Mas não com ele.

O chuveiro desligou bem na hora. Caíque se levantou imediatamente. Disfarçou um pouco a exaustão. Logo depois, seu amigo saiu do banheiro coçando o olho que nem um garotinho. Eu disse pro Caíque ir se lavar que eu cuidaria do Zé pra ele.

Assim, meu irmão foi pro banho enquanto eu levava seu amigo pra minha cama e o acomodava semiconsciente sob minhas cobertas. Zé resmungou um agradecimento e apagou. Voltei pra sala e continuei pensando. Na Lexa, em mim, em tudo o que não tinha pensado. Eu tinha coragem.

As coisas tinham mudado. Nada mais seria igual entre a gente.

ABRIL DE 2011

É engraçado como o tempo transforma as relações que temos com as pessoas. Tipo você. Começou como o menino novo, um anzol que fisgou minha curiosidade, depois se transformou na minha obsessão de adolescência e então caiu no esquecimento. Eu já tinha vivido essa experiência de transformação contigo, Theo, e com várias outras pessoas também; mas foi com a Lexa que a ficha caiu.

De todas as minhas relações, ela era a mais estável. Se um meteoro caísse na Terra, se o aquecimento global derretesse as geleiras e afogasse todo mundo, ela ainda estaria lá quando água e poeira baixassem. Isso sempre me confortou.

Até o momento em que decidi namorar com ela.

O receio que senti na segunda-feira depois daquele nosso teatrinho de casal no bar não foi um episódio único. Toda vez que encontrava Lexa eu ficava nervoso, travado. Não sabia onde colocar as mãos. Será que devia ficar mais perto ou deixar a Lexa respirar? Os amigos novos dela gostavam de mim? Eu tinha que agradar. Afinal, agora eu era o namorado. Era meu dever agradar. Fazer ela feliz. Será que meu abraço tava sufocando?

Era tanta coisa pra pensar que eu ficava sobrecarregado — e aí acabava sempre querendo puxar a Lexa para um programa a dois. Essa dinâmica me deixava muito mais tranquilo. Mas aí, veio:

— Cê não gosta dos meus amigos? — ela perguntou, sentada ao meu lado no sofá da livraria, folheando um exemplar.

— Gosto, mas gosto mais de você. — Dei a mesma resposta pela centésima vez.

Àquela altura o sorriso dela já tinha se esvaziado de toda a sinceridade do início.

— Fala sério.

— É sério, Lexa. Eu gosto deles.

— Até do Edu?

— Assim, eu não desgosto dele, mas prefiro outros…

Ela riu.

— Que foi? — perguntei, rindo também.

— Eu sabia!

— Como sabia? Sabia nada. Eu odeio a Lu e você nunca soube.

— Você odeia a Lu?

— Não foge do assunto. — Eu nunca odiei a Lu.

— Que assunto, menino?

— Essa coisa do Edu aí. Que história é essa, que sabia que eu não gosto dele?

— Ahá, então eu tava certa.

— Foram as suas palavras.

— Que estão certas.

— Lexa!

— Eu te conheço, ué. Só isso. Você também sabe quando eu não gosto de alguém. Mesmo se eu não tivesse percebido, meu lindo, é muito fácil saber de quem você não gosta. Você tem um tipo.

— Eu nunca tive um tipo.

— Pra odiar? Claro que tem.

— Me ilumine, por favor, ó grande Lexa.

— Então presta atenção, que meu conhecimento é muito importante. Minhas palavras não se repetem. Jamais você vai ouvir…

— Tá bom, tá bom — interrompi. — Por que é que eu odeio o Edu?

— Porque ele é igual ao Lucas.

Fiquei olhando pra cara dela por um tempo. *Igual ao Lucas*. Lucas, morto e enterrado nas memórias do ensino médio. Lucas, de quem eu nunca mais tinha ouvido falar e em quem nunca mais tinha pensado.

Ela tava certa.

— Claro que não — falei.

— Claro que sim. O Edu é um Lucas que sabe usar garfo. Ele é mais educado, não te xinga no futebol, sabe rebolar no funk, mas ainda assim é um Lucas.

— Cara, eu nem lembrava mais do Lucas.

— Mas não é O Lucas, o Edu é UM Lucas. É aquele tipo de cara meio tiozão preconceituoso. Você é que nem óleo e água com esses caras. Foi até uma surpresa cê ter aguentado por tanto tempo o meu namoro com o Matos.

— Eita, mas hoje você tá ressuscitando a escola toda, hein.

— Mas o Matos era menos Lucas que o Edu. Numa escala Lucas das pessoas que a gente conhecia, ele era o mais Lucas da nossa turma, e o menos Lucas da escola. Tirando você e o Theo. E o Rafa.

— E isso tudo é pra chegar aonde?

— Você odeia o Edu e nunca quer sair com meus amigos por causa dele.

— Lexa, não é verdade. Eu juro.

— É sim, eu te conheço.

— Prometo que não é.

— Então vamos no churrasco do Edu.

— Putz, mas logo no churrasco do Edu?

— *Sabia.* Você odeia ele!

— Não vou com a cara dele mesmo, não. Mas cê quer ir no churrasco do Edu? Então vamos.

— Só se você quiser.

— Eu quero. Sabe por quê?

Ela levantou a sobrancelha.

— Porque sou seu namorado e quero te ver feliz, Lexa.

— Mas só se você quiser ir.

Cheguei perto da minha namorada e dei um beijo bem devagarinho. Puxei o corpo dela pra mim e nos grudamos, de olhos fechados. Ficamos alguns minutos assim no sofá, até as outras pessoas na livraria começarem a olhar torto pra gente.

Eu não queria ir no churrasco. Não no churrasco do *Edu*. Mas era o meu dever. Como amigo eu poderia dizer não pra esse tipo de coisa sem nem pensar duas vezes. Mas como namorado? Namoro é sacrifício. Namoro é esforço e recompensa.

Minha namorada não era uma simples amiga — e isso significava que eu tinha que me esforçar o dobro pra mantê-la do meu lado e não fazer papel de trouxa. Eu finalmente tinha entrado no Clube dos Machos, depois de tanto tempo, e não ia sair tão cedo. Faria o que fosse preciso.

Era hora de colocar em prática os conselhos de bêbado do meu irmão.

E não é que no dia do churrasco do Edu eu até que tava animado? Acho que passei tanto tempo esperando o pior do evento que gastei todo o meu bico antes de chegar. O dia tava lindo, os risos vinham fáceis e até o Edu me pareceu menos enjoado quando abriu os braços pra me receber.

— E aí, cara! Bom te ver. Tava sumido.

Passou o braço pelo meu ombro e me apresentou aos outros homens que estavam na rodinha com ele. E eu fiquei lá. Consegui emendar uma conversa com os caras sem nenhum problema. Pisquei e já tava com um copo de cerveja na mão, fazendo eles rirem comigo. Quando vi Lexa ao fundo da cena, já tinha esquecido que nem queria ter ido. Levantei o copo pra ela em brinde, com um sorriso, e ela retribuiu. Tava tudo bem. Tudo bem.

O dia foi passando, e a tarde foi caindo. Acenderam as luzes da quadra. Alguém arranjou uma bola. Outro alguém sugeriu:

— Pô, um futezinho, hein…

Bem, até a minha boa vontade sobrenatural tem limite. Os caras tentaram me convencer a jogar com eles: "Vamo, só falta você pra fechar time", e outros tipos de persuasão que bateram em mim e escorreram como se eu fosse de teflon. Edu era o mais insistente. Quando viu que não ia rolar mesmo, mostrou suas garrinhas de Lucas e disse:

— Deixa quieto. Ele prefere ficar com as garotas.

Os outros riram. Alguns dos homens fizeram aquele *iiiiiiihhh*.

Eu não soube o que dizer, mas Lexa, como sempre, não perdeu a oportunidade:

— Melhor ficar com a namorada do que com um bando de macho suado, né?

Edu levantou as mãos, largando o osso, e levou os amigos pro campo, enquanto Lexa me dizia:

— Já tava querendo te roubar mesmo. Vem cá, senta um pouquinho comigo.

Obedeci. Sentei na cadeira de plástico e Lexa se acomodou no meu colo. Um braço enlaçou meu pescoço e a mão ficou remexendo meus cabelos. Conversei com as meninas, mas senti a artificialidade na alegria de cada uma das minhas palavras. O piloto automático do começo do dia tinha se transformado em constrangimento com a chegada da noite. Fiquei sóbrio. Não soube mais o que fazer com as mãos nem com o resto do corpo. Tudo me pareceu meio errado, meio desconfortável. Ainda assim, mantive o sorriso e ninguém demonstrou notar o meu desconforto, nem mesmo a Lexa.

Eu tava ao mesmo tempo ali, na conversa com elas, e também no campo de futebol. Meus ouvidos, grudados em cada "vai, porra!", "chuta direito!", "viado!". Ninguém no futebol tava falando comigo, mas era só os xingamentos baterem nos meus ouvidos pro meu cérebro registrar como se fossem dirigidos a mim. Se longe deles eu já me sentia meio agredido, imagina se estivesse lá na quadra? Me recusei a jogar com a galera menos pelo esporte e mais por causa disso.

Anos depois desse dia, descobri que vários gays nunca tiveram problema nenhum em entrar num campo. Que ficavam confortáveis em estádios como na própria casa. Teve até a moda das camisas de time de 2023, Theo. Lembra disso? Nem lá em 2011, nem em 2023, porém, consegui entender de verdade esses gays. Pra mim, a educação física na escola e os bares em dia de jogo me davam a sensação de ser um imigrante sem visto em um país onde não era bem-vindo. Eu tentava agir com normalidade nesses cenários, mas sabia que os outros podiam farejar meu deslocamento.

A verdade é que eu acho que meu problema nunca foi com o jogo em si, e sim com a aura que envolve tudo o que diz respeito a futebol. Na minha cabeça, se tornou um espaço de héteros para héteros. E participar disso exigia um esforço além dos meus limites. O que me irrita é que talvez eu até pudesse gostar desse universo. Um possível prazer que deixei roubarem de mim, assim como deixei meu pai fazer com o teatro. Mais um.

De alguma maneira me senti inútil ali conversando com as meninas. Levantei e fui pra churrasqueira cuidar das sobras e virar mais uma garrafa de cerveja pra ver se meu humor melhorava. Senti o calor das chamas na frente do corpo e relaxei. De repente, também senti um calor vindo de trás. Um calor humano. Mãos delicadas seguraram minha cintura. O corpo da Lexa veio se grudando nas minhas costas, da cintura pra cima. Fechei os olhos e sorri de prazer.

E aí senti uma barba roçar na minha nuca.

Travei imediatamente.

As mãos delicadas da minha cintura se transformaram em braços sólidos com músculos tensos que pressionaram o meu peito.

— E aí, amor? Vai sair uma carninha? — Edu falou, amassando os lábios na minha orelha.

Nem sei como saí daquele abraço, só sei que em um segundo eu já estava a meio metro do Edu. Apesar de arregalados, meus olhos só enxergaram o riso largo e venenoso dele. Nos meus ouvidos, as risadas das pessoas eram altas como gritos. E, em meio a elas, ouvi aquele merdinha dizer com uma ironia afiada, escorrendo malícia:

— Eu sei que cê gosta.

E aí meu punho voou direto pro nariz do Edu, que no instante seguinte já batia com a cabeça no chão. Não tive tempo nem de segurar minha mão latejante ou pedir desculpas, porque um dos caras me empurrou com força logo em seguida. Tropecei numa das cadeiras e me quebrei todo no chão também.

— Tá maluco, porra?! — o sujeito gritou.

Edu já tinha levantado e tava vindo na minha direção com o nariz sangrando. Outros homens o seguraram. Nenhum deles me ajudou a levantar. Fiz isso meio sozinho, meio com a ajuda de Lexa e uma amiga.

Minha namorada me disse alguma coisa que não consegui registrar e fomos embora. Ela me guiando. Eu, anestesiado. Percorri o caminho todo da churrasqueira até o estacionamento de cabeça baixa. Nem lembro se Lexa falou comigo. Provavelmente sim. Imagino que sim. Mas não lembro o quê. Me colocou no assento do carona, entrou no do motorista e saiu da vaga. Não ligou o rádio. Nenhum de nós disse nada. O motor era o único som dentro do carro.

Foi a primeira vez que vi Lexa deixar transparecer que estava confusa, que, ao menos naquela hora, não sabia como agir. Seu desconforto quase se solidificou no ar. Mesmo sem ver seu rosto, eu soube que abriu e fechou muitas vezes a boca antes de conseguir dizer:

— Quer dormir lá em casa?

— Não, valeu.

Silêncio.

Alguns quilômetros depois, ela tentou de novo:

— Você acha estranho isso que a gente tá fazendo? Nosso namoro.

— Não. — Pausa. — Cê acha?

— Não... Um pouco só. Tem um período de adaptação, né. Essa coisa de namorar depois de tanto tempo de amizade... Sei lá.

— É?

— Acho que sim. Não sou mais só sua amiga. A gente espera coisas diferentes e também dá coisas diferentes um pro outro. Espero que eu possa contar com você, porque você pode contar comigo. Sempre. Cê entende?

Fiz que sim com a cabeça. Ela continuou:

— Se você precisar...

E parou aí. Silêncio.

Eu não pedi que continuasse.

Lexa colocou a mão na minha perna. A outra no volante.

Meu irmão tava certo. Era muita responsa, e eu precisava dar conta.

AGOSTO DE 2011

Depois do soco no Edu, passei a me vigiar mais. Não cheguei a conversar diretamente com meu irmão sobre meu relacionamento, mas o observei com mais atenção pra aprender como ele lidava com o mundo.

Eu sabia instintivamente que existia um protocolo pra todo homem, aquelas regras do Clube dos Machos, mas nunca tinha parado pra analisá-las a fundo. Foi estudando o Caíque que comecei a fazer notas mentais, porque pela primeira vez na vida realmente me interessei em colocá-las em prática. Todos os dias eu tirava algum tempo pra fuxicar as redes sociais dele e dos amigos. Ver como falavam uns com os outros e especialmente com as mulheres, fossem amigas ou namoradas. O jeito de andar, as gírias cuspidas, o que não diziam e aqueles pequenos comportamentos que a gente precisa repetir mil vezes até selar o pacto da masculinidade e afirmar que somos um dos caras. O protocolo que todos eles seguiam sem nem perceber.

Agora que eu tinha alguma chance de vencer, finalmente me senti atraído por esses protocolos. Eu podia ser um cara como os outros, como o Caíque, idolatrado pelos amigos e com um histórico de flertes de respeito. Devia isso a mim e principalmente à Lexa.

E também devia desculpas ao Edu, pelo menos pelo soco. Tive que me controlar pra não baixar a cabeça pra ele, nem deixar que ele percebesse o tremor das minhas pernas quando o puxei de canto na faculdade. Ele se fez de durão por um instante me deixando acreditar que seríamos os maiores inimigos dali em diante, mas no seguinte já me abraçou e convidou pra *tomar uma* depois das aulas. Meu soco não tinha causado o drama que pensei que causaria.

Isso me possibilitou abrir ainda mais meu leque de estudos pro Clube dos Machos. Não só me aproximei intencionalmente do Edu como me desafiei a ser mais como ele e os homens que o rodeavam. Um pouquinho mais a cada dia. Em pouco tempo, eu e Edu estávamos próximos como amigos de verdade.

— Ih, me arrependi. Tô vendo o dia que cê vai me trocar pelo Edu, já — Lexa brincou quando me despedi dela pra ir na casa do meu novo *amigo* numa sexta pós-prova.

— O que você tem ele nunca vai poder me dar, gata. — E a puxei num beijo enérgico demais.

Lexa abriu um sorriso doce, mas falso, que me deu a sensação de provar adoçante quando queria açúcar. Era doce, mas não o esperado. Não dava pra ignorar o retrogosto artificial.

Ainda assim, fingi ignorar e parti.

Era a segunda vez que estava indo pra casa do Edu, que era ainda mais longe que a sua, Theo. Ficava num condomínio imenso de casas que mais pareciam sítios bem nos limites do Recreio dos Bandeirantes. Logo depois do Rio Morto, sentido prainha. Lindo de morrer, mas muito isolado pro meu gosto. Eu já torcia o nariz pra distância da minha casa, então qualquer coisa que fosse pra além dela era uma dor pra mim. Mas um antropólogo deve ir aonde seu material de estudo está. E lá fui eu, encontrar um espécime de macho pré-histórico. Um Lucas. Fui para entender e me camuflar em seu mundo.

Parei no Recreio Shopping pra comprar as cervejas que Edu havia me pedido e venci a portaria de segurança máxima do condomínio. Fui entrando mais a fundo nas ruas. Bem fundo. A casa do Edu era uma das últimas. Quando ele abriu a porta pra mim, percebi que eu teria que gastar mais energia do que o planejado pra passar a tarde ali. Porque tinham vários caras lá. Todos sem camisa, todos já mais pra lá do que pra cá, todos defumados com o cheiro de churrasco que perfumava o quintal.

— Pô... Só trouxe uma caixa — eu disse tentando controlar o nervosismo enquanto mostrava as cervejas.

— Relaxa, na primeira vez a gente dá esse desconto.

E Edu foi entrando. Eu o segui, observando mais de perto os homens que infestavam o jardim.

— Primeira vez de quê? — perguntei.

— Sua primeira vez no churras dos casados!

E pegou sabe Deus de onde um capacete viking de plástico, daqueles bem vagabundos, e meteu na minha cabeça. Em seguida, ergueu meu punho. E foi aí que todos os caras urraram em coro, quase num canto de guerra. Senti tanta vergonha que perguntei, baixinho:

— Edu, e os seus pais?

— Que pais? Hoje a casa é nossa, rapá. Mudei o dia do churras só pra te batizar.

— Batizar? — Só piorava.

— Matera! — Edu chamou, tirando o capacete da minha cabeça e entregando pro Matera, um cara de quase dois metros. — Prepara a bacia.

E lá se foi o gigante, levando meu capacete até uma mesa cheia de garrafas.

— Edu, que isso? Eu não conheço metade dessa galera.

— Relaxa, eles são maneiros.

— Beleza... Quem é quem?

— Só depois do batismo.

— Mas que merda de batismo é ess...

E aí o Matera voltou com o capacete e o estendeu para mim. Vi meu reflexo na poça dourada e alcoólica que me aguardava dentro dele.

— Vira — disse Edu num sussurro animado.

— Vira! — falou Matera, pra todo mundo ouvir.

E aí o coro se espalhou pelos outros. Vira, vira, vira, VIRA, VIRA VIRA VIRA VIRA VIRAVIRAVIRAVIRA!

Fechei os olhos e virei o capacete.

Um gole, dois, três, quatro, o líquido começou a escorrer pelo meu queixo, não parei, cinco, seis, sete, sei lá quantos. Já tinha passado da metade quando me engasguei e afastei o capacete dos lábios. Imediatamente uma mão agarrou minha nuca e enfiou minha cabeça de volta. Outra veio empurrando o capacete no sentido oposto. Lavei a cara naquele coquetel e depois tomei um banho, quando Edu me colocou os chifres de novo na cabeça. Uma gargalhada selvagem se espalhou entre os caras.

Mas não foi uma gargalhada de humilhação. Não só, pelo menos. Foi de comemoração. E quando percebi isso, os gritos animados não me desconcertaram mais. Pelo contrário. Os caras vieram me abraçar, rindo e dando parabéns. Totalmente perdido, não guardei o rosto de nenhum, só soube rir junto. Ri de verdade e corri pelo gramado pra pular na piscina. Outros vieram atrás de mim. Dali em diante deixei de lado o que me restava de autojulgamento e me permiti aproveitar o churras dos casados. Que decadência.

Havia alguns amigos do Edu que eu já conhecia ali, além de outros caras que eu nunca tinha visto. Todos tinham namoradas. Todos estavam tirando uma *folga* delas. Fiz amizade. Amizade real, como se nos conhecêssemos havia anos, sabe? Nem sei o que rolou depois. Só enchemos a cara, comemos carne e falamos besteira — mas que tipo de besteira, eu não faço ideia.

Passei a tarde meio tonto e anestesiado de bebida e da sensação de pertencimento, feliz de verdade, até um dos caras chegar perto de mim e soltar mais uma surpresinha:

— Edu, tu já contou da fase dois do batizado pra ele?

— Porra, Allan.

— Que fase dois? — perguntei.

— Sempre que chega um cara novo, o churras tem uma edição especial. Batizado de dia e de noite também.

— Como assim?

— Tu conhece o Paris Café, né? — Allan me perguntou.

Fiquei olhando pra ele.

— Não conhece o Café?! Aaaaah, é hoje, moleque!

Me virei pro Edu, buscando respostas. A única que ele me deu foi a seguinte:

— Aproveita que é por nossa conta. Escolhe a mais gostosa que a noite é tua.

E me deu uns tapinhas nas costas.

Minha ficha caiu no mesmo momento em que uma ânsia veio subindo pela garganta. A ideia de seguir aqueles caras pro Paris Café, de *escolher a mais gostosa*, já me deixava desconfortável em uma situação normal. Agora, fazer isso enquanto namorava a Lexa? Nojo é o sentimento que melhor ilustra o que senti. Nojo de mim e de todos os homens ali.

Eu não ia pro Café. Não faria isso com Lexa. Não faria isso comigo mesmo.

Mas também não queria perder o que havia conquistado até ali.

— Bora, pô — eu disse pros caras.

E então me afastei discretamente, sem deixar que notassem minha crise interna.

Fui até a mesa das garrafas pra pensar e arquitetar uma saída, mas minha cabeça bêbada só conseguia enxergar os vidros e os líquidos alcoólicos e sentir nojo. Então foi ali mesmo que encontrei minha rota de fuga. Um copo. Depois outro. E três. E quatro. E cinco. E seis.

Eles foram pro Café, mas tiveram que deixar o amigo que deu PT pra trás.

Isso tinha sido na sexta. No sábado eu tava morrendo, e no domingo já não tinha desculpa pra não encontrar minha namorada. Mesmo assim, não encontrei. Tive que inventar um resfriado daqueles péssimos, que te derrubam por uma semana.

E já que tava mentindo pra Lexa, não custava nada estender a mentira ao meu pai e meu irmão, né? Me tranquei no quarto e pirateei todos os episódios de *Boardwalk Empire*. Zerei *Zelda Twilight Princess* pela terceira vez. Até passei pela tortura de terminar de ler *Divergente*. Fiz tudo pra não ter que pensar em voltar pra minha vida. Mas aquele enjoo do fim do churrasco eu não consegui colocar pra fora. Fiquei com o gosto no fundo da garganta e ele me tirou a vontade de fazer qualquer coisa.

Não queria ver o Edu novamente, tampouco a Lexa. Foi só ali que percebi de verdade que nossa amizade não existia mais. Não que eu não a amasse, só que a nossa relação tinha mudado completamente. Pensei que namorar envolvesse também amizade, mas ficar perto da Lexa só me sobrecarregava e me deixava mais hipervigilante e frágil do que nunca. Mais frágil do que quando Lucas tirava sarro de mim, mais frágil do que o estado hipnotizado em que você me deixava, Theo.

Não era culpa dela, mas bancar esse namoro estava me esgotando. Só sua presença já era suficiente pra sugar minhas energias. Nunca verbalizei isso, mas ela pescou, é claro. Terça-feira foi o último dia em que tentou tirar qualquer notícia de mim.

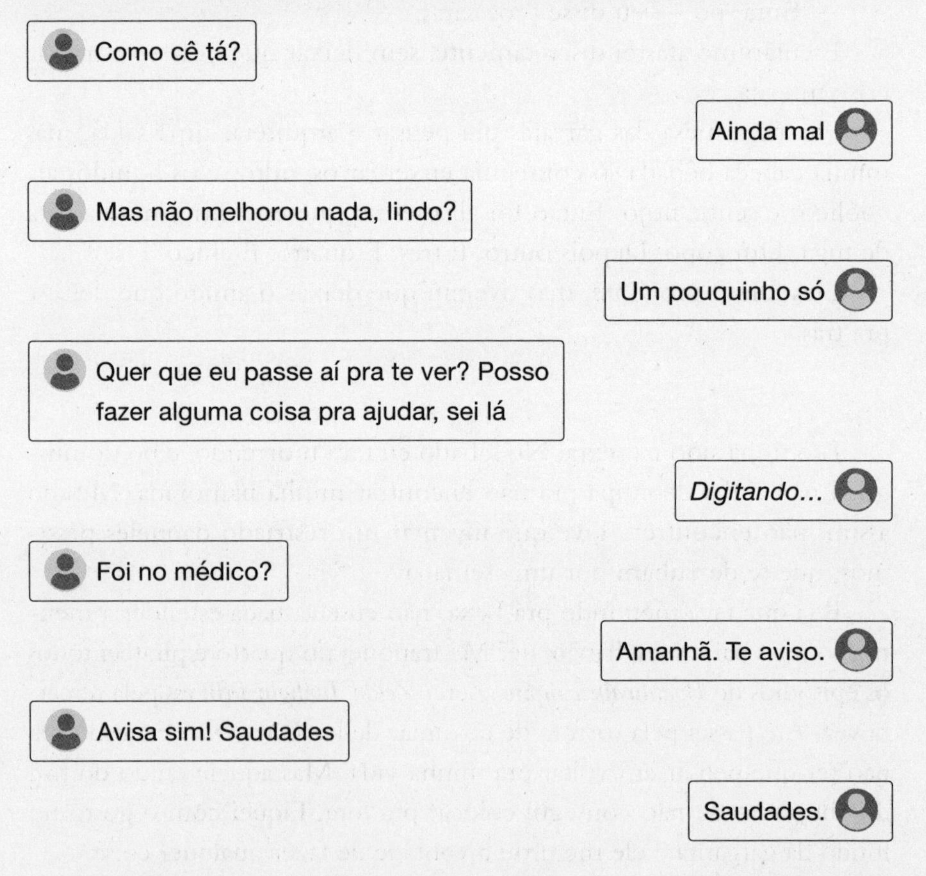

Eu nunca avisei, porque nunca fui. Não é que eu tivesse esquecido dela nem sumido de propósito. Só tava tão empenhado em esquecer de mim mesmo que, quando lembrava desse tipo de responsabilidade com o mundo exterior, tinha um breve momento de "meu Deus, eu não falei com a Lexa!", mas aí já era quinta-feira à noite. Mais um dia inteiro sem dar notícia. E se fosse falar com ela, com certeza seria cobrado do atraso. Então apertava o interruptor e me esquecia de mim novamente. O problema é que a consciência sempre acabava voltando, sempre pior, mais opressiva à medida que o tempo passava.

Em um desses dias, Caíque me encontrou na cozinha fazendo um sanduíche. Tossi pra disfarçar o meu bem-estar.

— Não guarda o pão, vou fazer um também — meu irmão disse.

Ele veio até a bancada da cozinha, bem do meu lado e começou a montar seu sanduíche. Nem me olhou. Pelos músculos tensos e pela violência displicente com que montou o lanche, soube que tava cheio de raiva.

Mastiguei em silêncio por um tempinho, mas não consegui me conter:

— Tá tudo bem?

Ele não respondeu, só levantou a cabeça bem devagar e me olhou nos olhos. Foi então que percebi que aquela raiva tão evidente era só uma fachada, porque nas íris lacrimejantes do meu irmão só tinha tristeza. Uma tristeza doída que nunca vi o Caíque demonstrar.

— Tá tudo certo...

A voz dele quebrou que nem um galho seco, num agudo adolescente humilhante. E, junto dela, ele se quebrou todo em lágrimas. A postura imponente do meu irmão foi varrida com a ruptura dessa represa de sei lá o que que ele guardava no peito.

— Calma, Caíque. Que que houve?

— Nada. Tudo certo.

— Caíque, me fala.

Ele se virou pra sanduicheira na bancada pra esconder o rosto.

Coloquei a mão no seu ombro. Ele não a tirou. Então o abracei.

Senti o corpo dele relaxar totalmente, antes de se enrijecer do nada e me empurrar. Caíque não falou uma palavra, mas o jeito que me encarou foi cheio de desprezo. O mesmo desprezo de antes de eu ter começado a namorar e com que eu já tinha me desacostumado. Ardeu mais do que me lembrava.

Ele foi embora da cozinha e deixou o sanduíche chiando no calor da chapa. Engoli o enjoo que tinha me acompanhado a semana toda, peguei o celular e abri a conversa com a Lexa:

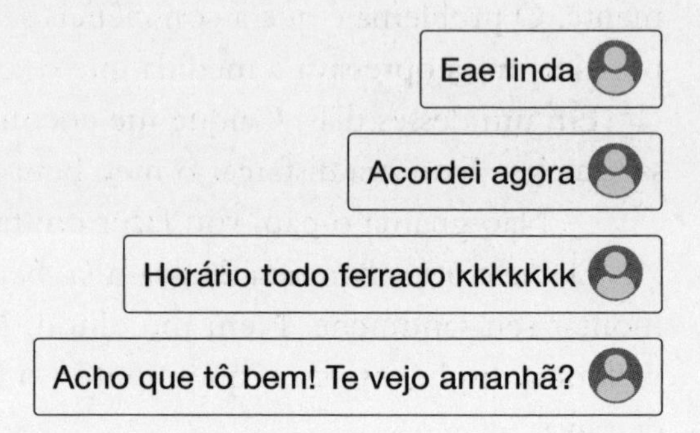

SETEMBRO DE 2011

Aconteceu tanta coisa nesse mês que vou precisar gastar um bom tempo aqui, Theo. Um sentimento novo atrás do outro, um escorregão contínuo, tombos e mais tombos. Quebrei a cara tantas vezes e tão rápido que, olhando pra trás, é óbvio que eu ia tomar a decisão que tomei no fim do ano. Meus últimos momentos como um menino covarde. Bem, vamos lá.

Depois do meu descaso vergonhoso com as mensagens, Lexa também me deu um gelo. A agenda dela tava complicada pra me encontrar. Não podia nesse dia, nem naquele... Acabamos conseguindo marcar pra dali uns dias, de nos vermos em um dos nossos restaurantes favoritos da época. Era um lugar claro, com decoração tropical praiana e tinha suco de cacau com uva, que também era meu favorito. Quase um milkshake. Denso, roxo, gelado. Sempre me acalmava.

Já tava na metade do meu primeiro copo quando Lexa chegou. Levantei feliz, dei um abraço apertado nela e inspirei fundo o perfume do seu hidratante de baunilha.

— Minha linda. Como cê tá?

— Eu tô ótima, e você? Melhorou?

— Melhorei. Nem sei que que me deu. Febre, uns troços estranhos.

E continuei falando. Engatei minhas mentiras de acamado com outros assuntos do dia a dia. Falei das provas que tavam por vir, dos aborrecimentos com meu trabalho em grupo, de qualquer coisa. Não importava o que dizia, na verdade, mas sim *como* dizia, porque aquela tagarelice toda era só empolgação por estar de novo na minha zona de conforto.

Meu suco de cacau com uva, uma Lexa que era gentil comigo apesar de tudo, nosso restaurante favorito. Desde o churras do Edu eu estava enxergando o mundo como se fosse aquela banana da cozinha que vai apodrecendo dia após dia. Aquela banana que parece ótima no mercado, mas que na hora de comer você não quer. A cada manhã você acorda, olha pra ela e não sente nada. Até que vem o desejo. Daí quando você finalmente tem vontade e iniciativa pra comer a banana, ela está tomada por mosquitinhos e já meio podre. E agora, sem tanta certeza, você espera pra decidir se ainda vale a pena. E ela vai passando. E seu desejo cresce. Cada vez mais podre. E você ali.

Eu sempre quis entender o amor pelo qual todo mundo era obcecado na escola. Queria beijar e fazer o tempo parar, queria que tudo perdesse o foco quando meus olhos batessem no amor da minha vida, queria sentir o tesão incontrolável que levou tantos colegas nossos a fazer loucuras humilhantes. Naquela época, o máximo que senti foi contigo, Theo. Sentimentos fortes pra migalhas de situações que não eram nada aos olhos de ninguém. Situações que possivelmente só tiveram significado na minha cabeça. E aí eu finalmente senti tesão pela Lexa. Finalmente entendi, pelo menos um pouco, o que todo mundo sentia na adolescência. Mas já era o tempo errado. Entendi que já estava passado, que nem aquela banana meio podre. Eu nunca tinha consumado um romance de ensino médio, não sabia ser um bom namorado. Não sabia as regras e nem gostava das que aprendia dia após dia.

O churrasco do Edu tinha sido o fim pra mim. Todos os caras de lá acharam aquilo tudo muito normal. O próprio Edu foi pro Café com a galera. Só eu fiz questão de ficar pra trás. Não queria que o amor fosse assim. Não queria essa normalidade dos relacionamentos deles. Eu não queria ter que seguir o que os outros à minha volta me falavam.

Ali, segurando a mão da Lexa sobre a mesa e enxergando a gentileza em todos os seus traços, eu me senti seguro. Apesar do meu drama, ela ainda estava ali. A gente ainda podia dar certo.

— Cê tá bem mesmo? — Lexa me perguntou.

— Tô. Acho que ainda tô meio enjoado, mas tão pouco que até esqueço.

— Te achei meio estranho.

— Fiquei mesmo. Sei que devia ter falado melhor contigo. Desculpa.

— Não tô falando disso.

— Ué. Como assim?

— Não sei. Você não parece feliz. A gente… eu mesma. Sei lá. Você não se sente diferente? Diferente de um jeito esquisito?

— Esquisito como, Lexa?

— Não sei explicar.

— E como é que eu vou responder, então? — Ri, crente de que a gente ia mudar o curso da conversa pra algo melhor.

Mas foi bem o contrário. Lexa virou o rosto e enxerguei a culpa que ela tentava esconder.

— Que foi?

— Posso te fazer uma pergunta?

— Todas.

— Não leva a mal, por favor. É só uma pergunta.

— Que isso. Tô até ficando com medo. — Soltei outra risada.

Mas ela tava séria. E o sussurro que me deslizou em seguida, tão baixinho, era uma extensão do sentimento azedo que ela parecia tentar bloquear, mas não conseguia deixar de sentir. Ela precisava saber, e perguntou:

— Você é gay?

Minha primeira reação foi alargar o sorriso e usar toda a minha energia pra esconder o completo desespero que me explodiu por dentro. Até dei uma risadinha e olhei pro lado, mantendo uma máscara divertida de quem esperava ver uma equipe de pegadinha do Silvio Santos ali. Tudo pra esconder da Lexa como aquela pergunta tinha me afetado. E não era nem por ela, mas por mim. Se alguém se afeta com alguma coisa, é porque tem um fundo de verdade, né. Todo mundo sabe. Eu precisava provar pra mim mesmo que aquilo não tinha sido nada.

Do modo mais natural que pude, respondi:

— Não. Por quê?

— Sei lá. Acho que você anda meio triste. Nervoso.

— E por isso eu sou gay?

— Então é verdade que cê tá mal?

— Lexa, não tô te entendendo. É o sexo? Você não tá gostando? Vamos conversar.

— Quê? Não tem nada a ver com sexo.

— Então por que cê acha que eu sou gay?

— Não acho, foi só uma pergunta.

— Mas uma pergunta não vem do nada, né. Por quê? Tá faltando alguma coisa?

— A questão não é essa. Eu tenho te achado estranho, é só isso.

— Lexa, explica melhor. Desse jeito…

— Você ficou assim depois que a gente começou a namorar. Sou eu o problema?

— Linda, não tem problema nenhum.

Ela só continuou me encarando.

É claro que tinha um problema. Nós dois sabíamos disso, mas só a Lexa teve coragem de colocar em palavras.

— Vamos dar um tempo? — perguntou, apertando minha mão bem de levinho.

— Eu não preciso de um tempo. — Retribuí o gesto, de um jeito menos controlado. — Eu te amo.

— Vamos dar um tempo.

Dessa vez fui eu quem ficou quieto. Todo resquício de alegria em mim também se calou.

— Uma semana. Pra respirar, colocar a cabeça no lugar.

— Se é isso que você quer, ok.

Lexa começou a fazer carinho na minha mão, como quem acalma um animal. Passando o dedão delicadamente sobre meus dedos que tinham o dobro do tamanho. Me afastei desdenhoso.

— Eu te amo.

— Eu também te amo.

Lexa virou seu suco do jeito mais educado possível, pra não parecer que queria fugir dali. Nós dois queríamos e sabíamos disso, mas fiquei grato pelo teatrinho. Disse pra não se preocupar, que aquela conta era minha. Ela agradeceu e foi embora.

Pedi mais um suco de cacau com uva.

Theo, você foi meu primeiro amor e minha primeira grande vergonha. Me despertou esse desejo e essa paz que sempre sonhei em encontrar, mas também me mostrou quão ridículo eu tava disposto a me tornar pra chegar um pouquinho mais perto de você. Só um pouquinho. Um encostar de mãos. Um segundo a mais de abraço. Ridículo, sim, mas eu preferia viver setenta anos assim do que três dias no modo como me comportei naquela semana em que eu e Lexa estávamos *dando um tempo*. Semanas, na verdade. O prazo, que levei ao pé da letra, foi se renovando infinitamente.

Entrei em um estado de desespero. Era hora de focar todos os meus esforços em reconquistá-la e fazer aquele tempo passar logo, pra voltarmos a ser o casal normal e feliz que tínhamos tanto potencial de ser. Passei a me vestir melhor, peguei pesado na academia, gastei minhas poucas economias com presentes que eram claramente escolhidos pra causar impacto. Aquele perfume que nunca foi uma realidade, um anel, um chocolate importado. E mais do que isso: minha completa subserviência.

Apesar de Lexa aceitar tudo isso com sorrisos e agradecimentos, de alguma forma seus gestos me deixavam inseguro. A cada presente, a cada beijo na bochecha, sentia que ela me escapava mais um pouquinho — e, consequentemente, eu me empenhava mais. Mais, mais e mais. Eu me sentia em uma corda bamba. Precisava mostrar atenção suficiente pra que ela notasse meu esforço, mas sem sufocar.

Foram algumas semanas assim, até Lexa me chamar pra conversar. Sem cerimônia nenhuma, marcou na praça de alimentação do nosso shopping de sempre, fazendo questão de dizer que seria coisa rápida.

Me arrumei e fui, com um buraco no lugar do estômago.

— Minha linda, tudo bom?

— Aham. Como cê tá?

— Bem. — E notei a sacola do presente na mão dela. — Pera, eu te dei o número errado? Jurei que ia acertar na blusinha.

— Não, não é isso, não. Vamos sentar?

Obedeci, enquanto investigava:

— Ih, então errei no estilo. Acho que é pior, né?

— Não errou no presente. É só que não posso mesmo aceitar.

— Ué.

— Quero terminar.

Fiquei quieto.

— Não quero que você fique mal — ela acrescentou, como quem tenta confortar um animal antes do abate.

Segui em silêncio, incapaz de despregar os olhos dela.

Lexa não disse mais nada. Só me encarou, constrangida.

Depois de alguns instantes, finalmente consegui sussurrar, com a voz falhando:

— O que eu fiz de errado?

— Nada de específico.

— Então por que tá terminando comigo?

— Porque não tá funcionando.

— Eu te amo.

— Não é verdade.

— É, sim.

— Você ainda não sabe, mas nunca me amou de verdade.

— Como é?

— Lindo, voc...

— Não me chama de lindo. Fiz tudo o que eu podia pela gente e você vai me tratar igual criança? Falando pra mim o que eu sinto ou deixo de sentir, é isso?

— É. Você não sabe o que sente por mim.

— Não quer me dizer por que quer terminar comigo e ainda vem com essa de que eu é que não sei o que sinto? É sério isso, Alexandra? Tá jogando a culpa em mim?

— Ninguém tem culpa.

— Claro que tem. Nada morre assim do nada. É uma relação de duas pessoas, ou eu ou você temos culpa. Ou os dois. Mas nenhum? Não vem com essa.

— Você tá sendo muito duro.

— Contigo?

— Com nós dois.

O riso que eu emendei na frase dela não tinha nenhuma alegria. Lexa se encolheu um pouco com a chibatada do meu veneno. Ainda cheio de ódio, emendei:

— Ok. Obrigado por não me dar nenhuma justificativa. Era só isso?

— Não faz assim. Por favor.

— Lexa, só quero acabar com isso logo. Tá certo, a gente não vai mais se ver. Mais alguma coisa?

— Eu não quero deixar de te encontrar. Não pra sempre. Eu te amo muito, como amigo.

— Seu amigo viadinho, né.

E aí eu consegui o que tava querendo de verdade: ver a dor repuxar a expressão de Lexa numa careta de dar pena. Soube que aquele meu ataque tinha um fundo de verdade ressoando nela, o que me satisfez e enraiveceu ao mesmo tempo. A última coisa que eu queria naquela hora era me conter, então continuei:

— Não é por isso que você tá terminando comigo? Meteu na cabeça que eu sou viado por algum motivo e não tem coragem de me falar.

— Lindo, por favor…

— Não entendo. Eu te tratei do melhor jeito que pude, me preocupei contigo, me abri pra você, te dei presente. Tentei ser o melhor namorado, e você me vem com essa? Acordou um dia achando que eu gosto de homem, decidiu terminar comigo e ainda fica dando volta pra me falar o motivo. Fala na cara que dói menos, Lexa. Não sou de vidro, não.

— Se você gosta de homem ou não, eu não sei, mas o que eu *posso* dizer é que você não me ama de verdade. A gente não se ama desde que oficializou o namoro.

— Então tá bom. Vê se escreve um manual pro próximo cara saber o que é e o que não é amor de acordo contigo. Aproveita pra chamar um advogado e reconhecer em cartório.

Ficamos em silêncio. Eu virei a cara pra fila no McDonald's. Ela suspirou, também olhando em volta.

Lexa colocou a sacola da loja em cima da mesa.

— Aqui. São os presentes que cê me deu nessas últimas semanas. Não posso aceitar, mas você acertou em todos.

— Pode ficar.

— Não vou me sentir bem.

Peguei a sacola.

— Espero que a gente volte a ser amigo — disse ela. — Eu gostava da gente daquele jeito.

— Eu também.

Lexa me deu um sorriso triste. Não sei se retribuí.

Ela levantou e foi embora.

Esperei que saísse totalmente do meu campo de visão pra fazer o mesmo. Paguei o tíquete do estacionamento e fui pro carro que tinha pegado emprestado com o Caíque. Fechei a porta, coloquei a chave na ignição e comecei a chorar compulsivamente antes mesmo de girá-la. Chorei muito tempo no carro parado. O sol da tarde deu lugar à noite. Os vidros se embaçaram. Tive que pagar o estacionamento de novo.

Quanto mais pensava na minha história com a Lexa, mais triste eu ficava. Só que a melancolia não existia por mais de um segundo. Bastava uma respiração pra que o derrotismo virasse ódio.

Aquele meu choro no carro tinha sido dez por cento autopiedade e noventa por cento indignação. Fiquei inquieto. Quando cheguei em casa, larguei o carro na garagem do prédio e saí pra andar pelas ruas do bairro. Sem destino, só pra queimar o ódio que me consumia.

Passei por lugares lotados de gente feliz e outros totalmente vazios, torcendo pra encontrar problema. Tudo o que eu queria era uma desculpa pra arrumar briga ou quebrar alguma coisa. Sem que ninguém me perguntasse nada. Sem que ninguém tentasse entender. Eu só queria uma desculpa.

Mas essas coisas nunca acontecem quando a gente quer. Voltei tarde da noite e passei mais um tempo no carro. Comi o chocolate importado que Lexa tinha me devolvido e guardei a sacola no porta-malas. Deus me livre chegar em casa com aquilo. Queria evitar qualquer menção à minha namorada. Ex-namorada. Aqueles presentes devolvidos eram um convite pra "isso aqui não era pra Lexa? Que que houve?". E esse tipo de pergunta eu não aguentaria responder naquele momento.

Finalmente subi, abri a porta, e dei de cara com os amigos do meu irmão na varanda.

— Ih, chegou o pegador! — Zé me recebeu puxando um coro de batucadas na mesa.

Forcei um sorriso que torci pra ser convincente.

— Demorou, hein — Caíque lançou, malicioso.

Seus amigos riram, sabendo o que estava implícito naquela sugestão. Eu engoli minha sinceridade mais uma vez e forcei o teatro. Então, pra ser simpático, tomei um gole da cerveja do Caíque, mas logo inventei que tava cansado e fui pro quarto. Fechei a porta e me joguei na cama de roupa mesmo. Exausto.

Exausto e totalmente acordado. Nem a maratona da raiva nem a encenação na chegada em casa tinham sido suficientes pra me tirar do ciclo vitimista em que minha cabeça se viciou. *Eu nunca vou amar ninguém*. Ali, parado no quarto escuro, com o braço jogado sobre os olhos, a maciez da coberta e o ronronar do ar-condicionado, e mesmo assim mais desconfortável que nunca.

Revisei meus momentos com a Lexa, tentando identificar os pontos em que tinha ferrado tudo — pelo menos era isso que eu me dizia que estava fazendo. Na realidade, só queria ressentir aquela sensação que tinha gosto de piche. Minha cabeça voltava sempre pro mesmo ponto:

Você é gay?

Essa insinuação me atravessou como um arpão bem no meio da testa. Quão intrinsecamente errado e deturpado eu devia ser pra ter demorado tanto a namorar? E pior: pra quando finalmente consegui, ainda ter que ouvir minha namorada perguntar se eu gostava de homem?

Claro que a primeira coisa que pensei ter despertado essa dúvida foi o sexo. Esse era o problema. Ser ruim de cama é o maior pecado do macho. Se alguma coisa deu errado, é porque não fui "homem o suficiente". Metade da autoestima masculina tá penhorada na transa. Todo homem sabe que o grande pilar do orgulho é a potência sexual. Claro, somos adestrados assim desde filhotinhos.

Mas nossa transa era boa. Eu adorava e ela também. Ela também. Disso eu sabia. Então o que podia ser?

Fiquei ruminando essa dor por muito tempo, sem conseguir pegar no sono. Depois de horas de tortura autoinflingida, levantei para pegar um copo d'água no meio da madrugada. Rastejei pra cozinha, tirei a garrafa da geladeira, enchi um copo e fui pra varanda. Me debrucei no parapeito e fiquei vendo se havia outros insones nos apartamentos vizinhos.

— Cê também tá mal, é?

Me virei. Encontrei o amigo do meu irmão. O único que tinha sobrado.

— Ih, vai cair aqui, Zé? Te acordei?

— Nada. Dá um gole?

Estendi o copo.

— Tá mal? — perguntei.

Ele deu um gole e me devolveu, com uma careta, como se dissesse "a gente sempre tá, né?", então perguntou:

— E tu, que que houve?

— Nada.

— Eu sei que aconteceu alguma coisa.

— Não aconteceu nada.

— Tá de saco cheio dos amigos idiotas do seu irmão invadindo a casa sempre que seu pai viaja, né? Pode falar, eu aguento.

— Não é isso.

— Então é alguma coisa. Desembucha, vai.

— Como cê sabe?

Ele riu, bateu a mão no meu ombro e apertou.

— Sei nada, moleque. Você que acabou de falar.

— Palhaço. — Ri junto.

— Se quiser desenvolver, tô aqui.

Fiquei quieto.

— Só se quiser, tá? — ele insistiu.

Continuei quieto, sorrindo.

Zé colocou a boca bem perto do meu ouvido e sussurrou:

— Cê não quer falar não?

— Cala a boca, Zé.

Chacoalhei o ombro com um sorriso. Ele retribuiu e imitou minha pose, escorado no parapeito.

— Ok, vou ficar aqui contigo, então. Se juntar meu sono com o teu, um dos dois vai acabar dormindo.

E ficamos ali, quietos, olhando o movimento da madrugada. Não pensei na Lexa. Lembrei de você. Fechei os olhos e lembrei dos nossos silêncios, Theo. Bateu uma saudade tão grande que não quis mais abri-los. Nem quando Zé disse brincando:

— Só não pode cair pra frente, hein.

Então caí pro lado. Deixei minha cabeça tombar no ombro dele, lembrando do cheiro da sua piscina, Theo. Do cheiro do seu cabelo e do perfume que exalava do seu corpo naquela noite.

Senti a surpresa congelar o corpo do Zé, mas escolhi ignorar. Ele também. Passou um braço pelos meus ombros e me puxou pra perto. Durante aquele momento, esqueci quão intrinsecamente errado eu era. Minha cabeça enfim desligou. Eu era apenas tato para o frio da madrugada e para a maciez do casaco do Zé. De olhos fechados, era quase como se fôssemos eu e você ali. E, mesmo não sendo, era bom. Muito bom.

Esfreguei a cabeça de leve no ombro dele. Ele levou a mão ao meu pescoço e apertou, gentil. Com esse carinho, avancei pra me afundar no pescoço dele. Dei um cheiro. Ele me apertou de novo. Então tive que dar um beijo. E outro. E outro, subindo aos pouquinhos pelo pescoço.

A boca do Zé era tão gostosa quanto a da Lexa. Tão macia quanto a dela e talvez até mais delicada. Me aconcheguei ali. Fisguei o amigo do meu irmão e o levei devagarinho, com paciência, até o meu quarto.

Se você pega um cara uma vez, significa que você é gay?

Eu acordei do lado do Zé me sentindo o mesmo de sempre. O que foi bem anticlimático. Sempre pensei que seria diferente. Pelo tanto de drama que as pessoas faziam, pelo alerta do meu pai e o bullying constante, eu achava que "virar gay" fosse ser um grande marco na minha vida. Que nem achar que a vida vai passar diante dos nossos olhos na hora da morte e que de repente tudo vai fazer sentido. Uma grande revelação. Uma compreensão súbita das coisas que só estavam a um passinho de distância.

Mas ali, com a cabeça repousada no braço do Zé, sentindo aquela respiração sonolenta no meu ouvido e o calor da mão dele aberta no meu peito, eu ainda me sentia tão perdido quanto no dia anterior.

Então talvez eu não fosse gay. Ou ainda não. Talvez precisasse fazer mais coisas, mais vezes. A heterossexualidade tem um limite? Será que alguma hora eu ia entender? Alguma hora o jeito estranho com que eu tinha vivido meus afetos até ali faria sentido, assim, magicamente?

Quando ouvi a porta do quarto do meu irmão se abrir, todos esses questionamentos ficaram pra trás. Como ele já tava de pé? Eram sete da manhã. Pelos meus cálculos, Caíque ainda dormiria por mais umas três horas, pelo menos. A porta do banheiro foi a próxima a bater. Fiquei atento, torcendo pra que ele saísse logo dali e voltasse pro quarto. Mas no instante seguinte o chuveiro foi ligado. Puta merda.

— Zé. Zé!

Ele abriu o olho e já emendei:

— Caíque acordou.

Imediatamente, ele também.

— Tá no banheiro. Toma isso, deita na sala e finge que tá dormindo.

Arranquei a coberta da cama e empurrei um travesseiro pra ele. Zé, meio desesperado, entendeu num instante e escorregou pra fora da minha cama e do meu quarto.

É claro que não consegui dormir depois. Fiquei todo ouvidos pros passos seguintes do meu irmão, mesmo que meu coração insistisse em bater no ritmo de uma bateria de escola de samba. Acompanhei quando a água parou de jorrar, quando ele escovou os dentes, quando abriu a porta. Só consegui respirar de novo ao ouvir sua voz na sala:

— Acorda, vagabundo!

Seguido do que presumi ser um espancamento de travesseiro.

— Qual foi, Caíque?!

E logo depois, risos. Fiquei aliviado. O perigo tinha passado. Era só marcar um tempo no quarto e sair como se nada tivesse acontecido. Ninguém nunca saberia da minha noite com o Zé. Nós dois poderíamos ignorar aquilo e seguir tranquilos. Bem, eu ainda não sabia se queria ignorar, na verdade, mas era bom ter essa opção.

Quando saí do quarto fingindo sono um tempo depois, encontrei os dois comendo na sala.

— Fala, pegador!

Zé me recebeu com uma malícia tão descarada que tive que me controlar pra não fugir de vergonha.

— Fala — respondi. — Tem pra mim também? — perguntei, apontando pra mesa de café da manhã.

— Pega um prato lá — Caíque me respondeu.

Tomamos café juntos e jogamos *Super Smash*. Zé foi embora como se aquela tivesse sido mais uma noite comum na casa do melhor amigo. Tava tudo bem. Fui pra cozinha e lavei a louça, relaxado. Tava tudo bem. A Lexa não passou pela minha cabeça nenhuma vez, tampouco minha noite com o Zé. Era como se uma situação tivesse anulado a outra. Me livrei tanto da raiva do término quanto da alegria do carinho. Tomei isso como um saldo positivo e fiquei satisfeito. Tava tudo bem.

Até entrar no meu quarto e ver o cobertor dobrado ao pé da cama. O cobertor que eu tinha dado pro Zé fazer aquele teatro na sala. O cobertor no qual eu não tinha mais tocado desde então. E, se não havia sido eu, apenas uma outra pessoa no apartamento poderia ter deixado ali.

— Cê quer me contar alguma coisa? — Como um abutre, Caíque me espiava do batente da porta do próprio quarto. De tocaia, pra me pegar no susto. Conseguiu. — Cê achou mesmo que ia me dar uma volta?

Se alguém tentasse me tocar naquele momento, eu provavelmente me quebraria que nem um galho seco. Mas Caíque só se aproximou com os olhos em mim, famintos.

Foi aí que comecei a chorar. Lágrimas brotaram e escorreram pelo meu rosto de um instante pro outro, sem que eu fizesse — sem que eu *conseguisse* fazer — qualquer tipo de movimento ou emitir qualquer som. Totalmente paralisado pelo meu cérebro, que usava toda a sua capacidade pra projetar saídas possíveis daquele pesadelo, virei uma estátua ridícula. Em meio às lágrimas, vi a expressão do Caíque se transformar em alguma coisa entre o nojo e a compaixão.

Então, a porta de entrada rangeu. Passos tranquilos. Rodinhas correndo no piso.

— E aí, meus delinquentes!

Me virei pro meu pai apenas pra ver a leveza do seu rosto de recém-chegado de viagem se transformar na expressão preocupada de um recém-chegado de viagem. Tão rápido quanto tinham brotado nos meus olhos, as lágrimas secaram. Passei a mão no rosto, rápido, como se, naquela velocidade, meu pai não fosse perceber. Todo o meu pavor simplesmente virou uma urgência de não mostrar fraqueza.

— O que aconteceu? — ele perguntou, sério.

— Não foi nada — Caíque respondeu.

— Seu irmão tá chorando. O que você fez?

— Não fiz nada! Só encontrei ele assim.

— Por que você tá chorando?

— Terminei com a Lexa — respondi dolorosamente, mas com a voz limpa.

Vi a expressão do Caíque passar pela confusão e chegar a um entendimento. Esperei que meu pai se tornasse severo e dissesse o famoso *engole o choro*, mas não foi isso o que aconteceu. Ele se aproximou e me deu um abraço apertado e sincero.

— Tua primeira, né?

— É.

— A gente pede uma pizza hoje. Mas levanta a cabeça, porque mar que tem Alexandra também tem Carla, Letícia, Fernanda… tá certo?

— Tá certo…

— Escolhe o sabor com teu irmão e me fala.

E saiu, levando a mala de rodinha pro quarto.

Ficamos Caíque e eu ali no corredor.

Ele me disse:

— Não sabia que cês tinham terminado.

— Metade pepperoni e metade o quê? — cortei.

Depois de ter comido a pizza no jantar, fui pro quarto e me joguei na cama. Imediatamente senti o cheiro do Zé no travesseiro — e aí bateu. Bateu saudade da noite com ele, saudade dos momentos bons com a Lexa. Saudade de um cafuné, um cheiro no pescoço e um abraço.

Perdi algum tempo ali, fantasiando com aconchego e carinho. Fui olhar umas fotos do amigo do meu irmão nas redes sociais e, no piloto automático da carência, saí adicionando no Facebook meninas que eu nem conhecia. Essa sim, essa não, essa sim. Sim, sim, não, sim, não, não, não, cutucada. Pera. Eu dei uma cutucada na garota? Que humilhação. Ela vai achar que tô desesperado.

Ela me aceitou.

Bem, se era pra partir pra próxima, aquilo me pareceu um bom sinal.

Carol. Argolonas, pele de quem tá sempre com o bronzeado em dia, cabelos lisos e escuros como os olhos profundos. Bochechas altas e um sorriso lindo, lindo. Gabaritou a lista de atributos da beleza padrão barrense na época. Uma miss burguesinha em ascensão, poderíamos dizer.

O papo fluiu e marcamos um jantar naquela semana. Me vesti bem, passei perfume e peguei uma mesa pra gente no mesmo restaurante em que a Lexa tinha me pedido um tempo. Aliás, a mesa do meu massacre estava bem no meu campo de visão, desocupada. Pedi meu suco de cacau com uva e aguardei. Um casal ocupou a mesa fatídica logo depois. A mulher era exatamente aquilo que a Carol se tornaria em cinco anos. Já o cara era bem diferente de mim. Camisa social de linho branco com dois botões abertos. Óculos preso no terceiro. Mangas dobradas até o cotovelo. Era alto, forte, confiante. Uma confiança tão genuína que, de pouquinho em pouquinho, foi destruindo a minha, frágil e artificial. Sempre tive problemas com pessoas muito certas de si, especialmente se essas pessoas fossem homens. Nos meus melhores dias, me irritam, e nos piores, acabam com minha autoestima.

Senti meus ombros se abaixarem em derrota. Coloquei os braços mais perto do tronco e tomei um gole do suco pra me acalmar.

Ele sentou do lado da mulher. *Do lado*. E já pousou a mão pesada na perna dela — sim, Theo, eu tava espiando descaradamente. E não parei tão cedo. Ele beijou o pescoço dela e então a boca. Ninguém se incomodou. Como, né? Quem ia parar um cara daqueles?

— Tá no suquinho?

Uma voz de algodão-doce veio de cima.

Carol me iluminou com seu sorriso de porcelanato.

Levantei meio desajeitado, enquanto colocava minha melhor máscara de tranquilidade, e puxei a cadeira pra ela sentar.

— Fofo. E aí?

— E aí?

— Você que me fala, ué.

Ri. Ela também. Silêncio.

— Então…

Comecei a inventar coisas pra alimentar a conversa. Carol não deixou de sorrir um instante sequer, nem sua voz vacilou na gentileza. Ela riu, encostou a mão na minha, me olhou nos olhos. Só que nada disso foi suficiente pra me garantir de que ela tava gostando daquele encontro. Pelo contrário, quanto mais ela se divertia, mais eu ficava incerto.

Me esforcei pra aparentar naturalidade, mesmo que todos os meus movimentos fossem absolutamente artificiais. Todos cópias daqueles que o cara da mesa da frente fazia. Incorporei a linguagem corporal dele aos pouquinhos, tentando ignorar o fato de que aquilo que no corpo forte e dominante dele era charme no meu podia soar ridículo.

Quando o casal-modelo pagou a conta e se foi, tomei coragem e puxei minha cadeira pro lado da Carol. Ela nem notou. Ficou completamente hipnotizada pelo cara, que passou bem do seu lado. Quando voltou o foco pra nós dois, eu já tava ali, bem perto.

— Oi — ela disse, com o rosto colado no meu.

— Oi — respondi, me aproximando mais.

A gente se beijou por um bom tempo. Tempo suficiente pra ganharmos olhares incomodados das pessoas ao redor. Meio que me orgulhei disso.

Tudo correu como devia. Paguei a conta e fui levá-la em casa. Nem precisamos ir até o carro. Ela morava do lado do restaurante. Foi mais rápido chegar na portaria dela do que no estacionamento. Paramos em frente ao portão do prédio. Fui me aproximando de novo com segundas intenções, meio envergonhado. Ela não se afastou, mas também não me encorajou. Quando eu estava bem perto do seu rosto, ela disse:

— Você é um fofinho, sabia?

— É? Cê gostou?

— Aham. Mas acho que não é pra mim.

— Ué.

Me afastei. Meu orgulho se pulverizando em inadequação.

— Calma. Cê não fez nada de errado. Sou eu, mesmo.

— Como assim?

— Você é lindo, educado, gostei da nossa conversa, do nosso beijo. Eu queria gostar de você, mas cê não faz meu tipo.

— Pô, qual seu tipo?

— Ah, uns caras mais, sei lá, mais homão, sabe? Desculpa. Sei que é horrível isso, mas é verdade. — E riu, meio incomodada.

Acompanhei no mesmo tom.

— Um beijo de boa-noite só, então?

— Tá bom.

Mas quando enlacei sua cintura com vontade e me aproximei, ela recuou a cabeça, esfregou o nariz no meu e então escapuliu de mim.

— Fofinho — disse, já entrando, naquele tom açucarado de ácido sulfúrico.

Fechou o portão e subiu.

Precisei de um instante pra me recuperar. Só então iniciei a caminhada de volta pro carro.

Fofinho.

Ela gosta de homão.

Eu era *fofinho.*

Aquele cara do restaurante era o tipo dela. Com certeza era. O homão. De camisa social, roupa de marca, cabelo penteado, barba fechada, num restaurante de classe média alta, cheio de músculos. Ele não era *fofinho.*

Entrei no carro pesado de vergonha.

Fofinho. Eu nunca conseguiria escapar disso. Por mais que imitasse, por mais que estudasse caras como aquele, por mais que quisesse.

Então foda-se. Era melhor aceitar logo.

Peguei o celular, fui nos contatos, desci a lista.

— E aí, Zé. Tá de bobeira?

Encontrei o Zé um pouco mais pra frente do condomínio dele, num espaço meio vazio da rua, longe da vista dos porteiros. Ele entrou no carro e me cumprimentou como se estivesse encontrando um amigo qualquer. Não sabíamos pra onde estávamos indo. Não sabíamos o que íamos fazer. Eu só falei que queria me encontrar com ele e ele respondeu que queria se encontrar comigo.

Fomos jogando conversa e gasolina fora, zanzando pra cada vez mais longe, nas ruas mais vazias do Recreio. O joelho dele discretamente se movia pra perto da marcha. Eu discretamente esticava os dedos ao passar da terceira pra quarta. Nosso contato era eletrizante. Uma, duas, quatro, seis vezes aquilo aconteceu. A cada uma delas, minha razão perdia um pouco mais de território pro desejo. Encontrei uma rua bem deserta e simplesmente parei o carro. Virei pro Zé e disse:

— Gostei muito.

— Do quê, pegador?

Ele abriu um sorrisão que me zoava com cada dente e se aproximou um pouquinho.

O sorriso que eu abri foi mais discreto, mais envergonhado.

— Cê sabe.

— Sei não. Fala.

Mas continuei em silêncio. Minha resposta foi pousar a mão no joelho dele. Colocar em palavras ainda era difícil pra mim — só que eu conseguia compensar o desastre da linguagem com a confiança do corpo. Eu sabia o que queria e não tinha vergonha de deixar o Zé ciente, desde que não precisasse falar nada.

Apertei seu joelho e me aproximei dele. De verdade, não como ele tinha feito. Olhei bem no fundo daqueles olhos.

O sorriso do Zé foi desaparecendo à medida que ele perdia confiança. Seu rosto pálido ficou vermelho e ele chegou a baixar um pouco a cabeça, mas não se afastou nem um milímetro. Subi um pouquinho a mão e ele ficou ainda mais envergonhado. Puxei o boné da sua cabeça, examinei, e o coloquei na minha. Ele encarou e sorriu.

— Que foi? — perguntei.

Ele balançou a cabeça.

Me aproximei mais.

— Fala.

— Cê fica lindo de boné — ele sussurrou bem baixinho.

Eu ouvi muito bem, mas aproximei meu ouvido um pouco mais e disse:

— Quê?

— Ficou lindo — ele falou ainda mais baixo.

Cheguei perto o suficiente pra ouvir sua respiração. Antes que eu pudesse continuar atiçando, como era a minha intenção, Zé beijou meu pescoço. E foi descendo. Eu também. De alguma forma, fomos parar no banco de trás. Era madrugada e estávamos nos atracando num carro no meio de uma rua deserta. A sensação era de que nada podia dar errado ali. Não enquanto meus dedos apertassem a carne da cintura do melhor amigo do meu irmão. Não enquanto a mão dele puxasse meu cabelo e a boca dele encontrasse meu pescoço. Eu sentia mais medo de ser assaltado esperando o ônibus no ponto numa tarde de domingo do que ali, naquela hora. E olha que até abri um pouco os vidros do carro. Os quatro.

Éramos como presas com a barriga virada pra cima no meio de uma clareira. Não tinha como ficar mais fácil de atacar a gente do que naquele momento — e acho que um pouco do tesão da situação vinha disso. Não só pela inconsequência mútua, minha e do Zé, dispostos a fazer aquela maluquice só pra trocar um carinho, mas também porque ela ecoava a nossa dinâmica mesmo.

A fragilidade não era só nossa em relação ao transeunte que passasse por ali, mas também um com o outro. Ali no carro, eu me senti tão presa quanto predador. Presa porque tinha sido eu a ceder primeiro e a chamar o Zé para aquele encontro, era eu que estava agarrado nele, eu que deixava exposto o meu prazer com longos suspiros e elogios sussurrados. Ao mesmo tempo, por esses mesmos motivos eu me sentia predador. Enquanto meu prazer era aberto, o do Zé era mais escondido. Ele não falava nada, nem emitia som algum, mas quando fechava os olhos a entrega era tanta, mas tanta, que ficava claro qual de nós dois era o mais frágil ali. O fato de tentar disfarçar ou esconder seu desejo o tornava ainda mais refém dele. Apesar de tentar manter alguma pose, ele deslizava na verdade que evitava encarar.

O Zé parecia um filhotinho de cachorro, completamente incapaz de esconder sua fofura. Tentava manter alguma postura marrenta, latir bravo, mas era impossível. Isso fazia dele absolutamente ridículo e também terrivelmente lindo.

— Lindo — falei no ouvido dele, quando nos acalmamos.

Ele não respondeu. Só continuou de olhos fechados.

Sei lá quanto tempo ficamos ali. Até que Zé vestiu a camisa, colocou o boné de volta e me disse, com outra máscara no rosto:

— Fica entre a gente, né? — De repente, ele não tinha mais a vulnerabilidade de um filhote. — Não me leva a mal. Eu gosto de você, mas não quero que ninguém fique sabendo. Beleza?

— Claro. Não vou fazer nada pra te ferrar, Zé. Gosto de você também.

Ele sorriu. Pulou pro banco da frente. E eu entendi que a noite acabava ali.

Satisfeito, voltei pro volante, deixei o Zé naquele mesmo ponto, um pouco além da entrada do condomínio, e fui pra casa, me sentindo leve, leve.

Era tarde, *bem* tarde, mas meu pai ainda tava acordado assistindo TV na sala. Quando entrei, ele bateu os olhos no meu rosto e encheu o peito de satisfação. Perguntou, já certo da resposta:

— Partiu pra próxima?

— Parti.

— Valeu a pena?

— Demais.

— Meu garoto.

E voltou os olhos novamente pra TV, orgulhoso de si e do filho macho.

NOVEMBRO DE 2011

— Ei, Zé. Você vai na viagem com o Caíque?

— Ainda não sei.

Silêncio. Continuei fazendo cafuné.

— Se quiser pode ir lá pra casa. Vou ficar sozinho.

Ele riu um pouquinho e olhou pra mim com a malícia de uma criança que vai pregar uma peça. Mas a peça foi justamente não fazer nada. Me ignorar foi a única resposta. Isso e os beijinhos que salpicou no meu peito logo depois.

De olhos fechados, totalmente à mercê do Zé, pensei que tivesse conseguido fabricar aquele amor que eu havia sentido por você, Theo. Na cama dele, com o cheiro dele, tomado pelo carinho, acreditei piamente que tinha encontrado um substituto pra me colocar no transe que, até então, só você tinha conseguido inspirar em mim. Quando Zé se jogou em cima de mim, me esqueci do mundo inteiro — e achei que o esquecimento significava minha liberdade. Liberdade da prisão de estar sempre te procurando. Procurando aquela sensação.

Mas não. Esse esquecimento era só um sexo minimamente decente. E assim que acabava, o Zé dos beijinhos ia junto.

Ele colocou a roupa e deitou do meu lado. Apesar de não me falar pra ir embora nem deixar de me dar algum carinho, senti que o constrangimento tinha se infiltrado nele. Não me olhou mais nos olhos e ficou me dando respostas curtas. Fui embora pouco depois.

No fim de semana seguinte, Caíque viajou. Zé ficou. Mas não foi lá pra casa e nem me mandou mensagem.

Tô querendo assistir um terror hoje 

Bora? 

E condenei meu sábado instantaneamente a ficar esperando uma resposta. Chequei o celular a cada duas horas. Em alguns períodos, de dez em dez minutos. Quando bateu nove horas da noite entendi que não ia rolar terror, nem Zé — mas continuei olhando o celular, só por via das dúvidas. Afinal, ele podia virar do nada e me responder "claro! Tô morrendo de saudades. Indo praí agorinha".

Não aconteceu. Lógico.

Domingo à tarde meu pai chegou da viagem com os amigos. À noite, foi a vez do Caíque entrar pela porta com sua mala. E nada do Zé. Foi só na terça que ele me respondeu:

 Opa, mal. Foi bom o filme?

Respondi tranquilo, como se aquela situação não tivesse mastigado metade do meu cérebro no fim de semana, e acabamos engatando numa conversa. Ele estava bebendo em casa, sozinho. Pediu pra me ligar.

Ficamos conversando sobre qualquer coisa. Entre um papo e outro, tiramos momentos de silêncio só pra ouvir a respiração um do outro.

— Queria tá contigo — falei.

Ele deu uma risadinha. Seguimos em silêncio.

Ameacei desligar. Ele pediu que não. Fomos enrolando naquele papo vazio que não ia pra lugar nenhum. Ficamos quietinhos novamente. Deitei na cama e me cobri até o pescoço, relaxado sob a luz fraca e amarela do abajur. Lembrando do carinho que o amigo do meu irmão tinha me dado algumas vezes. Do carinho na expressão dele. Desejando mais. Foi assim que dormi.

De manhã acordei com uma mensagem do Zé:

 Boa noite, pegador

Usei a ligação com o Zé como combustível pras minhas fantasias durante toda aquela semana. Tentei me lembrar do brilho naqueles olhos. Do cabelo bagunçado quando tirava o boné. Do braço esticado num espreguiçar. Ouvi a voz dele, sussurrada bem baixinho, acompanhada da respiração quente perto da minha orelha em vários cenários imaginários: na cama de um hotel na serra, de uma casa de praia paulista, de uma pousada histórica em Minas Gerais. Vários lugares, mas a mesma entonação lenta, grave e aconchegante. *Boa noite, pegador.*

Dias nisso, Theo. Dias! Passei a semana satisfeito com minhas fantasias pra chegar sexta-feira em casa e encontrar ele, o meu irmão e o resto do grupo mais uma vez na varanda. Ele só levantou a latinha na minha direção sem nem me olhar no olho. Eu, imbecil, me dediquei a noite toda a perseguir discretamente o Zé — sem chegar a lugar nenhum. Cansado e desmoralizado, minha dignidade falou mais alto e finalmente fui dormir. Embalado pela força do ódio e por sonhos de vingança, apaguei.

Acordei no meio da noite com os sentimentos resetados. Acordei sem saber por quê. Então notei uma presença de pé do outro lado da cama. Ela pegou uma ponta da minha coberta, abriu e se aconchegou atrás de mim. Senti a respiração do Zé na minha nuca. Senti sua mão passar pela minha barriga e subir ao peito.

Eu, idiota, me entreguei.

Não trocamos uma palavra. Zé saiu antes que amanhecesse.

Tomamos café juntos na manhã seguinte. Assistimos, eu, ele e Caíque, um ótimo filme de terror. Pedimos pizza à noite. Zé se foi.

No domingo tive vontade de mandar uma mensagem. Estava bloqueado.

Ele nunca mais foi lá em casa. Não enquanto eu estava lá, pelo menos.

Não me arrependo de ter tentado falar com o Zé mesmo depois disso. Passei muito tempo sem que ninguém me abalasse de verdade — com exceção de você, Theo — e tinha acabado de sair de um relacionamento desastroso do qual só queria fugir. O "você vai perceber que nunca me amou de verdade" da Lexa parecia cada vez mais verdadeiro. Sem falar do "você é gay?", que ela havia profetizado.

Será que eu era mesmo tão imbecil, tão ignorante a ponto de não ter noção do básico de mim mesmo? Como é que podia ignorar tanto os meus próprios sentimentos? Como é que eu podia continuar vivendo sem saber se o que acreditava estar sentindo era real? Eu era bem capaz de brigar por alguma coisa hoje só pra no dia seguinte descobrir que estava do lado errado. É óbvio que isso devia ser um problema específico meu, porque ninguém ao meu redor tinha outras pessoas dando pitaco em seus afetos e sentimentos. Por algum motivo, a minha cara, os meus gestos, a minha voz ou sei lá o que convidava os outros a me darem opiniões que nunca pedi. Isso não começou com a Lexa. Ela tinha sido só o capítulo mais recente e doloroso dessa saga de intrusos. Começou lá com o meu pai, em frente ao curso de teatro. Começou antes, provavelmente.

Vivi muito tempo com medo de confirmar as profecias dos outros. Bati o pé e disse: *não, vocês estão errados*. E, pra provar isso, me policiei a todo momento. Virou a minha vida.

Estive atento a tudo o que colocava no mundo. Palavras, tons, interesses, tudo passou a ser medido de acordo com a cartilha do Clube dos Machos. Me esforcei muito. Neguei coisas que me davam prazer e que não tinham absolutamente nada a ver com transar com homens. Farejei opiniões alheias e mudei meu curso até que estivesse alinhado àquilo que eu queria ouvir. Ou pelo menos que se desviasse do destino certo para o qual os outros previam que eu fosse caminhar. Meu destino era meu. Eu precisava que fosse meu.

Tentei o máximo que pude e ainda assim não adiantou nada.

Eu ainda era o viado enrustido que todo mundo enxergava desde sempre. E agora um viado enrustido que enganava mulheres de forma inconsciente pra esconder a inescapável viadagem que não queria aceitar. Era assim que me sentia.

Quando o Zé se afastou sem dar motivos, sem me dizer uma palavra de carinho, nojo ou desculpa depois de toda a intimidade que tínhamos trocado, me senti traído e humilhado. Então decidi que, se o meu melhor não era suficiente, só me restava poupar o esforço de tentar mudar um resultado escrito em pedra. Assim como a Elphaba, eu tinha me cansado. Já tinha tentado demais. Tentei agradar e fazer o certo. Agora foda-se.

Era pra ser viado? Era pra brincar com o sentimento dos outros?

Eu não tinha escolha mesmo. Bastava de gastar tempo pensando. Era hora de sair fazendo.

Tomei coragem e baixei a novidade mais recente do mundo da pegação: um aplicativo de paquera só entre homens. Vi a foto de um torso nu e malhado. Um peitoral de modelo sem nome. Perto.

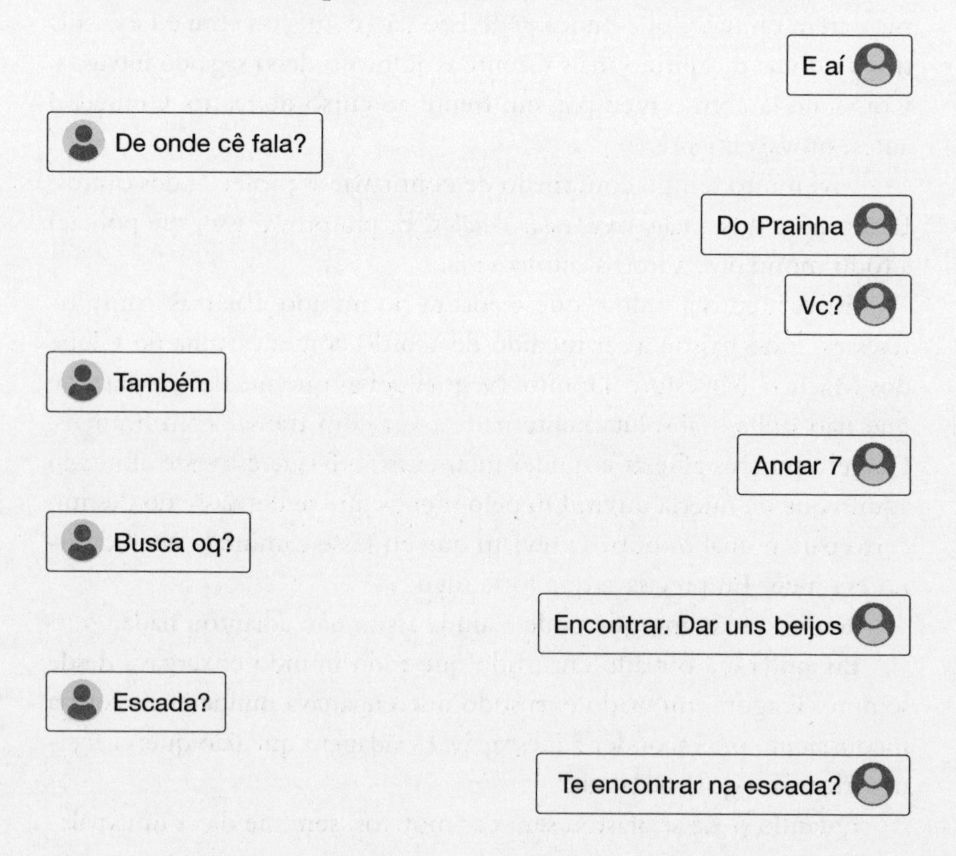

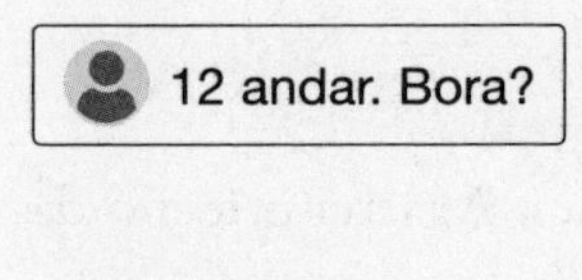

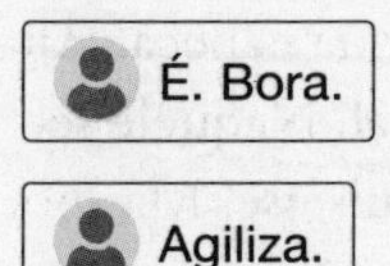

Ok. Te encontro lá.

Meti uma camisa. Meti uma bermuda. Subi as escadas.

Era o menino mais gato do prédio. Eu o via na academia às vezes. Baixinho e musculoso. Eu sempre tentava evitar contato visual com ele. Tentava nunca olhar pros braços e coxas que sussurravam pra mim — crente de que a menor atenção que dispensasse seria notada por todo mundo ao meu redor.

Mas agora?

Agora eu queria era matar a fome.

Ele não disse nada. Me pressionou contra a parede e começou a beijar meu pescoço. Por um instante me perdi, como tinha me perdido com o carinho do Zé, como tinha me perdido com a cabeça apoiada no seu ombro, Theo. Ele veio pra minha orelha e um calafrio me subiu pela espinha. Puxei seu corpo mais pra perto.

Aí ele meteu a mão no meu rosto, apertando com força, e me deu o pior beijo da minha vida. O São Bernardo que eu nunca pedi. Aguentei o quanto pude e escapei pra orelha dele. E então fui descendo devagarinho em beijos pelo seu corpo. Todo mundo gosta disso, né? Bem, nesse momento eu aprendi que não.

Ele se contraiu todo, de um jeito estranho. Em seguida me puxou pelo cabelo e fez que não com a cabeça. Isso eu até achei interessante. Mas não fiquei muito entusiasmado quando ele abriu o zíper da bermuda e começou a empurrar minha cabeça pra baixo. Resisti um pouco.

— Bora — ele disse.

Babaca.

Ainda assim, um babaca atraente. Me ajoelhei. Agarrei o fecho da sua bermuda.

Então ele puxou meu cabelo de novo e afastou minha cabeça. Ali em cima vi seu sorriso fofo, meio escondido pelo peitoral. Naquele segundo, com aquela carinha, ele podia me pedir o que quisesse. Mas no instante seguinte, quando sua outra mão me deu um tapão na cara, a coisa mudou de figura.

— Que isso?! — Levantei.

— Ué.

— Tá doido?

— Para de frescura.

Empurrei ele e me libertei para longe. Aquele corpo padrão agora me inspirava o mesmo desejo que um ralo de pia.

— Você nem é tão bonito — ele disse.

— Pelo menos meu beijo é bom.

E fui embora.

Assim começou minha fase de experimentos. Assim começou minha transformação.

PARTE III

No, it's much better to face these kinds of things
With a sense of poise and rationality
"I Write Sins Not Tragedies", Panic! at the Disco

DEZEMBRO DE 2011

Eu tava cansado da minha vida. Das coisas que eu sentia, de como enxergava tudo e a mim mesmo. Eu precisava mudar. E mudar também meus arredores.

Já bastava daquela história de *mofar sem sair da Barra.*

Já no fim de 2011 comecei a pensar nas minhas outras possibilidades de estudo. E preciso ser muito honesto em dizer que o estudo em si não era minha prioridade, assim como não tinha sido na primeira vez que precisei tomar essa decisão. Se de primeira eu quis pular para uma nova fase da minha vida sem mudanças bruscas, agora eu queria o exato contrário. Na minha cabeça a ordem era:

1. Sair da Barra da Tijuca (o quanto antes).
2. Ir para um lugar onde pudesse ter contato com gente bacana.
3. Sem gastar mais de quatro horas no transporte público.

E vale um adendo: quando eu falo de gente bacana, estou me referindo tanto às pessoas legais quanto às pessoas que têm dinheiro. Na época eu odiaria dizer isso em voz alta, mas agora que tenho noção de como o mundo funciona, sei que estava certo desde lá atrás. Dinheiro faz diferença. Estudo faz diferença. E o lugar onde se estuda, ainda mais. E dentre as coisas que me envergonhavam eu também poderia incluir o quanto eu não me dedicava à vida acadêmica. Meu namoro com a Lexa tinha sido uma fonte de prazer e relevância muito mais palpável e objetiva para mim naquela época do que as perspectivas profissionais de um futuro distante.

Bem, eu tinha acabado com duas coisas arruinadas nas mãos: meu relacionamento com minha melhor amiga e meus primeiros passos tortos na vida profissional. Assim, fiquei quase sem memória nenhuma do que tinha vivido naquele campus barrense com cara de shopping. E mesmo nessa displicência nos estudos, bastaram dois períodos de publicidade para eu entender que não era nenhum gênio (assim como a maioria dos meus colegas) e precisaria de toda a ajuda possível para conseguir sobreviver no mercado. E isso se consegue com ótimas notas? Não. Mas sim com bons contatos. E bons contatos a gente encontra nos lugares certos. Nas universidades certas.

Na PUC.

Na ESPM e Ibmec também, mas elas têm uma atmosfera ainda mais "xô pobre" do que a santíssima Universidade Católica. Sem contar que as duas ainda exalavam a vibe meio barrense da qual eu queria desesperadamente fugir. Além disso, levando em conta meu item número 3 da lista de prioridades, a PUC era a mais próxima de casa. Logo depois do Túnel Rebouças, bem no comecinho da Zona Sul.

Matei aula pra ir lá um dia entender minhas possibilidades de transferência.

Depois de algumas reuniões, consegui uma bolsa parcial e finalmente abri caminho para minha transformação. Meu pai não ficou muito feliz com o preço dessa minha nova fase, mas fizemos um combinado: ele pagaria, no máximo, até o fim do ano seguinte. Se eu não arranjasse um estágio até lá, bem, boa sorte pra mim.

Mas isso era um problema pro meu eu do futuro. Terminei o semestre no meu campus com cara de shopping, seguindo no piloto automático e sonhando com meu primeiro dia no antro dos burgueses ripongas cariocas.

FEVEREIRO DE 2012

Theo, meu primeiro dia na PUC foi uma desgraça.

Acordei cheio de energia e positividade. Peguei um ônibus lotado, saltei na Gávea e andei até o campus. Passei pelas barraquinhas de comida na entrada da universidade como quem passa por um exótico mercado marroquino, e olhei para a copa das árvores que emolduravam o pilotis como se tivesse vindo de Marte.

Meus primeiros minutos naquele lugar já mostraram que tudo ali seria diferente. A começar pelo fato de ninguém me conhecer. Nenhum olhar amigo ou inimigo, nenhum "e aí", nada. Além disso, a fauna dos alunos da PUC era muito mais diversa do que a da minha antiga faculdade barrense. Dava para enxergar com clareza as patricinhas do direito, os cabrestos da engenharia e os esquisitos do design. Tanta gente. Tantas possibilidades!

Mas essa era só a minha impressão inicial.

Ela ficou ainda melhor quando entrei na sala.

Se nós entrássemos hoje em uma sala da PUC, com certeza enxergaríamos os alunos como pequenas larvinhas em formação, mas quando abri a porta naquele meu primeiro dia, me senti muito maduro. Não só porque a sala não parecia um centro empresarial, mas também pela postura dos alunos. Minha turma de marketing lá da Barra era composta da mesma galera do meu ensino médio. Mesmo que não fossem da minha escola necessariamente, o molde era o mesmo. E a postura de "professooor, quanto vale esse trabalho?" também. Só de bater os olhos naquela gente ali, eu soube que ninguém estava preocupado com os décimos das notas. Ali era gente séria. Ali era gente que sabia vencer na vida.

Um aluno, em especial, parecia já ter vencido, inclusive. Me sentei do lado dele. Era um cara negro de camisa clara, um bração do tamanho da minha perna e olhos escuros e gentis. Olhos que grudaram em mim quando me acomodei.

— E aí, cê é aluno novo? — Foi tudo o que ele precisou dizer para que eu o lesse como gay.

— Ah, sou sim — Engrossei mais a voz, instintivamente. — Pedi transferência.

— Fazia o quê?

— Marketing.

— E conseguiu cortar muita coisa?

— Algumas. Comunicação social é mais amplo, né, mas tem umas matérias parecidas.

— E onde cê estudava?

Graças a Deus a professora entrou em sala nessa hora. Aquele cara tinha tocado logo no único pontinho de ansiedade que eu havia carregado comigo pra PUC: o fato de ser barrense. Você sabe a fama que barrense tem no Rio, né, Theo. Se eu pudesse esconder só mais um pouquinho antes das piadas começarem, seria o máximo.

Minha atenção se dividiu em dois elementos ao longo daquela aula: primeiro na professora, depois no cara do meu lado. Ramon, descobri na chamada. Às vezes eu dava uma espiadinha e o encontrava meio largado na cadeira, mas de um jeito diferente do qual você se largava.

Sempre gostei disso em ti, da informalidade com que existia em qualquer ambiente, como se não houvesse espaço nesse mundo que pudesse te deixar desconfortável. Suas mãos atrás da cabeça e a perna sobre uma mesinha de centro sempre me abalaram. Seu cabelo bagunçado e a maneira como se escorava no meu ombro pra falar comigo faziam meu coração bater mais rápido. Mas aquele cara não parecia lá muito confortável jogado displicentemente na cadeira. Enquanto você era só um adolescente, ele emanava a energia de um modelo da Calvin

Klein. Cada membro perfeitamente posicionado para parecer uma estátua grega de prazer e relaxamento. Enquanto a sua displicência sugeria intimidade, a dele sugeria poder.

Isso me deixaria nervoso e me afastaria, se não fosse a gentileza com que ele embalava todos os gestos que me dirigia. Passei a manhã toda ao lado dele, o seguindo de sala em sala e vendo como ele dançava deslizando de interação social para interação social. E foram muitas nesse tempinho.

— E aí, meu amorzinho, como foi de fim de semana?

— Faaala, Brunão! Bora de Pires essa sexta?

— Aaai, que absurdooo, Nat, o episódio de *Mulheres Ricas* de ontem!

Foram só alguns exemplos.

Era muito interessante ver como aquele cara não mudava de máscara, mas sempre se equalizava para corresponder à energia e à expectativa da pessoa com quem estava falando. Isso sem perder a essência. E, por essência, eu quero dizer o tom mais agudo da voz e os gestos mais expansivos e dramáticos. Eu odeio a ideia de gaydar, mas naquele dia senti que era uma realidade.

Era também muito interessante ver como os músculos dos braços dele se inchavam e marcavam com seus movimentos. Como o abdômen rasgado dava uma palhinha quando ele levantava as mãos para se espreguiçar. E era especialmente interessante quando ele dava umas batidinhas nas minhas costas e me puxava pra explicar alguma coisa do campus. Menos interessante, porém, foi quando ele me pegou olhando pra coxa dele quando fomos no Papito do Xina pegar a iguaria puquiana que era aquele monstruoso salgado recheado. Eu tava com a boca cheia e os olhos vidrados quando a voz dele me trouxe de volta pra realidade:

— Ow, vem com a gente no bar essa sexta?

— Onde?

— Aqui atrás.

— Mas emenda direto depois da aula? Não é muito cedo, não?

— Pois é, a galera geralmente vai pra casa e se encontra no bar. E quem mora longe acaba caindo na casa de alguém por aqui. Cê mora onde?

— Longe.

— Longe, tipo onde?

Só que antes que eu pudesse responder, alguma coisa caiu na minha cabeça. Um troço pesado. E a dor do impacto não passou. Ela ficou. E queimou meu couro cabeludo.

— Caralho! — Ramon gritou.

Eu não consegui prestar atenção em mais nada.

Já era noite no hospital Miguel Couto quando vi Lexa abrir caminho entre os pacientes. O desespero ia tomando seu rosto enquanto os olhos rondavam pra cá e pra lá, me procurando. E aí ela me achou.

Vi em sua expressão todo o processo dela entendendo o que tinha acontecido. Primeiro alívio, depois confusão, compreensão e por fim uma gargalhada contida. Meu rosto também se retorceu no mesmo sentimento. E, ali, olhando um pro outro com a mesma vontade, a gente explodiu de rir.

— Caiu um porco-espinho na tua cabeça, garoto?!

— Ouriço-cacheiro.

— Porco-espinho — Ramon, que estava do meu lado, falou.

Nós três morremos de rir com o médico por um tempo. Eu, entre lágrimas de alegria e de dor, porque o cara estava tirando uns duzentos espinhos da minha cabeça sem qualquer tipo de anestesia. E, ainda assim, feliz. Sem aqueles dois, as lágrimas seriam só de dor. A situação era tão inusitada que, no momento, nem me passou pela cabeça a preocupação com a presença da Lexa ali. A gente não se falava desde o término. Mas era ela quem tinha aparecido pra me ver no hospital, depois de Ramon ter encontrado seu número nos contatos do meu celular com o coraçãozinho que nunca tirei. Era isto: minha ex desaparecida e um menino que eu tinha conhecido no mesmo dia se tornaram meus guardiões na emergência. Quem diria.

— Ramon, deixa comigo que assumo daqui em diante. Vai descansar — Lexa garantiu, tomando minha guarda pra si.

— Mesmo?

— Relaxa. Ai! Tá tudo… Porra… Tá tudo bem — concordei, entre um espinho e outro.

— Me manda mensagem, ok? — Ramon me abraçou como dava e se despediu.

Ali, na presença do médico, eu e minha ex-namorada e ex-amiga Lexa voltamos no tempo. Sem nenhum combinado explícito, retomamos nossa relação para os padrões pré-faculdade. Fizemos piada com a senhora hipocondríaca de voz esganiçada, com o médico que parecia completamente perdido e, acima de tudo, comigo. O azarado do porco-espinho. Eu podia ter gastado minha sorte da vida ganhando na loteria, mas, depois daquilo, nada mais de interessante ia acontecer comigo pelos próximos vinte anos.

Foi só depois de ter retirado os espinhos e tomado as vacinas, antialérgicos e anti-sei-lá-o-que-mais que nossa euforia começou a se acalmar. Lexa me levou até seu carro, estacionado ali perto, e iniciamos o trajeto de volta à Barra cada vez mais sóbrios. Era como se a proximidade do bairro trouxesse à tona nossa memória. Como se a Zona Sul fosse um mundo de mentirinha, café com leite, e a Barra fosse pra valer. As consequências do que fizemos tinham sido pra valer. Nosso namoro tinha sido pra valer. E o modo como terminamos também.

No Elevado do Joá já não trocávamos palavra nenhuma.

Ela morava bem no comecinho da Barra, então fiz questão de dizer:

— Pode deixar que daqui eu me viro.

— Vou te deixar em casa.

— Não, não. Tô falando sério.

— Eu também. Você acabou de sair do hospital.

— Mas tô ótimo já.

Ela passou batido pelo retorno que daria em sua casa. Fiquei quieto. Ficamos. Por um bom tempo, até ela lançar:

— Tô com saudade de você.

— Eu também.

— Mas não… daquele jeito — complementou.

Eu soube exatamente o que aquilo significava.

— Pois é. Que merda a gente fez, né?

— Acontece.

— Desculpa.

Ela tomou um tempo processando minha fala. Então, quase sussurrou:

— Desculpa também.

— Eu não devia ter ficado com tanta raiva.

— Mas eu não devia ter dito aquilo.

— Que eu sou gay?

Paramos em um sinal vermelho. Lexa me olhou com olhos feridos e marejados de culpa. Como quem não queria ver as marcas do estrago que causou.

Abri um sorriso que tinha toda a intenção de lavar aquela emoção pra fora do seu rosto. Coloquei a minha mão sobre a dela na marcha do carro e falei:

— Eu… acho que sou gay mesmo. Ou bi, sei lá. Só tive muito ódio dos outros falarem isso antes de eu me descobrir.

— Gatinho… — ela tentou dizer, mas cortei:

— O problema não é você. Nem eu, na real. É só que eu era chamado de gay antes mesmo de ter vontade de pegar um cara. Isso me deixava puto.

— Mas… agora tem?

— Sei lá, Lexa.

— Ué, então não é gay. Simples assim. Você quem diz.

— Só que… eu já fiquei com uns carinhas aí. Com o Ramon mesmo…

— Já?!

— Não, não. Calma. Com o Ramon mesmo, acho que rolou um flerte. Mas eu não sinto *aquela* coisa, sabe?

— Sei.

E um breve silêncio.

— Eu não — falei. — Eu não sei que coisa é essa.

Mais uma vez, Lexa me encarou cheia de perguntas que não colocaria pra fora. E era melhor assim. Primeiro porque já tínhamos tirado muita coisa dos não ditos da nossa relação pra um dia, segundo porque não sei se eu saberia responder naquele momento, e terceiro porque já estávamos na rua do meu prédio.

— Podemos voltar a nos falar? — perguntei, com a mão na maçaneta.

— Podemos — ela respondeu.

— Te amo.

— Eu também.

Sorri e saí.

MARÇO DE 2012

Eu me considero um cara fatalista. Se deixar meu cérebro desocupado por mais de uma hora, com certeza ele vai fabricar uma ansiedade com a qual se ocupar. Geralmente um medo sobre um futuro incerto, que pode ou não se confirmar. E se ele se confirma ou não, pouco importa, porque os efeitos continuam sendo reais.

Nos meus primeiros dias de faculdade fiquei tão apavorado de ser associado à Barra que nem imaginei ser atacado por um ouriço-cacheiro. Aparentemente, porco-espinho é comum no Rio de Janeiro — ou pelo menos na PUC.

— Fala, ouriço! — Ramon me abraçou assim que entrei na sala de aula.

Meus outros amigos seguiram:

— E aí, ouriço?

— De boa, Spike?

— Bora, Sonic!

E variações do tipo, o dia inteiro. Bem, podia ser pior. Eu até achei divertido. Sem contar que foi o cartão de visitas perfeito pra me inserir direitinho na fauna puquiana. Em pouco tempo todo mundo da comunicação e do design, pelo menos, já sabia quem eu era — e eu, em contrapartida, os conheci também.

Só que mesmo nesse tanto de gente ninguém mais me instigou tanto quanto Ramon. Pela beleza? Claro. Mas também porque era um cara realmente legal. E por legal eu acredito que queira dizer gentil e autêntico. Duas qualidades que, naquele corpo específico, mexiam comigo de uma forma bastante poderosa.

Eu já te falei o quanto o fato de ele ser indesculpavelmente gay e ficar tranquilo com isso me inspirava admiração. Se ele desmunhecava, gritava agudo e usava as gírias mais gays do momento, isso não era impeditivo nenhum para ir tomar uma cerveja e assistir um jogo do mengão com os caras mais heterotops do campus. Não pra ele. Enquanto eu criava meu próprio cercadinho, Ramon fazia questão de destruir o dele e ainda invadir o terreno dos demais. Pior: fazia isso tão bem que os outros gostavam da invasão. Era o poder da autenticidade dele.

Já a gentileza me encantava por uma via bem problemática. Ele era o cara mais gentil que já tinha conhecido? Não. Mas essa qualidade nele se ressaltava porque, além de me dar atenção e se importar com meu bem-estar, ele era inegavelmente gostoso. Gostoso padrão artista de TV. Barba bem-feita, bíceps inchados, barriga definida, o triângulo invertido completo. Gente assim não precisava ser nada mais. Mas ele escolhia — *escolhia* — ser boa pessoa. Quer coisa mais atraente?

Quando Ramon apertava meus ombros em uma massagem corriqueira, ou buscava meu almoço, ou guardava meu lugar, minha sensação era a de ter um deus grego trabalhando por mim. Uma criatura muito acima se rebaixando em meu nome.

Obviamente essas duas admirações que eu sentia pelo Ramon diziam bastante sobre minha autopercepção na época. Ainda muito enrustido e inseguro. Ainda assim, preciso ser honesto: depois de você, o Ramon foi a pessoa que mais me deixou próximo da paixão.

Ficar perto dele era estar em uma gangorra constante entre a ansiedade e a satisfação. A cada movimento de alto ou baixo, eu queria mais. E mais. E mais.

E ele ia me dando corda.

Naquela semana do ouriço mesmo, a gente foi beber no Pires. Passei a tarde na casa dele assistindo os clipes da Florence e da Kimbra no YouTube e fazendo uma pré com as ices e Coronas que ele tinha na geladeira. Fomos beber com a galera já meio altinhos, e, no meio da noite, ele me virou e disse:

— Minha oferta tá de pé ainda, viu?

— Qual oferta?

— De cair lá em casa.

— Pensei que era só pra tarde.

— Pode dormir, também.

Passei um braço pelos ombros dele e dei duas batidas no seu peito:

— Valeu.

A coisa mais hétero possível. Eu tava nervoso. Nervoso porque queria demais.

E fui.

Só que o fato de querer demais me esfregar em cada centímetro do Ramon me deixou também completamente paralisado pra fazer qualquer coisa. Ao longo daquela noite a gente foi trocando toques *sem querer* em vários momentos. Braços colados, um roçar de mãos, sempre próximos demais. Foi assim no bar, andando na rua, chegando na casa dele, e assim que passamos pela porta…

— Não rolou nada?! — Lexa bateu na mesa. — Não acredito. Eram as condições per-fei-tas!

— Eu fiquei nervoso!

— Você pensa demais, garoto.

— E teus casinhos? Não tem nenhum pra contar? — perguntei.

— Então… não tenho casinho. Eu tenho uma coisa muito melhor.

E me estendeu a mão, com um simples e elegante anel dourado.

— Você tá noiva?!

Lexa riu.

— Não! Mas amo esse efeito. É um anel de namoro. Ridículo, né? Adorei.

— Que fina. E aí, quem é?

— Ah, um carinha da vida mesmo. O nome dele é Pedro. Acho que cê vai gostar dele… ou odiar muito. Super descoladinho. Gosta de cinema, de discutir umas coisas cabeças. Super cult.

— Opa, adoro arrasar gente assim. Com sua permissão?

— Permitido.

— Oba. Já tô doido pra quebrar a cara dele. Metaforicamente.

— Vem aqui. Vem tirar uma foto comigo.

E já começou a ajeitar o cabelo e encontrar a melhor luz, de um jeito que eu não me lembrava dela fazer antes.

— Ah, não... Me diz que você não tá virando blogueirinha — reclamei já no meio do caminho.

Me agachei atrás da Lexa e encaixei minha cabeça em seu ombro.

— Nada. Nem vou postar. — Clic. — É só pro Pedro. Ele sempre me pede.

Voltando pro meu lugar, falei:

— Eita, que o negócio tá indo bem, hein. Já tão juntos há quanto tempo?

— Um mês e alguma coisa? Dois? Sei lá. Ele vai saber.

— No nosso próximo encontro cê já vai ter se casado, então. Se eu não ganhar convite vou aparecer de penetra pra te amaldiçoar.

— E se você não der um beijo logo nesse Ramon eu vou fazer o mesmo.

— Sim, senhora, senhora.

— Tô falando sério! Quero planos. Quando cês vão sair de novo?

— É aniversário dele no comecinho de abril.

— Humm... O presente de aniversário perfeito.

— Lexa!

A gente riu.

E depois do riso ficou se olhando. Não com aquele olhar que tínhamos trocado no chão do quarto dela depois da nossa primeira transa, nem o olhar meio ferido, meio de saudade do hospital. Era um olhar novo. Mais forte. Curado e amadurecido. Da minha parte, pelo menos, era um olhar de gratidão por ela se permitir se divertir comigo depois de tudo. De confiar em mim.

Eu pensei que levaria anos para me sentir confortável para falar com a Lexa sobre meus casinhos e interesses. A vergonha que senti quando ela me perguntou se eu era gay enquanto nós namorávamos tinha se erguido como uma muralha sólida e intransponível na minha alma, lançando uma sombra opressora nos campos do meu amor-próprio.

Pensei que eu começaria primeiro falando aos pouquinhos dos meus interesses por homens com pessoas aleatórias. Com os novos figurantes da faculdade, com alguém de menor importância na minha vida. E aí, quando meu conforto estivesse forte e maduro, aí, sim, eu começaria a dar pistas pra Lexa. Um banho-maria.

Só que a verdade é que ela se tornou minha maior confidente, como sempre tinha sido. A vergonha, que pensei ser uma muralha, na verdade era um cercadinho. Que nem aquele que o Ramon destruía com tanta facilidade.

Eu também. Pelo menos ali. Pelo menos com minha melhor amiga.

Estendi minha mão pra ela. Lexa a segurou delicadamente e fez um carinho com o dedão.

— Se esse Pedro te machucar, eu enterro ele vivo — falei, sorrindo.

ABRIL DE 2012

O que definitivamente seguiu no ritmo de banho-maria foi meu flerte com o Ramon. Até a galera ao nosso redor já estava impaciente pra ver alguma coisa acontecer.

Era cafuné em sala, "o que você quer lanchar?", pegando camisa emprestada um do outro. Se eu estivesse vendo de fora, também ia começar a ficar de saco cheio.

"Porra, Sonic, anda logo!", me disseram mais de uma vez. O que era engraçado, porque, apesar de ser eu o Sonic, era o Ramon quem tinha fama de apressado. Nas festinhas tinha até quem fizesse aposta. Depois de quantas cervejas será que ele vai pegar aquele cara em quem tá de olho? Mas dessa fama eu só tinha ouvido as histórias, porque sempre que eu estava no rolê ele só rejeitava os flertes. Virava a cara pros olhos interessados e abria seu sorriso macio para dar um toco incontestável.

A gente sempre tava perto um do outro. E no aniversário dele não foi diferente.

Mesmo conhecendo o Ramon havia pouco tempo, eu sabia que ele era baladeiro. Com certeza não era do tipo de *fazer uma coisinha* em casa, com pouca gente, pra celebrar o aniversário. Ele era de começar a pré com uma casa lotada, sair pra noite e voltar só na tarde do dia seguinte. Só que, no ano de 2012, o país todo foi modulado por um evento cultural muito mais poderoso do que qualquer tendência pessoal: a novela *Avenida Brasil*.

E, já que o aniversário do Ramon cairia numa quinta, que jeito melhor de comemorar do que assistindo junto da galera?

A novela tinha acabado de começar, então a gente ainda não tinha uniformes vermelhos de Nina, nem perucas loiras de Carminha, mas já ficávamos completamente loucos dançando kuduro com a abertura. Não saímos pra noite naquela quinta, mas transformamos a casa do Ramon em uma pequena boate. Até a Camila, sua tímida companheira de apartamento, se juntou à gente.

Eram quinhentos jovens adultos amontoados em um sofazinho e nos esparramando pelo chão. Dentre eles, eu e Ramon, sempre lado a lado. E íamos nos espremendo cada vez mais. No primeiro bloco, só nossos braços se encostavam. No segundo, ele passou um bração por trás dos meus ombros. No terceiro, eu sentei no chão e me aninhei entre as suas pernas. Ele fez carinho no meu cabelo. Era o dia.

Era tanto o dia que, depois da novela, ninguém quis ficar muito tempo. Um ar de *a gente sabe o que vai rolar aqui* pesou no apartamento — o que me deixou meio desconfortável.

— Boa noite, meninos — Camila foi a primeira a dizer em alto e bom som, se retirando para seu quarto enquanto colocava os fones de ouvido.

Depois dela, não deu nem uma hora e todos os convidados já tinham se dizimado. Era o dia. Era agora. Ajudei Ramon a dar uma leve arrumada na casa e fomos pro seu quarto. Pra dormir.

— Gostou do aniversário? — perguntei, pegando meu pijama na mochila.

— Demais!

— Eu pensei que você fosse sentir falta de uma coisa mais animada. Tipo balada, sei lá.

— Nada, gatinho. Eu sou um homem de muitos gostos.

Quando eu ia ao banheiro me trocar, vi Ramon terminando de colocar uma regata. Os braços estendidos, o tronco esticado, aqueles músculos todos desenhados. E ele de regata. De regata. Na mesma hora fiquei sem graça com a camisa velha, desbotada e GG que eu tinha levado como pijama. Ele, um modelo; eu, um camponês.

Ao mesmo tempo, algo naquela situação me fez também largar de mão aquele complexo de inferioridade. Esse cara tava na minha, e isso era um poder que me embriagava. Fiz que nem ele e troquei de camisa ali mesmo enquanto, como se não estivesse fazendo nada de mais, falei:

— Ainda bem, porque não sei se eu aguentava muita farra numa quinta, não.

E tirei a bermuda, ficando só de cueca.

— Nem eu. Foi do jeitinho que eu queria. Tá sendo, na verdade.

Aí ele me quebrou.

Soltei um riso nervoso e me deitei na cama, me enfiando sob o cobertor.

Ele fez o mesmo. Nos olhamos.

Me enfiei ainda mais debaixo dos cobertores. Ele riu e me imitou. Então entrei mais, e ele mais, e mais e mais. E a cada vez também fomos nos aproximando mais um pouquinho naquela brincadeira ridícula. No fim, estávamos os dois com o edredom na altura do nariz, cara a cara. Nossas pernas se tocando.

Então encostei minha testa na dele. Nos olhamos. Afastei o cobertor e me sentei na cama. Ramon, curioso, só tirou o cobertor do rosto e ficou me olhando com um sorriso curioso. Nós dois sabíamos o que ia acontecer, mas eu queria tomar meu tempo estendendo aquele momento e decidindo como eu *queria* que acontecesse. Mais uma vez, o interesse escancarado do Ramon me encheu de poder. E, com esse poder, eu me permiti agir, no controle de tudo.

Não foi nada de mais. Um gesto delicado mas muito significativo. Um gesto que, por esse motivo mesmo, rasgou o coração daquele gostoso.

Entrelacei meus dedos nos dele e trouxe sua mão até o meu peito. Depois, desci o rosto até ela e me esfreguei como um gatinho, ouvindo a respiração do Ramon ficar mais pesada. Dei um beijo lento na mão dele e o vi mudar de expressão imediatamente: do controle malicioso para uma surpresa íntima. Dei mais um beijo no pulso, desci pelo braço, sem resistir a uma leve mordida no bíceps, e me enfiei no seu pescoço, ouvindo com prazer o leve gemido que Ramon foi incapaz de conter.

Depois disso sentei em cima dele e o encarei. Queria ver o quanto conseguia esticar aquela corda. Encostei meu nariz no dele e imediatamente senti suas mãos na minha cintura, me forçando mais pra perto. Sorri e afastei o rosto com uma expressão travessa.

Aí a corda rompeu. Ramon me caçou de volta e virou o jogo, se colocando acima de mim. E finalmente nos beijamos.

O pior beijo da minha vida.

Talvez o segundo pior, tirando aquele São Bernardo da escada do prédio do condomínio.

Todo nosso instigante jogo de sedução virou uma comédia de erros. Batemos os dentes, ele mordeu minha língua de um jeito estranho, eu beijei o olho dele sem querer. Uma desgraça. A situação foi ficando tão tensa que nem me lembro da sensação de beijar os lábios do Ramon. Era como se eles não existissem.

Depois de lutar alguns minutos pra fazer aquilo funcionar, acabamos só olhando um pra cara do outro, sem saber mais como agir. E então, começamos a rir.

— Eu não acredito! — Ramon gritou, se jogando no colchão. — Eu queria tanto te pegar.

— Maldita química.

— Maldita…

Um instante de silêncio.

— Mas rola uma conchinha, não rola? — perguntou Ramon, e então se virou pra mim com olhos pedintes.

— Claro que sim.

Aninhei Ramon nos meus braços e sussurrei:

— Pô, um carinho a gente pode sempre trocar, né?

— Pode. Eu gosto.

— Eu também.

Depois de alguns segundos, acrescentei:

— Eu gosto muito de você, viu? Você é demais. E lindo demais, por dentro e por fora.

Ele suspirou pesado.

— Também gosto muito de você.

Dormimos.

* * *

Aquela noite de frustração inesperada com o Ramon mudou algumas coisas em mim. Uma para bem e outra para mal.

O lado positivo foi parar com essa paranoia de achar que todo mundo é muita areia para o meu caminhãozinho. Eu já tinha flertado com caras deliciosos e — que eu achava — belíssimos, mas o Ramon tinha um tipo especial de beleza. Uma beleza padrão. Aquela que somos ensinados a venerar desde antes de aprender a pensar. Como um animal seguindo o instinto, eu simplesmente tinha sido incapaz de conter minha vontade de consumi-lo. Talvez ainda mais forte, a de ser consumido por ele. Sim, ser consumido era o que eu queria. Porque, se um cara daqueles me quisesse, o que isso não diria a meu respeito? Quão irresistível eu não deveria ser?

Acontece que essa era uma lógica — torta, sim — que funcionava melhor na teoria do que na prática. Enquanto eu me imaginava em grandes romances com aquela Helena de Troia e tirava prazeres disso, a verdade foi que o maior produto da nossa pegação no quarto tinha sido um constrangimento palpável. Bem mais palpável do que senti na conchinha.

Mas eu só consegui colocar em palavras essa parte boa hoje em dia, depois de anos de reflexão e terapia, porque o lado negativo desse episódio abafou tudo. No dia seguinte — putz, acho que naquela noite mesmo — o modo como Ramon tinha respondido minha declaração de que ele era lindo com um "também gosto muito de você" logo infectou meus neurônios. Foi como ouvir um *lindo não é a palavra que eu usaria pra descrever você*.

Será que a causa da nossa falta de química estava na minha beleza mediana? Será que eu não era aquilo tudo que seduzir o Ramon me fez pensar? Será que só tinha sido ruim porque eu não estava no nível dele?

Bem, resumo da história: consegui pegar um cara muito gato e muito padrão mas foi decepcionante. Esse é o fato. Os efeitos mentais e emocionais eu acabei de falar. Agora preciso contar um pouco de como isso afetou meu comportamento. É importante para entender nossa história, Theo, porque o modo como agi nos tempos que seguiram é parte integral da pessoa que sou hoje.

Bem, eu mudei de universidade, comecei a frequentar outra região da cidade e me permiti pisar com um pouco mais de segurança pra fora do armário. Nesse meu novo ciclo de amigos minha atração por caras não era novidade pra ninguém. Eu flertei abertamente com o Ramon e o mundo não tinha acabado. Pelo contrário, um ou outro amigo até tentou me ajudar a consumar mais rápido nosso romance que nunca existiu. Aliás, o que nunca existiu também foi a rejeição monstruosa que eu morria de medo de sofrer. Não com os amigos, pelo menos. Isso me dava segurança. E com essa segurança, eu me joguei de cabeça na experimentação.

Usei e abusei de todos os encontros que consegui arrancar daquele aplicativo e das redes sociais — mesmo que muitas vezes eu só seguisse o piloto automático de um roteiro de pegação que nem me interessava muito. Às vezes por tédio, às vezes por carência, às vezes por falta de autoestima. Saía com meninos mais jovens, homens mais velhos, vizinhos e caras de outros estados.

Uma vez consegui passar um fim de semana super-romântico com um herdeiro peruano. Viciado em esportes, fofo e encantador como um turista perdido no Rio. Ensinei a usar nossas duas linhas de metrô e a pedir *a continha* num bar da Olegário. Até hoje acompanho os stories dele.

Apesar da profusão de encontros, a maioria foi oco. Entrei inquieto e saí apático tantas vezes. De um ou outro saí até com raiva, como no caso do vizinho abusado da escada. Só que não dá pra negar que alguns foram maravilhosos. Noites únicas, finais de semana inesperados. O peruano, o menino de Floripa, o bissexual discreto, o sorriso da Fosfobox, o empreendedor boliviano no Hilton, o ator carente de Botafogo — que até hoje foi uma das melhores conchinhas que tive. Ainda penso em cada um deles. Mas, mesmo com esse quentinho que esses fantasmas me dão na alma, admito que eles também são bastante esquecíveis. Lembro deles com carinho? Sim. Mas só *quando* lembro.

Foram anos de descoberta. Me soltei um pouco mais. Aprendi do que gostava e do que não gostava nos meus encontros. Aprendi que não gostava de muita coisa, na verdade. Quanto mais eu experimentava na cama, mais achava o sexo uma coisa superestimada. Preferia e prefiro mil vezes um cara que vai me dar carinho a noite toda sem nem tirar a roupa do que um cara que termina tudo em dez minutos.

"Bora."

O ranço do garoto da escada se tornou uma caixinha na minha alma onde eu guardava todos os meus desprezos amorosos. Ela encheu bastante nesse período. Fiquei até preocupado de que pudesse explodir em algum momento, porque a proporção dela sempre foi muito maior do que a da caixinha dos encontros memoráveis. Fiquei com medo de chegar aos cinquenta com um bingo de decepções e desistir de buscar um relacionamento feliz. Cheguei a questionar os meus critérios para escolher homens.

Será que eu tava sendo fútil? Escolhia os padrões malignos achando que alguma hora encontraria um gentil e aconchegante? Ou estava muito fixado nos metidos a hétero? Tive minha fase dos altões e dos baixinhos. Dos gordos e dos magros. Dos estrangeiros e dos vizinhos. Transformei minha vida amorosa num laboratório e terminei frustrado, porque não consegui chegar a nenhum padrão satisfatório de aposta e recompensa. Nenhuma dessas características dava qualquer segurança de que o encontro valeria a pena. Eu tinha pelo menos um exemplo maravilhoso e péssimo para cada categoria.

Não sabia se gostava de características físicas específicas. Não sabia se gostava de posições específicas, nem se gostava de sexo num geral. Esse foi justamente o meu segundo questionamento: será que eu gostava de transar? Porque, assim, eu até entendia como podia ser divertido e prazeroso, mas nunca senti o desejo visceral que todo mundo fala. Pra mim, isso sempre pareceu a maior piada interna do mundo. Descobri vários prazeres adjacentes ao sexo e todos eram melhores do que a hora H.

Durante meus estudos, aprendi que gostava de uma única coisa: seduzir e agradar.

Você tem uma coisa com pés? Não é muito minha praia, mas pelo seu sorriso posso tirar seu tênis no dente. Você gosta de levar tapa? Sou pacífico, mas pra fazer seu olho revirar, te bato até com soco inglês. Quer me vendar? Então me deixa ouvir seu suspiro de satisfação. Gostava de sentir que tinha feito o cara se esquecer de si mesmo por uns instantes. Gostava de saber que ficaria marcado na memória deles no dia seguinte. Acima de tudo, amava quando me pediam pra ficar e me puxavam pra uma conchinha, já com os olhos meio fechados.

Eu gostava de me sentir um troféu. De tirar eles de órbita no mesmo tanto que os meus pés estavam enterrados.

Nesse sentido, sempre existiu um único momento de ouro na transa pra mim. Aquele segundo em que a respiração do outro para por completo bem ao pé do meu ouvido. Os músculos tensionam, e logo depois o corpo inteiro desaba sobre mim, como um animal abatido num safári. E aí aquele calor relaxado me cobre como um pesado edredom de gente rica. A estranha sensação de vitória e poder.

Será que eu acho que tenho alguma coisa a ver com esse orgasmo? Eu, que fiz de tudo pra viver a transa bem à margem da experiência? Que só fiquei ali deitado? Venci pelo cansaço e agora posso expor a cabeça de um boyzinho qualquer na parede, como um troféu de mais uma besta abatida. É estranho, Theo, mas era com esse sentimento que minha alma retornava ao corpo. E voltava bastante satisfeita.

Nas minhas experiências não houve nada que eu, querendo, não conseguisse simular. Simulei prazer, paixão, agressividade, carinho e desejo. Me senti capaz de tudo. Eu tinha o poder de mexer com qualquer cabeça, desde que o prazer daqueles caras não dependesse exclusivamente do meu. Só precisava fingir pra me sentir um pouquinho mais... normal.

E eu ainda trocaria isso tudo por aquele nosso dia na piscina, em que não rolou nada.

JUNHO DE 2012

Dois mil e doze pode não ter sido o fim do mundo, como previsto pelos maias, mas com certeza foi o fim do meu mundo como o conhecia. Foi uma sequência de transformações, de sentimentos remexidos, demolidos e ressuscitados. Em junho você voltou para os meus pensamentos, trazendo outra sensação pro meu mundo apocalíptico.

Tudo começou em um pé-sujo no baixo Botafogo, numa conversa banal com Lexa e Ramon que acabou no meu ficante da vez.

— Pera, seu pai já te viu de unha pintada?

— Não. Eu sempre tiro antes de chegar em casa. É uma coisa pequena? É. Mas chega de ficar me preocupando com esse tipo de coisa, sabe — respondi.

— Arrasou. — Ramon bateu na mesa. — A vida é curta demais pra viver se escondendo.

— Mas também é cara demais, né… — Dei um gole, triste. — Só tô quebrando a cara na busca de um estágio. E isso só pra ajudar na faculdade. Imagina sair de casa.

— Você pode cair lá em casa quando quiser.

— Obrigado, Ramon.

— Bem, minha casa também é sua — Lexa acrescentou. — Mas o senhor hoje em dia parece que só dorme com contatinhos…

— Ah, é, menino! — Ramon se aproximou de mim, com ares de malícia. — Conta os últimos capítulos pra gente. Como tá com o outro peguete lá?

— Nhé — grunhi.

— Ish, ruim assim? — perguntou Lexa, com uma careta.

— Sei lá... Eu tô levando, mas não sinto nada de mais. Será que eu tô fazendo com ele o mesmo que fiz contigo? Será que eu sou incapaz de amar as pessoas? Será que tô me aproveitando do garoto?

— Meu Deus, esse papo ficou profundo de repente — exclamou meu amigo, se abanando com um guardanapo, nocauteado pelas minhas paranoias.

Lexa, mais acostumada, seguiu:

— Se aproveitando do quê, exatamente? No nosso namoro eu entendo. Sou uma super esposa troféu, dá pra ver os benefícios que eu tenho pra oferecer. Se fosse a amiga rica dele, ainda vai. Mas ele? Um gay do interior que não vai nem te apresentar pros pais.

— Que horror.

— Tô tentando entrar na cabeça de um aproveitador. Não me julga.

— Ok.

— Olha, ele não é daqui. Tem poucos amigos, não é assumido pra família, consegue se sustentar, mas nada muito além disso. Sei lá. É magrinho. Isso é algo ruim pros gays?

Ramon deu de ombros e murmurou:

— Tem gosto pra tudo.

— Acho que não... — refleti. — Mas eu gosto de caras com mais... carne?

— Ok, vó. Me fala então do que você *gosta* nele.

— Ele faz o que quer. Eu amo isso. — Pensei um pouco mais. — Mas acho que não tenho tanto fogo quanto ele.

— Tá. Quê mais?

Ponderei. Mas as coisas que me vinham à mente pareciam todas ou ramificações dessas duas qualidades ou coisas que não diziam respeito ao cara em si.

Depois do meu silêncio, falei:

— Mas será que eu preciso estar apaixonado já? O amor pode ser construído, né?

— Pode, ué — Ramon respondeu.

— Ou eu tô iludindo ele?

— Sei lá.

— Você tava certa quando disse que eu nunca te amei de verdade. — Dei um longo gole na minha cerveja.

— Ai, amigo, eu não sei se tava não, sabe? Foi minha impressão na hora, mas sei lá. É isso. Como é que a gente sabe quando ama o outro de verdade?

— E você com o Pedro?

— Ah, eu tô caidinha.

— Aí.

— Mas é só a minha experiência de agora.

— Mas e com os outros namorados? — Ramon perguntou.

— Eu sou uma mulher apaixonada, me deixa. Isso não significa que ele vai amar os outros do mesmo jeito que eu — Lexa me apontou como se eu não estivesse ali. Aproveitei que tinha me tornado invisível para dar voz ao terrível pensamento que estava nascendo em mim:

— Mas será que isso quer dizer…

— Não, isso não quer dizer que você é um sociopata. Para de encher o saco.

— Sim, senhora.

— Tem gente que se apaixona depois de viver com a mesma pessoa por dez anos. — Ramon adquiriu um tom de filósofo barato. — Tem gente que se apaixona antes de sequer falar com o outro. A verdade é que ninguém sabe o que tá fazendo. E vai arranjar uma psicóloga que agora é hora de passarmos pra Alexandra.

— Isso, muito bem. Me fala de você, Lexa.

— Ah, eu tô ótima.

— Oba.

Ela bebeu sua caipirinha e ficou me olhando com um sorrisinho.

— Ué, cabô? — insisti.

— Vamos viajar com os pais do Pedro pra Petrópolis nesse fim de semana.

— Nossa, já tá assim? — Ramon se abanou novamente.

— Completamente. Se ele me pedir em casamento lá, já aviso que não respondo por mim.

— Ai dele se não se ajoelhar. — Foi a minha vez de dar um gole. E, nesse gole, tive uma ideia: — Me fala do que você gosta no Pedro. Nele em si.

— Tudo. Eu amo que nossos olhos ficam na mesma altura. Amo como a barba dele é cheia. O jeito que ele segura minha mão delicadamente mesmo sendo todo bruto. Ele parece um príncipe preso no corpo de um ogro. Acho isso lindo.

— Ah, que bom — respondi, rindo.

— E ele faz eu me sentir bem comigo mesma, sabe? Me proíbe de fazer dieta. Quando a gente se conheceu, eu tava meio sem amigos, meio neurótica.

— Ué, quando? — perguntei.

— Depois que a gente terminou.

— Ah…

— Não tem problema. É a vida. Você não tem culpa. Mas aí eu passei a ficar controlando o peso. Você sabe que nunca me preocupei com isso, né? Não a ponto de fazer dieta. Só que quando conheci o Pedro eu tava contando caloria até do ar. Ele percebeu e, quando a gente ficou sozinho, ele beijou todas as minhas gorduras.

— Quê?

— As áreas de gordurinha. Braço, coxa, barriga. Embaixo do queixo. E tudo isso de luz acesa.

— Que delícia — comentou Ramon.

— Que brega. — Completei. — Que inveja. — Completei corretamente.

— Eu sei que sou bonita, mas perto dele me sinto… invulnerável, sabe? *Como uma deusaaa.*

Rimos.

— Será que cê vai esbarrar com o Theo lá em Petrópolis? — perguntei.

E assim, sem que eu me desse conta, você tinha voltado a existir.

* * *

Naquele fim de semana que a Lexa foi pra Petrópolis com os sogros e o namorado, eu e Ramon decidimos ir para uma festinha. Minha vibe de pensar em ti tinha me deixado sedento por um rockzinho, e acabamos na Casa da Matriz. Geralmente não era nossa opção, mas funcionaria pro propósito. Pro meu, pelo menos, que era dançar. Não sei como seria pra pegação do Ramon, já que o público da Matriz parecia uma roleta russa de idade e sexualidade. Boa sorte pra ele.

— Ei, vou dar uma passada no bar. Quer uma ice? — Ramon me perguntou enquanto pulávamos.

— Quero! Vou contigo.

— Relaxa, amigo. Pego pra você. Te encontro aqui, tá?

— Tá bom. Brigado, Ramon.

Continuei dançando de olhos fechados sei lá por quanto tempo. Passou uma música, duas, e na terceira senti que a pista tinha enchido bastante. Era quase impossível dançar sem esbarrar em alguém — mas, ao mesmo tempo, ninguém tava ligando pra isso. Nessas condições, eu grudei costas com costas da pessoa atrás de mim e nos deixamos levar pelo ritmo. Aos poucos nossos movimentos foram se sincronizando. Foi impossível não lembrar de você.

A música, a sincronia, o conforto de um gesto tão aleatório e ao mesmo tempo tão íntimo. Um gesto que só poderia existir num laboratório social como aquele. Uma fatia de sonho que não existiria fora das circunstâncias perfeitas, como nós dois.

Fechei os olhos e imaginei que era você.

Então, ele — era um ele — se virou para se encaixar atrás de mim. Já bêbado de imaginação, não hesitei dois segundos em me pressionar contra aquele corpo e entrelaçar meus dedos na mão que ele colocou na cintura. Nos apertamos, ficamos dançando assim até o fim daquela música e, quando acabou, não demos indício de que íamos nos separar. Até ele falar no meu ouvido:

— Você é uma delícia, viu?

Meu corpo inteiro travou imediatamente. Perdi o ar e me arrepiei, tudo do pior modo possível. Tudo por causa daquela voz, que eu jamais esqueceria.

Lucas.

Ele tentou me puxar mais, mas eu me desvencilhei. E foi aí que ele viu meu rosto. Enxerguei a surpresa nele também. Ao contrário da minha, porém, a sua foi apenas um sustinho. Ele abriu um sorriso e teve a coragem de falar:

— Quem diria, hein?

— Pois é. — Foi a única coisa que consegui proferir sem me contorcer numa careta de desgosto.

— O que eu falei ainda tá valendo, viu?

— Quê?

— Agora. No seu ouvido.

Dei uma risada amarga de deboche.

— É sério, pô — ele insistiu com aquele mesmo sorriso pedante que usava nas brincadeiras cruéis do ensino médio.

Babaca.

— Beleza.

E simplesmente abri caminho na pista de dança pra fugir dele. Nem olhei pra trás. Tentei voltar para o ritmo de antes, mas foi a mesma coisa que tentar dormir depois de beber café. Depois de um tempinho, me encontrei com Ramon, que me abraçou e deu uma bronca por ter saído do ponto de encontro.

— Se alguma coisa acontece contigo, menino…

— Relaxa, pai.

— A última vez que eu relaxei, um porco-espinho caiu na tua cabeça.

— Ouriço-cacheiro.

— Blá-blá-blá. Eu vou te proteger dos perigos da noite, quer você queira, quer não — Ramon disse enquanto escaneava a pista de dança, provavelmente decidindo em quais perigos ele mesmo se jogaria. — Tipo aquele ali.

E apontou pro Lucas, que me olhava do canto da pista. Com uma expressão complexa no rosto. Não era desejo, mas também *não* deixava de ser… e ainda misturado com algo mais.

— Tu conhece o Lucas? — Ramon me perguntou.

— Pera, *você* conhece o Lucas?

— Conheço, ué. Por quê?

— Eu estudei com ele no ensino médio. Um babaca.

— Mas um babaca gostoso, né.

— Eca. Dignidade, Ramon.

— Ainda bem que ele não me deu bola, então.

Claro que não. Aquele merda devia estar fazendo o que sempre fez: dando corda só pra te enforcar em praça pública no seu show pessoal de stand-up. Mas em vez de falar isso, eu disse:

— Livramentos, amigo… Agora, aquele cara ali…

E apontei pra um padrão qualquer só pra desviar a atenção da minha nêmesis.

Essa surpresa desagradável aliada à sementinha de Petrópolis na minha cabeça só aumentou minha sede de você, Theo.

JULHO DE 2012

Umas semanas depois, Lexa tinha me estendido um convite para a casa em Petrópolis. E eu estendi o convite ao Ramon, que foi dormindo no meu ombro enquanto subíamos as curvas da serra no fim da tarde de sexta, embalados pelas músicas tranquilas da playlist anos 2000 da Lexa. "I'm like a bird" sempre me acalmava. Ainda mais assistindo às árvores e às montanhas no fim de tarde. Nem eu, nem Lexa, nem Pedro e muito menos Ramon falávamos qualquer coisa. Era tudo paz, pelo menos por fora. Pelo menos pra mim. Apesar dos olhos pesados e da bochecha que Ramon recostava em meu ombro, ninguém ali sabia quão rápido corria meu sangue nem ouvia o estalar dos meus neurônios ansiosos.

Um fim de semana em que eu talvez fosse te ver, Theo. Euforia. Ansiedade.

Chegamos no sítio do Pedro e nos instalamos no quarto. Ramon se jogou na cama para tirar o resto do cochilo que tinha começado no carro. Me deitei ao lado dele e acabei apagando também. Éramos duas múmias que talvez ficassem ali até segunda, se Lexa não tivesse batido na nossa porta e enfiado a cabeça pra dentro como um cachorrinho carente.

— Vamos sair?

Eu gemi de preguiça.

— Vamoooooos — ela insistiu.

— Vamos! — Ramon ressuscitou instantaneamente, pulando da cama.

Acontece que tomamos um bom tempo até nos ajeitarmos. Saímos só no breu da noite em direção à cidade. Antes disso, porém, aproveitei a internet do sítio pra dar uma olhada no celular. Fui na nossa última conversa, Theo:

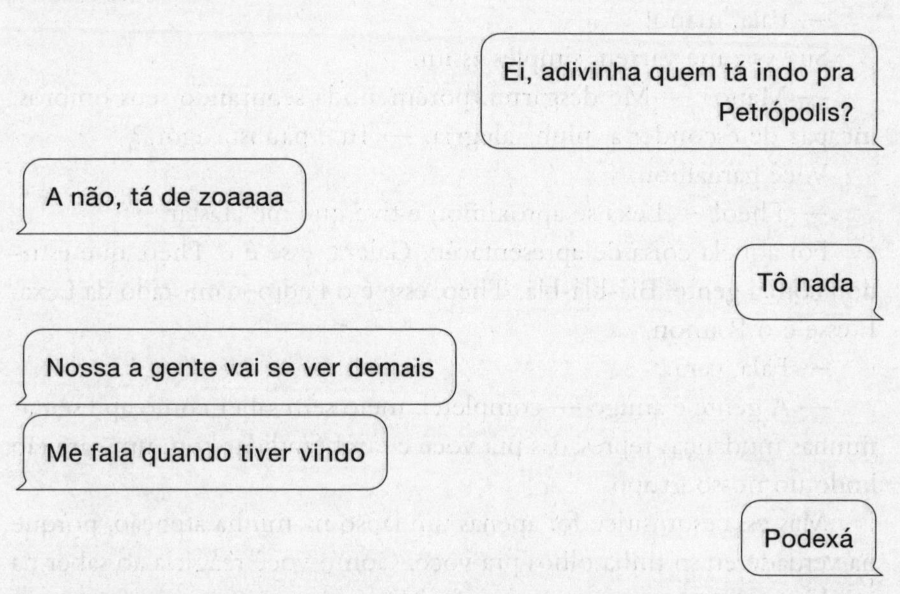

Isso tinha uns seis dias já, e eu nunca falei que estava indo. Quis te chamar pra fazer algo, mas desisti. Na pior das hipóteses, pensei em te chamar ali mesmo, no sábado, e deixar nosso reencontro pra sorte. Mas sei lá. Eu acho que queria tanto que preferi não fazer nada. Assim, saí só com meus amigos do Rio.

Paramos pra comer na cantina italiana favorita do Pedro e decidimos dar uma voltinha pelas redondezas depois. Ver o movimento, ver as coisas.

Caminhávamos por uma pracinha quando senti duas mãos agarrarem minhas costelas. Não de um jeito romântico. Não de um jeito agradável. Mas ainda assim de uma maneira muito íntima. Tive um rápido flashback de guerra de ataques de cosquinha e, com um espasmo, me virei e gritei:

— Eu te mato!

E dei de cara contigo.

Seus cachinhos selvagens, o cordão no pescoço, o sorriso de lobo alegre. Antes que eu pudesse fazer qualquer coisa, você me puxou pra um abraço apertado.

— Fala, mano!

Sua voz me varreu, simples assim.

— Mano? — Me desgarrei, porém ainda segurando seus ombros, incapaz de esconder a minha alegria. — Tu é paulista agora?

Você gargalhou.

— Theo! — Lexa se aproximou e tive que me afastar.

Foi aquela coisa de apresentação. Galera, esse é o Theo, que estudou com a gente. Blá-blá-blá. Theo, esse é o Pedro, namorado da Lexa. E esse é o Ramon.

— Fala, cara.

— A gente é amigo — completei, meio sem saber como apresentar minhas mudanças represadas pra você e também lidar com um cara tão lindo no nosso grupo.

Mas essa esquisitice foi apenas um lapso na minha atenção, porque na verdade eu só tinha olhos pra você. Como você reagiria ao saber da minha mudança nesses anos afastados? Será que me trataria diferente ao descobrir que seu amigo era gay? Seu amigo da escola. O melhor amigo da escola. Será que passaria nossas memórias por um filtro de nojo? Será que já tinha descoberto? Capaz. Muito capaz. Mas eu não postava nada que desse a entender isso. Caíque e meu pai não sabiam. Como você poderia ter descoberto?

— Boa.

Foi essa a sua reação. Só isso. Nenhuma mudança de expressão. Nada.

Você só esticou o braço em direção a uma modelo que esteve ali o tempo todo do seu lado, mas que só agora eu percebia. Agarrou a cintura *Capricho* dela e a puxou pra perto.

— Essa é a Clara. A gente tá junto.

Oi, Clara. Tudo bom? Tudo bom. O que cês tão fazendo aqui? Ah, jantamos ali na cantina. Blá-blá-blá, papo furado, papo furado, e acabamos caminhando um pouco juntos antes de convidar vocês pra puxarem a noite lá pro sítio do Pedro. Você e Clara aceitaram o convite. Te acompanhamos até a moto (é *óbvio* que você pilotava uma moto) e seguimos pro nosso carro. Logo estávamos na sala do Pedro acendendo a lareira e bebendo vinho.

— Que saudade, cara — você me falou, puxando a Clara pra mais perto.

— Demais. — Me aconcheguei ao lado do Ramon. — Como tá por aqui?

— Um porre, como sempre, né — Clara respondeu.

— Que isso — você amenizou. — Aqui tá ótimo. Mó paz. É outra vida na serra.

— Vida de aposentado, né — ela insistiu. — Lá no Rio a coisa é muito mais movimentada. Tô doida pra partir pra lá. Ano que vem entro na faculdade.

— Entra na faculdade? — Lexa interveio, tentando conter um riso irônico e incrédulo.

— Uhum. Medicina. Tirei o ano pra focar nos estudos.

— Que madura — comentou Lexa, e olhou direto nos seus olhos, Theo, com certa malícia.

Você se encolheu um pouco e disse:

— Eu gosto daqui.

— Não entendo isso — seu casinho continuou. — Parece que cê tá se entocando, se escondendo nesta cidade.

— É que cê nunca viveu em cidade grande. Tem coisa que não vale a pena, não.

— Meu filho, é o Rio. É aqui do lado. Qual é o grande problema de cidade grande? Não é possível que o melhor da vida seja Petrópolis. Faz que nem eu. Vai estudar no Rio.

— Ui, vamos ter um mestrando entre nós? — Ramon perguntou.

— Primeiro ele precisa fazer mais do que um técnico.

Clara te olhou com o prazer de uma mãe que vê uma lição de vida sendo bem dada em uma cria problemática.

— Já estudei tudo o que tinha pra estudar — você respondeu, meio envergonhado.

— Fez o quê? — perguntou o Pedro, e foi a primeira vez que ele falou desde que tínhamos chegado.

— Marketing. Técnico.

— Pois é. — Clara preparou o chicote da língua, e então: — Todo mundo sabe que não é o suficiente, né? — *PÁ!* — Ou eu tô doida?

Silêncio.

— E tu? — você me perguntou, tentando varrer a humilhação.

— Publicidade e propaganda.

— Qual a diferença?

No fim da sua frase, nós dois já compartilhávamos um sorriso. Clara ficou perdidinha.

— Bem, se precisarem de um canto pra cair lá no Hell de Janeiro, é só avisar — Lexa ofereceu.

— É, só avisar — eu reforcei, olhando pra você.

— A gente pode até marcar um karaokê, hein? — ela acrescentou.

— Caralho, karaokê! Bora! Uma Britneyzinha… Lembra daquela que tinha um clipe todo de branco? — você perguntou, e se inclinou pra frente, animado.

Eu e Lexa acabamos te imitando logo depois.

Dominamos a noite com as nossas memórias até o sono bater. Quando Pedro anunciou que ia dormir, você e Clara se levantaram e se despediram. Você me apertou forte no abraço de despedida e eu te dei um cheiro discreto.

— Vamos fazer um troço amanhã? — me perguntou.

— Bora — te respondi.

Eu e Ramon éramos ótimos colegas de viagem. Tínhamos a mesma rotina matinal: acordar, morgar, dormir mais um pouco e depois acordar de verdade. Tudo no mesmo timing. Depois de certo tempo, nos ajeitamos e descemos as escadas aos pulinhos. Lexa tomava café na cozinha.

Pedro falava na varanda com o celular na orelha. Ela me deu um sorriso amarelo. Pesquei algo nas entrelinhas. Não sei o quê, mas pesquei.

Abracei minha amiga por trás enquanto ela enxaguava um prato:

— Dormiu bem? — perguntei.

— Que nem pedra.

— Que bom.

Ela continuou lavando louça com aquele sorriso estranho.

— Tá tudo bem?

— Tudo. Por quê?

— Sei lá.

— Hum... Eu e Pedro pensamos em ir na cervejaria hoje. Que tal?

— Eu topo. — E virei pro Ramon, sentado ali na sala. — Ramon, topa cervejaria hoje?!

— Demais! — ele respondeu.

Voltei a olhar pra Lexa.

— Acho que é isso, então, né.

— É.

Lexa parecia distraída.

— Vou falar com o Theo pra ver se ele acompanha a gente. Cê gostou da Clara? Achei ela meio, sei lá... Vou tentar jogar um verde pra ver se ele não...

— Amigo, será que cê pode não chamar o Theo?

— Ué?

Desgarrei da Lexa e fiquei do lado dela.

— Por quê?

— Então, o Pedro ficou meio inseguro.

— Com o Theo?

— Com o Theo.

— *Com-o-Theo*?

— É. Falei que é só amigo, que não tem nada a ver, mas ele tá inseguro. Coisa boba. Será que tem como não vermos o Theo hoje?

Fiquei em silêncio.

— Desculpa. Sei que cê queria. Eu também quero. Mas, por favor...

— Tá bom.

— A gente chama ele pro Rio e faz o karaokê. Só a gente.

— Fica tranquila. Tudo bem. Que horas vamos pra fábrica de cerveja?

— Agora! — Quem respondeu foi o Pedro, batendo a mão pesada no meu ombro. — Dormiu bem, cara?

— Demais.

Ele respondeu com um riso de quem imagina coisas.

Disfarcei o amargor com um sorriso e fui me juntar ao Ramon na sala. Em pouco tempo saímos no carro do namorado da minha melhor amiga em direção a um passeio que tinha quase tudo pra ser perfeito. Faltava a minha disposição.

Odeio quando a culpa de as coisas ficarem azedas é minha. Deus me livre ser o espírito negativo da viagem. Forcei um pouco mais a alegria, até sentir o rosto rachar, e repeti mantras de positividade na mente. Lutei de verdade para não ser um estraga-prazer.

Te escrevi as seguintes mensagens:

> Cara, não vai rolar da gente se ver mais esse fim de semana

> Queria muito

> Topa fazer um karaokê lá no Rio depois?

E coloquei o celular no modo avião. Pronto. Era tudo o que eu podia fazer. Agora só me restava aproveitar. Aproveitar... Recusei o lanche e entrei na cervejaria de barriga vazia. Assim seria muito mais fácil. Um, dois chopes depois, eu já tava alegre. Fazendo piada com a Lexa, tagarelando com o Ramon e virando copos com o Pedro.

O plano deu certo. Me esqueci de você e curti demais a tarde com a galera. Depois dali fomos comer num desses restaurantes "tipicamente alemães" fundados por um paranaense. Delicioso. Linguiça caramelizada no mel e *apfelstrudel* — que não é lá grande coisa, mas faz a gente se sentir numa cena de *Bastardos inglórios*.

O dia foi caindo, voltamos pra casa do Pedro e emendamos o efeito da cerveja no efeito do vinho. Ficamos assistindo às chamas da lareira em silêncio. Deitei no ombro do Ramon e apaguei no sofá.

Acordei sozinho, de madrugada. Sem fogo, sem ninguém.

Deuses do álcool, obrigado por terem me livrado da ressaca.

Quem me dera que os deuses do bem-estar tivessem sido tão misericordiosos. A impressão era de que todo o meu estoque de serotonina tinha evaporado com o calor do fogo. Todinho. Sobrou nada. Com o brilho do vinho se foi a alegria.

Lembrei de tirar o celular do modo avião e, de todas as notificações que pipocaram, só enxerguei as suas. Abri:

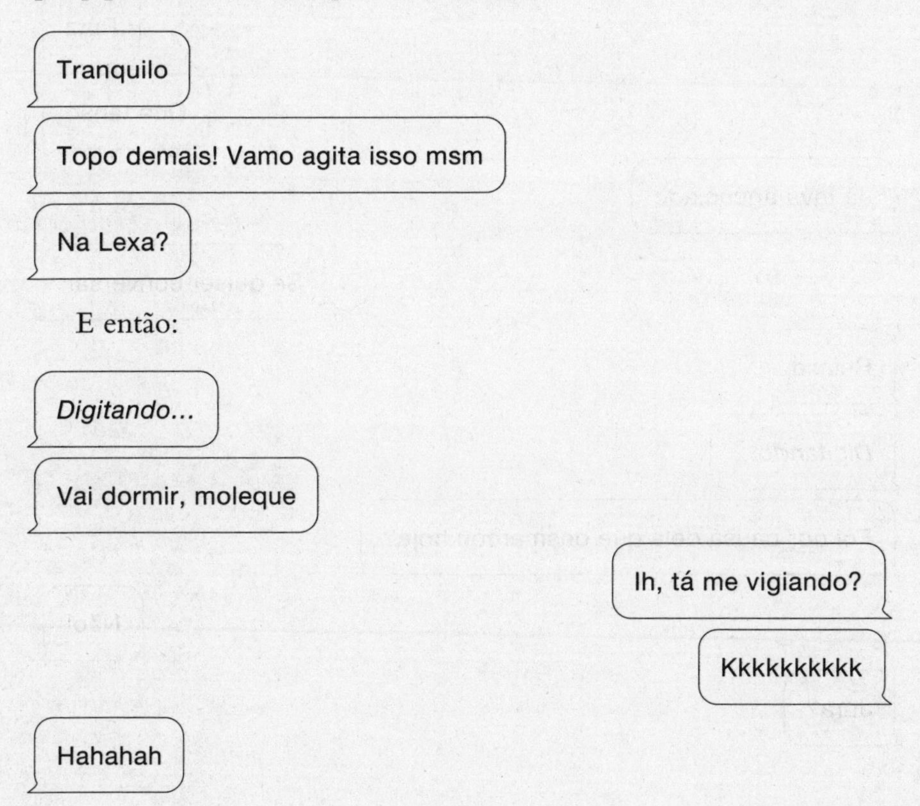

Fazendo o que por aí essa hora?

Cabei de perder o sono

E você?

Tá com a Clara?

Nada

A gente se desentendeu

Putz

Que tenso

Já tava anunciado

Se quiser conversar

Relaxa

Digitando...

Foi por causa dela que desmarcou hoje?

Não!

Jura?

Fala sério

Sério po

Não comenta, mas acho que o Pedro ficou meio

sei lá

Ameaçado?

Tá zoando

E a Lexa engoliu essa?

Deixa ela. É a Lexa. Ela pode tudo.

Ela pode

Mas se for ele, me fala

que vou aí arrebentar a cara desse moleque

Eita. Que isso?

Queria muito ver vocês! Mó tempão!

Prum playba desses ficar mordidinho

Que porre

Foi mal

Desculpa. Não é contigo

Eu sei

Se não tivesse na casa dele ia ter saído contigo

Digitando...

Digitando...

Com a galera*

Comigo

Idiota

Você me quer

Quero

Digitando...

Hahahahhah

Kk

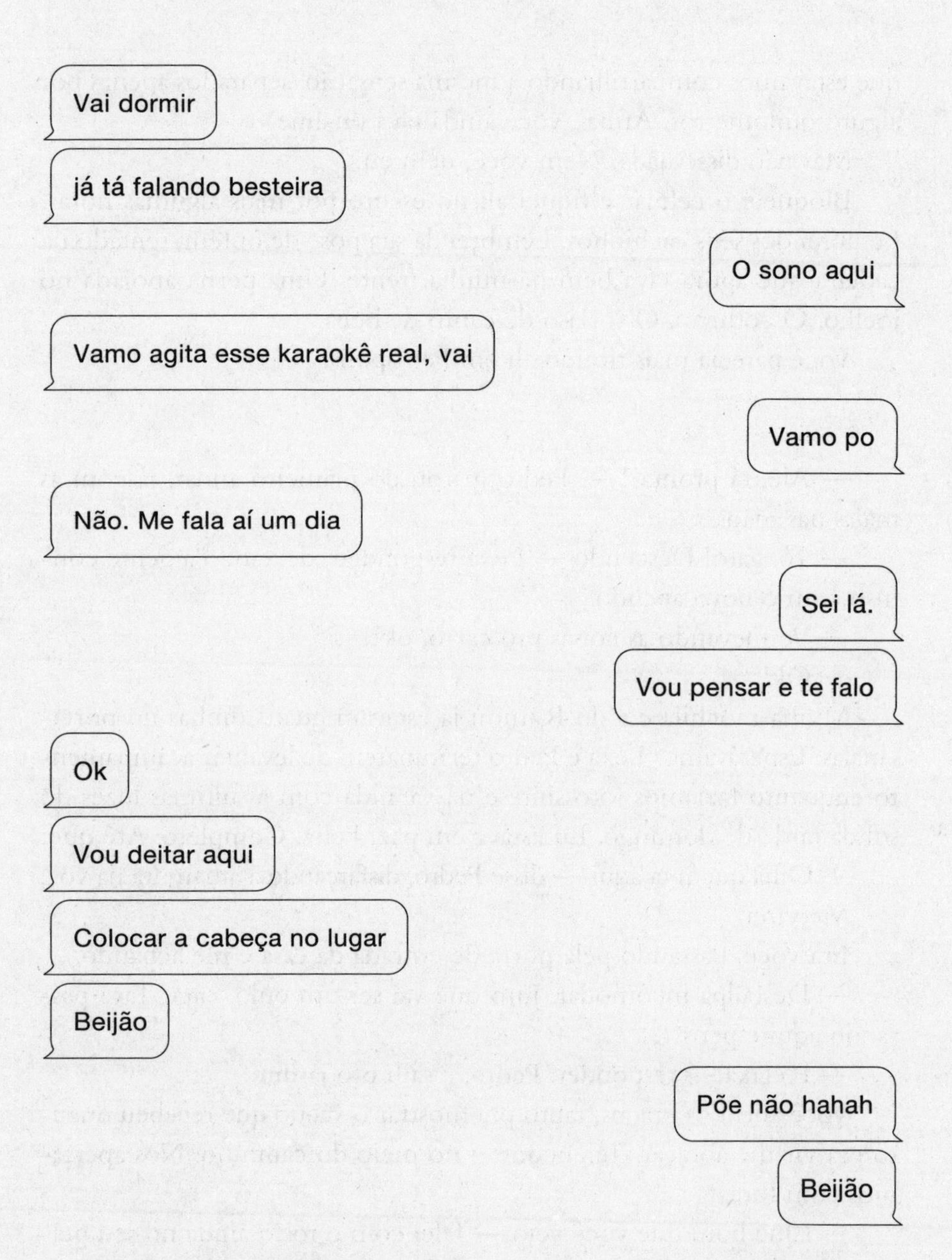

E não respondeu mais.

Fiquei imaginando você olhando a tela da nossa conversa parada no celular, com os mesmos olhos grandes com que eu olhava. Imaginei que estávamos compartilhando a mesma sensação, separados apenas por alguns quilômetros. Afinal, você ainda tava on-line.

Mas não disse nada. Nem você, nem eu.

Bloqueei o celular e fiquei ali no escuro por mais algumas horas. Lembrei dos seus cachinhos. Lembrei da sua pose de ontem, sentado na cadeira que agora tava bem na minha frente. Uma perna apoiada no joelho. O coturno. O sorriso de canto de boca.

Você parecia mais tímido ali em Petrópolis.

— Alê, tá pronta?! — Pedro gritou do primeiro andar, já com as malas nas mãos.

— Tô, gato! Descendo — Lexa respondeu, deixando a gente confuso com o novo apelido.

— Vou levando as coisas pro carro, ok?!

— Ok!

Minha mochila e a do Ramon já estavam guardadinhas no porta-malas. Esperávamos Lexa e Pedro terminarem de levantar acampamento enquanto fazíamos fotossíntese na varanda com as últimas luzes do sol da tarde de domingo. Eu estava em paz. Feliz. Completo. Até que:

— Olha quem tá aqui — disse Pedro, disfarçando a amargura na voz.

Me virei.

Era você. Passando pela porta de entrada da casa e me achando.

— Desculpa incomodar. Juro que vai ser um pulo, cara. Tava passando aqui e pens...

— Relaxa — respondeu Pedro, e saiu pro jardim.

Você abriu os braços, tanto pra mostrar o vácuo que recebeu quanto pra vir me abraçar. Te encontrei no meio do caminho. Nos apertamos com força.

— Que bom que você veio — falei com o rosto ainda no seu peito, e ainda consegui fisgar um pouco do seu olhar antes de dar espaço para que falasse com o Ramon.

— É, pô. Tava aqui perto e pensei que um abraço não ia fazer mal, né.

— Nunca! — Ramon falou, emendando logo: — Ainda mais de um gatinho desses.

Você riu e puxou a Helena de Troia pra um abraço hétero. Ramon ergueu as sobrancelhas, sugestivo. Abri um sorriso meio malicioso, meio envergonhado.

— Theo?!

Lexa surgiu descendo as escadas com sua mala de rodinhas. Ao bater os olhos em você, ela errou o passo e quase escorregou pelos degraus restantes.

— Uma passadinha. Um abraço de despedida só — você explicou para tranquilizar, se aproximando de braços abertos.

— Ah.

Ela te abraçou com a rapidez de quem abraça um tio chato. Sem conseguir — ou querer, conhecendo Lexa — esconder a pressa, já adiantou:

— É que a gente tá atrasado. Vou jantar com os pais do Pedro. Temos que sair agora, se não a gente podia até…

— Tá tranquilo, só queria dar tchau mesmo. Bora marcar aquele karaokê? Mesmo?

— Aham. Vamos nos falando. Tchau, tchau.

Ela te deu dois beijinhos de socialite e saiu com a mala.

Nos encaramos em silêncio por alguns segundos e nos despedimos ali na sala mesmo. Você me falou:

— Tô muito pilhado pra cantar Britney com vocês.

— Pode deixar.

— Fecharam tudo?! — Lexa gritou lá de fora.

Respondi que sim. Saímos. Tranquei a porta e fui pro carro. Você acenou pro Pedro — que já tava com o motor ligado e te respondeu com uma buzinada —, meteu o capacete, ligou a moto e se foi. Nosso carro saiu assim que você deixou nosso campo de visão.

Lexa colocou uma música animada, algo que compensasse o silêncio de nós quatro. Ali nas curvas da serra, todo o oxigênio do mundo parecia estar à nossa disposição, mas mesmo com os quatro vidros abertos a sensação ainda era de que estávamos sufocando.

— A Clara é legal, né? — Lexa soltou, de repente.

Virou pro Pedro e, como ele continuou quieto, virou pra mim. Entendi imediatamente o plano dela.

— Parece, sim — respondi.

— Acho que ela e Theo super combinam.

— É?

— Aham. De um jeito meio "outra metade da laranja". Meio "os opostos se atraem".

— Não achei muito atraídos não — Ramon, lindo, porém com a capacidade de leitura social de uma porta, comentou. — Ela parece meio séria pra ele.

— Séria? De onde cê tirou isso? — perguntei, tentando corrigir o curso.

— Meio dominadora, quer dizer. Tipo como se tivesse ele numa coleirinha, sabe?

— Quer dizer que ele é um cachorro? — comentou Pedro, e soltou um riso pesado.

— Parece que ela tem planos pra vida e ele tá meio voando. — Ramon se justificou. E acrescentou, com as mãozinhas levantadas como quem larga a arma do crime: — Não que isso seja um problema! Eu acho até atraente.

— Sei não. Nessa idade? — Lexa falou. — Talvez na adolescência.

— Na adolescência?

Pedro desviou os olhos da estrada pra olhar a namorada.

— Não pra mim. Pros outros. Esse aí atrás, mesmo. — Apontou pra mim. — Era caidinho pelo Theo.

Meu coração acelerou. A Lexa sabia que eu era gay, mas eu ainda não havia falado do quanto você tinha ocupado meu coração no ensino médio. Nem lembro se nessa época minha consciência já estava tão clara assim. Na surpresa, fiquei indignado e só consegui dizer:

— Como assim?!

Lexa se limitou a me dirigir uma piscadinha marota. Era um blefe.

Ramon levantou mais uma vez aquelas sobrancelhas sugestivas pra mim, acompanhadas da mímica de quem digitava uma mensagem. *Gostoso*, ele desenhou com os lábios. Ri.

— Então vocês nunca tiveram nada? — Pedro insistiu.

Vesti a camisa da Lexa:

— Eles dois nada. São tipo aqueles ímãs que não encostam. Se for pra se preocupar com o histórico da Lexa, melhor se preocupar comigo.

E soltei uma gargalhada, certo de que aquilo ia jogar a última pá de terra sobre o cadáver daquela discussão velada. Em vez disso, a sensação foi de que não apenas ficamos sem oxigênio, mas de que o ar ao nosso redor tinha se tornado inflamável. Disfarçando, encontrei os olhos amedrontados da minha amiga.

— Como assim? Rolou alguma coisa entre vocês dois? — Pedro perguntou.

— Namorinho na escola — Lexa comentou *en passant*.

— É. A única mulher que eu já beijei.

Mais uma tacada fora. Imbecil.

Pedro tomou um longo segundo antes de responder com toda a calma do mundo:

— Ela é muito poderosa, essa minha menina. — Ele deu tapinhas condescendentes na perna da minha amiga. — Vira a cabeça de qualquer um. Fico doido com ela.

Todos rimos sem vontade.

Não dissemos mais nada até chegarmos no Rio.

Eles nos deixaram na casa do Ramon e seguiram viagem.

— Cruz-credo — Ramon falou assim que ficamos livres da presença do Pedro. — Manda a Lexa se benzer depois disso. Todo errado esse cara.

— Vou falar com ela. Mas a Lexa sabe o que tá fazendo.

— Ninguém sabe o que tá fazendo.

PARTE IV

That's what you get when you let your heart win
Whoa, oh
I drowned out all my sense with
The sound of its beating
"That's What You Get", Paramore

AGOSTO DE 2012

Bastou isso, um fim de semana de reencontro meio troncho para você tomar todas as rédeas dos meus pensamentos novamente. Voltei para o Rio, mas minha cabeça ficou em Petrópolis. Ficou contigo, na sua presença. Na entonação da sua voz e nas poses do seu corpo. Bastava um instante de distração para que eu escorresse de volta pra você. E escorria com gosto, querendo ser tragado pela areia movediça do platonismo da minha paixão por você.

Vamo agita esse karaokê real, vai

Essa sua mensagem, essa sua promessa não me deixava. Eu me agarrava a ela como quem se agarra à salvação divina. Ao mesmo tempo, porém, agi ativamente para que ela não se realizasse.

Nos primeiros dias da volta ao Rio você continuou me mandando mensagens. *Bora marcar. Quando cês podem? Fim de semana que vem tô livre.* Mas eu não apenas fazia questão de te dar respostas evasivas, como a própria Lexa deu uma sumida. E a casa do karaokê era a dela, né.

A verdade é que aquele convite tinha muito peso, Theo. Àquela altura eu já sabia o impacto que você me causava, e sabia exatamente o que queria de você. Não seria só um encontro pra mim. Seria um evento. E eu precisava que fosse um evento positivo — coisa que raramente seria no estado da minha vida naquele momento.

Minhas notas na faculdade não estavam das melhores e já tínhamos passado da metade do ano sem que eu cumprisse minha promessa de encontrar um estágio para bancar a mensalidade. Pelo menos parte dela. Eu me sentia incapaz e medíocre. Sabia que, enquanto me sentisse assim, não estaria no meu melhor pra te ver. Eu precisava estar no meu melhor pra você.

E, ainda assim, tinha sede de você.

Por isso, baixei os aplicativos novamente. Me joguei na rua, nos bares, nas baladas e festas de gente que eu nem conhecia. Caminhava sobre o asfalto, entre as mesas, e costurava meu caminho entre bêbados dançantes com a mesma malícia de um grande felino. Mirava um adônis qualquer e sorria, mostrando meus caninos famintos.

Caninos que acabavam puxando lábios, pressionando pescoços, e se fincando em gordurinhas pelo corpo inteiro. A cada suspiro das minhas presas eu ficava mais confiante. Não descansava quando braços pressionavam meu pescoço nem quando mãos puxavam meus cabelos pra trás. Só sossegava quando diziam:

— Gostoso.

— Meu lindo.

— Incrível.

— Delícia.

Depois de suar na cama, geralmente caíamos cada um pra um lado, e trinta segundos depois eu tinha mais fome e mais sede. Me enfiava debaixo de corpos ainda mornos sempre na esperança de que repetissem sonolentos no meu ouvido as coisas que eu queria ouvir da sua boca, Theo.

Que imbecil.

Noite após noite eu tentava saciar minha sede de você, mas nenhum elogio, nenhum romance, nenhuma entrega era o bastante.

Apesar do cansaço e de toda a energia desperdiçada, quando olho pra trás e relembro esses episódios, não me arrependo, mas também... sei lá. Qual o sentido? E não é uma emoção no sentido puritano da coisa. Tá mais pro cansaço. Mais na linha do "pra quê, sabe?". Eu olho pra trás e enxergo minha instabilidade emocional com a mesma preguiça com que encaro meus dramas da adolescência. É incrível como podemos ignorar qualquer desejo só na base do ódio, né? Simplesmente fechamos os olhos e falamos: "não, isso aqui eu vou guardar pra depois", e seguimos a vida fazendo o que for preciso para enterrar aquele corpo que não queremos encarar.

E eu não queria encarar meu fracasso pessoal de estar em uma faculdade além das minhas possibilidades financeiras e acabar perdendo minha matrícula. Não queria encarar meus sentimentos ainda tão vivos por você. E queria encarar menos ainda a possibilidade de fazer com que se realizassem, porque tinha certeza de que não iriam.

Mas a vontade continuava.

E foi assim que me joguei num mar de amores que não me proporcionavam nada além de alguns segundos de anestesia e autoestima. Segui te ignorando, Theo, sem nunca parar de pensar em ti.

Todo semestre exigia um sacrifício de matéria eletiva. Algumas eram uma delícia, outras, realmente um sacrifício. No segundo, acabei me atrasando e perdi as melhores, então tive que ficar com direitos autorais. Uma matéria tão importante quanto enfadonha. Me agarrei aos boatos de que a professora era o máximo e segui para a segunda aula (já que tinha matado a primeira) com um otimismo reforçado.

Que ruiu assim que vi quem estava vindo sentar ao meu lado.

— Então quer dizer que somos colegas de sala de novo?

Lucas.

Aqueles dentes de porcelanato e o casaco com capuz que exalavam arrogância barrense me deixaram com um embrulho no estômago imediatamente.

— Quem diria, né — respondi com meu melhor teatro de simpatia e um sorriso amarelo.

— Tu tá na PUC desde quando?

— Entrei no começo do ano.

— E a gente não se esbarrou nem uma vez? Pô, agora fez sentido ter te visto lá naquela festa, na Casa da Matriz.

Ah, então ele não ia esconder que tinha tentado chegar em mim na festa. Estranho. Jurei que tivesse sido uma brincadeira de mau gosto.

— Pois é. Aqui as festas são bem melhores, né — falei, e lancei minha isca: — Mas geralmente eu tô lá na Fosfobox.

— Ah, vira e mexe vou lá também.

Ele, na Fosfo? O Lucas? O hétero insuportável do ensino médio em uma boate descaradamente LGBT?

— Sou fã especialmente do karaokê — acrescentou.

Eu ri. Ele me olhou com curiosidade.

— Qual foi? — perguntou.

— Sei lá, achei engraçado você e karaokê.

— Ih, sabe de nada. Eu destruo, tá.

— Ah, não... Você é desses que canta bem no karaokê?

— Claro que não. Eu destruo na performance.

— Você?

— Que isso?! Eu sim, porra. Sou quase animador de festa. Me dá um Sandy e Júnior pra ver se não ressuscito qualquer galera.

— Ah, isso eu quero ver.

— Então bora.

— Bora. — Estendi a mão, tal qual um demônio pronto pra selar um pacto. — Mas vai ter que cantar a música que eu escolher.

— Calma aí.

— Ué, não era o fodão? Cadê?

Lucas tentou esconder um sorriso travesso e levou sua mão à minha, apertando forte e se aproximando levemente para me dizer:

— Fechô, viado.

E foi a primeira vez que aquela palavra em sua voz não me agrediu.

Não tivemos tempo de desenvolver mais porque a professora entrou no instante seguinte. E que professora. Alguns dias depois ouvi da boca de certos alunos de direito que ela não era tão amada quanto sua maravilhosa condução de aula poderia dar a entender, mas isso porque existem alguns casulos de advogado que medem a eficiência de um professor pela pedância intelectual que ele exala. Afinal, quem quer ser um metidinho a besta vai admirar a metidez dos outros, né.

Essa informação chegaria a mim, aliás, justamente porque, depois daquela aula, Lucas me acompanhou de volta ao pilotis. Puxei uma cordinha de conversa que levou ao estouro de uma barragem emocional. Foi mais ou menos assim:

— E você tá estudando o quê?

— Ah, direito. Cê sabe, né.

— Como assim, eu sei?

— Por causa da minha mãe. Ela é juíza.

— E ela te incentivou?

— *Incentivou* é bondade. Foi isso ou ser deserdado. E eu não quero ser deserdado.

— Também não ia querer se fosse você.

Ele riu. Eu acrescentei:

— Sua mãe sempre pareceu tão de boa. Não pensei que ela fosse fazer isso.

— Ela é de boa com os outros. Comigo é outra história. Acho que talvez seja essa coisa de filho único, sabe? Apostou demais em mim. Não tem outro pra dar certo. E eu já sei que não vou conseguir ser tudo o que ela quer, então tenho que escolher minhas batalhas, sabe?

— Como assim, não vai conseguir ser tudo o que ela quer?

— Ah, cê sabe.

Fiquei olhando pra cara do Lucas em silêncio, esperando ele entender que não, eu não sabia, e ter a gentileza de me explicar. Só que ele não teve:

— Família é tipo uma panela de pressão, né. A gente vai aguentando, mas precisa deixar o vapor sair um pouco de vez em quando. É assim contigo também?

— É… eu acho.

— É?

— Bem, toda família tem problema, né, Lucas. A gente vai lidando como dá. Acho que só de sair da Barra já dá pra dar uma respirada. Pelo menos foi assim comigo.

— Pode crer. Tô querendo convencer meus pais a deixarem eu me mudar pra cá até o fim do ano. Bora dividir um apê.

Eu ri do absurdo daquela ideia.

— Que foi? — ele me perguntou, com uma inocência genuína.

Pô, sei lá, talvez seja meio ridículo porque você me atormentou por anos e agora tá nessa de amiguinho do nada. Tá sendo legal falar contigo sem achar que você vai acabar com minha autoestima? Tá. Mas daí a dividir um apartamento é muita presunção, seu riquinho de merda.

Foi o que não respondi. Na realidade, meus lábios pronunciaram:

— Grana. Meu objetivo é arranjar um estágio pra pagar a facul até o fim do ano.

— Eita, tá quase.

— É, tá quase.

— Cê tá fazendo o quê, mesmo?

— Comunicação social. Publicidade e propaganda.

— Humm… Vou ver se meu pai conhece alguém. Vira e mexe os amigos dele precisam de uns carinhas de redes sociais.

— Pô, ia me ajudar demais.

— Teu número é o mesmo?

— É.

— Te dou um oi lá, me manda teu currículo e o que tiver.

— Pode deixar.

Quando chegamos no pilotis, uma voz me chamou:

— SONIC!

Era o Ramon, com nossos outros amigos, acenando para mim.

— Sonic? — perguntou Lucas, e riu ao meu lado.

— Cala a boca. A gente se fala.

Fui abraçá-lo. Ele me apertou mais forte.

— Gostei de te ver — disse Lucas, de novo com aquela ingenuidade aparentemente genuína. — Bora marcar alguma coisa.

— Bora — respondi e fui embora.

Quando cheguei nos meus amigos, Ramon logo me puxou para confabular:

— Que intimidade é essa com o Colírio do direito, hein, gato?

— Intimidade nenhuma. Só tá na minha turma de direitos autorais.

— Ai, se eu soubesse…

— Não esquece que ele é um babaca, Ramon. Nível monstro do ensino médio.

— Dá uma chance, amigo. Nada é tão sexy quanto uma história de redenção.

Meus olhos vagaram pelo pilotis para encontrar o Lucas, que fazia um contraste fortíssimo com seu estilo de menino de condomínio em meio aos protótipos de procuradores engomadinhos ao seu redor. Não pude deixar de concordar um pouco com o Ramon: nada é tão sexy quanto uma história de redenção.

OUTUBRO DE 2012

De pouquinho em pouquinho, nossa aula de direito autoral foi nos aproximando. Estávamos na fase de passar de colegas a amigos. Tínhamos tomado umas no Pires e cantado Sandy e Júnior na Fosfobox com amigos. Aquela era a terceira vez que nos víamos fora da PUC, a pedidos da Lexa, que achou o máximo essa minha reviravolta e insistiu em um reencontro da turma. O meu maior pesadelo, mas uma festa pra ela e, ao que parecia, pra maioria da turma, que tinha aceitado o convite.

Não sei se ela chegou a te convidar. Acho que não. Na época, nem perguntei, só aceitei sua ausência... Mas lembrei que nunca tinha respondido sua última mensagem relembrando da promessa de karaokê que te fiz lá em Petrópolis. Quando estávamos já fazia algum tempo na festa, comentei com a Lexa:

— Theo levantou aquela bola do karaokê.

Mas falei sem tirar os olhos do bar, angustiado pra saber se Pedro estava prestes a voltar com nossas bebidas, ou se ficaríamos sóbrios pelos minutos seguintes.

Olhando na mesma direção, ela me respondeu com um interesse murcho:

— Ah, é?

— Aham. Falei que a gente ia ver.

— É, vamos ver.

E ambos sabíamos que ninguém veria nada.

— Obrigado por isso, amiga.

Apertei o ombro da Lexa, agradecendo meio envergonhado.

— Obrigado pelo quê, menino?

— Por me bancar hoje. Não é uma coisa que me dá orgulho, né, mas fico feliz de ter uma amiga que nem você.

— Relaxa, amigo. Eu tava com saudades… e um dia você me banca também.

— Com certeza. Aliás, obrigado também por esse tempinho que arranjou pra gente se ver. Cê deve estar cheia de coisa. A gente mal se fala desde Petrópolis.

Lexa ficou quieta. Segurou minha mão e me olhou por um tempinho.

— Vou mudar isso.

Foi minha vez de encará-la nos olhos.

— Tá tudo bem?

— Tá. Só me dei conta de quanto tempo fazia que eu não te via mesmo. Desculpa.

— Ei, desculpa nada. Tudo certo.

Antes que Lexa pudesse falar qualquer coisa, um estilhaçar de vidro ressoou lá na frente da fila. Todo mundo imediatamente esticou o pescoço pra enxergar a fofoca.

Dois caras.

Um com sangue escorrendo do rosto.

O outro era o Pedro.

Lexa disparou, e eu a segui por instinto. Quando percebi que ela entraria na zona de perigo, agarrei seu braço, puxei-a pra trás e entrei na guerra. No exato momento em que outros caras faziam o mesmo, nem todos tão bem-intencionados quanto eu.

Identifiquei Pedro, que estava engatilhando um murro na direção de um coitado. Corri. Seu braço esticou. O punho esmagou a bochecha barbada do outro rapaz com força. Os músculos se retesaram. Ele preparou outro soco e, quando soltava o braço, consegui segurá-lo.

Assisti o ódio no seu rosto quando ele se virou pra mim, pouco antes de eu ser atingido por algo e apagar por alguns segundos.

Quando acordei, estava sendo arrastado pra fora da briga, que ainda rolava solta. Apavorada, Lexa segurou minha cabeça, saiu, voltou com um bolo de guardanapo na mão e enfiou na minha cara. Foi só aí que senti a dor no nariz e percebi o calor que descia pros meus lábios e pingava na camisa. Toda manchada de vermelho. Minha camisa branca. Adorava ela. Que droga.

Lexa me falou mais alguma coisa e saiu de vez. Braços me colocaram sentado em uma cadeira. Olhos desconhecidos me observavam como se eu fosse um animal no zoológico. Um par de mãos pesou nos meus ombros e um rosto familiar entrou bem na frente do meu. O rosto do Lucas.

— Caralho, eu me atraso um pouquinho e acontece isso? — exclamou ele. — Mano, você precisa ir pro hospital.

Segurou minha cabeça pra impedir que ficasse caindo. Tentei focar meus olhos nos dele.

— Tá de carro? — me perguntou.

— Quê?

— Tá de carro?

— Deus me livre. Eu vim pra beber.

— Vou te levar no pronto-socorro.

Ele me apoiou em um braço e me levantou como se eu fosse um ferido de guerra. Eu era? Sim. Mas não nesse nível. O orgulho me reorganizou os neurônios um pouquinho e tive a decência de me separar dele, deixando claro que:

— Consigo andar.

— Ok.

E fomos caminhando.

Nem me ocorreu perguntar da Lexa. Nem me ocorreu dizer: *Lucas, eu sou muito responsável e consigo ir pro hospital sozinho. Vai curtir a noite com a galera.* Simplesmente aceitei a companhia dele como um fato. Entrei no seu carro vulgarmente caro e, assim que ele ligou o rádio, disparei:

— Ah, é claro que você ouve sertanejo universitário.

Ele riu mais uma vez.

— E você ouve... Taylor Swift. Acertei?

— Eu levei um soco, Lucas. Você quer me zoar nesse estado?

— Acertei?

— Às vezes.

Ele saiu dirigindo.

Quando paramos no primeiro sinal vermelho, comentei:

— Por que cê tá me levando no hospital?

— Ué, eu ia te deixar lá de nariz quebrado?

— Não, mas por que *você*?

— Por que não?

O sinal abriu. O carro andou. Fiquei alguns instantes em silêncio tentando criar a coragem pra dizer:

— A gente não era próximo no ensino médio.

— Não… No ensino médio não.

— Então por que agora?

— Ah, cara, a gente muda, né.

E dessa vez foi ele quem tomou seu silêncio de coragem pra acrescentar:

— Eu mudei. Sabe aquela coisa de panela de pressão que comentei contigo?

— Da sua vida ser uma panela de pressão de dor e tristeza?

Ele riu.

— Aham.

— Sei.

— Então, eu ainda tô aprendendo a soltar o vapor. Fazer o que eu quero, sabe. Acho que é isso.

— Como assim? Eu sou seu vapor?

— É.

— Eu sou um vapor.

— Foi um elogio. Quer dizer que eu quero você na minha vida.

— Eita, que forte. Tô esperando o pedido de casamento.

— Cala a boca, garoto. Eu aqui abrindo o coração e você me zoando.

— Meu nariz deve tá quebrado. Eu posso.

Lucas riu de novo.

— Eu sei que a gente não era próximo. Mas a gente já foi. E cê sempre foi um cara legal. Quero ficar perto de gente legal agora.

— E soltar fumaça.

— Vapor, soltar vapor... Ufa! — Lucas relaxou os ombros. — Minha psicóloga ia ficar orgulhosa desse papo.

Lucas fazia terapia.

Isso explicava muita coisa.

Eu não fazia terapia.

Aquele spin-off do Lucas na minha vida era uma das únicas coisas que conseguia rivalizar com meus delírios de idealização por você, Theo.

Nossa vibração era esquisita de um jeito confortável. Tínhamos a segurança de saber quem o outro era e de termos vivido bons momentos juntos; mas, se déssemos um passo além da área segura das nossas memórias, um passinho só, explodiríamos num mar de ressentimento e antagonismo. Do meu lado, pelo menos. Esse novo Lucas insistia em abrir o coração pra mim em momentos inesperados, sempre com um ar corriqueiro, como tinha feito na PUC e no carro, me levando pro hospital. E fazia isso sempre de maneira genuína. Isso me dava ódio no Lucas. Tudo o que ele fazia era muito genuíno, desde as coisas boas até as ruins. A pedância de playboy barrense dele era completamente genuína, só que o desejo de se aproximar e de se abrir pra mim, também.

Assim como sua vontade de ficar sentado ao meu lado nas cadeiras do hospital. Quietinho, como uma criança obediente. Às vezes perguntava se meu nariz tava doendo muito. Eu respondia que não, mesmo que estivesse. Entrou comigo no consultório e depois me levou na farmácia pra comprar remédio.

Meu celular tocou. Era o Ramon.

— Sonic, você tá vivo?!

— Ele tá, sim — Lucas atendeu por mim.

Ramon me falou pra ir pra casa dele, que cuidaria de mim. Não tinha muito motivo além do fato de ser mais perto de onde estávamos e de me livrar de ter que explicar toda a história pro meu pai e pro meu irmão. Putz, seria um bom livramento. Aceitei.

Se nossa ida para o hospital tinha sido cheia de conversa (dadas as circunstâncias), o caminho para o Ramon já foi imerso em outra energia. Muito mais silenciosa. Algo sob a superfície, rondando, ameaçando aparecer. E apareceu, quando faltavam só algumas quadras pro meu destino:

— Vocês tão namorando? — Lucas me perguntou, sem tirar os olhos da rua.

— Eu e o Ramon?

— É.

— Não. — E deixei a resposta assentar, antes de emendar: — Por quê?

— Nada, ué.

— Não, não. Por que você perguntou isso agora?

— Ah, cê tá indo pra casa dele depois disso tudo. Ele vai cuidar de você. Era meio lógico.

— Eu só tenho ótimos amigos. Ramon é o máximo.

— Nada de namoro, então?

— Nada de namoro.

Ele diminuiu a velocidade até parar o carro no ponto indicado pelo GPS.

— É aqui mesmo, né? — perguntou.

— É sim. Valeu, Lucas. De verdade. Não precisava disso tudo.

Abri a porta do carro. Ele exclamou, rápido:

— Sai comigo um dia desses?

Com uma perna já pra fora, travei, absorvendo a expressão suplicante dele.

— Ué, a gente já saiu.

— Não, tipo, só eu e você.

— Érr… — Franzi as sobrancelhas, confuso.

— Cara, eu tô te chamando *pra sair*.

— Ah, tipo um encontro?

— Não *tipo*, um encontro mesmo.

Tomei três segundos olhando para ele enquanto a capacidade do meu cérebro de tomar decisões ia carregando. Mas Lucas queria uma resposta:

— E aí?

— Bora — respondi.

Ele abriu aquele sorriso de porcelanato com uma alegria genuína que me aqueceu o coração mais do que eu gostaria de admitir.

— Melhoras.

Foi a última coisa que me disse.

Agradeci e subi, encontrando Ramon e Camila, sua colega de apartamento, me esperando na sala com um chazinho e uma fofoca quentinha para acompanhar.

Enquanto eu tinha sido levado tal qual uma donzela medieval por Lucas para consertar o nariz, o pau tinha quebrado lá na festa. Em especial, pelas mãos do Pedro. Deu polícia e tudo. O namorado da Lexa tava fora de si, e além de ter estragado a noite de um bando de gente, estragou em especial a alegria da minha amiga. Não só porque a humilhou no encontro de turma que ela mesma tinha organizado, mas também porque foi verbalmente abusivo com ela. Ramon não me contou os xingamentos específicos, mas deve ter sido pesado. Voltaram pra casa separados.

E ainda assim a Lexa tava se sentindo muito culpada, mandando mensagem de segundo em segundo pra ter certeza de que seu vacilo com o namorado não tinha sido uma ferida fatal no relacionamento. Colocamos nossa amiga no viva voz e iniciamos uma reunião de contenção de danos emocionais para aquela noite:

— Mas, amiga, ele tá todo errado — Ramon falou o óbvio.

— Mesmo assim. Ele precisava de mim.

— Então ele podia ter tido mais consideração — falei. — Era a sua festa, o encontro da nossa turma. Ele nem precisava estar lá.

Silêncio.

— Amiga, desculpa, mas esse cara é um porre — exclamou Ramon, com a língua de chicote.

Lexa seguiu quieta.

— Lexa, você e o Pedro tão bem?

— E você, como tá? — ela me perguntou, deixando claro que não queria enveredar muito pelo próprio relacionamento.

Só me restou responder:

— Lucas acabou de me deixar aqui no Ramon.

— O quê?!

— E me convidou pra sair.

— O quêêê?!

— Pois é, menina. — Ramon se aproximou do celular, como se Lexa pudesse ouvi-lo melhor assim. — *Estamos vendo alguma coisa acontecer* — disse ele, cantarolando no tom da *Bela e a Fera*.

— Mas sei lá — fiz questão de acrescentar.

— Como assim *sei lá*? Cê não tá curioso? — Ramon mirou os olhos em mim. — É a redenção de um hétero babaca do ensino médio! O sonho gay.

— Um sonho meio problemático... — Lexa falou.

— Com certeza — Ramon concordou. — Mas muito raro. Você tem que seguir com essa história... em nome da ciência, Sonic!

— Mas é o *Lucas*. Eu não preciso de gente como ele na minha vida.

— Ai, amigo, sei que ele não era legal contigo — Lexa interveio —, mas pode ser que tenha mudado. Pelo que você tem contado, parece que mudou mesmo. Se fosse o babaca que você acha que ele era...

— Porque era.

— Ele não teria ido no hospital contigo, nem te deixado aí no Ramon.

— E isso não é estranho? É estranho, né? Tem alguma coisa por trás...

— Não sei se estranho é a palavra certa...

— Pensei que ele estivesse querendo se livrar da culpa pelos tempos da escola. Ele sabe que não foi legal comigo e agora tá buscando uma redenção que eu não vou dar.

— E daí, mona? — Ramon bateu na mesa. — Isso não é uma coisa boa, uma pessoa ruim mudar? Se ele virou um cara legal, por que não aceitar na sua vida de novo?

— É... Então não tô doido de me aproximar, né?

— Nunca tenho certeza — Lexa alfinetou.

— Vou sair com ele. Vou fazer o experimento, em nome da ciência gay!

— Isso aí! — Ramon comemorou.

— Nenhum de vocês é normal — Camila, que até então estava só assistindo nossa conversa enquanto tomava seu chazinho, se pronunciou.

Na manhã seguinte, recebi uma mensagem do Lucas perguntando como eu estava. Quando ele levantou a bola do encontro, cortei para marcarmos o quanto antes. E assim se iniciava meu experimento com meu ex-inimigo da escola. Era um alívio passar algumas horas sem pensar em você, Theo.

Pro nosso primeiro date oficial Lucas escolheu um barzinho hétero fora da Barra. O que é um esforço absurdamente contraditório, já que se quiséssemos um ambiente assim nem precisávamos sair de lá. Era um lugar daqueles onde todos os caras usam camisa preta e calça jeans lavada, e havia pelo menos um pra cada menina de cabelo liso e pele de pós-praia.

Como Lucas parecia ainda mais perdido do que eu, não levei a mal sua decisão. Nós dois tínhamos acabado em um ambiente que não nos deixava lá muito confortáveis por um erro de cálculo misterioso dele.

Quando Lucas puxou a cadeira pra que eu sentasse, comecei a encaixar as peças do quebra-cabeça. Pedimos duas cervejas. *Daquelas, hein, amigo*, ele falou pro garçom cansado. Apenas então se virou pra mim:

— Tô feliz por você ter topado.

— Também.

Acontece que eu só consegui aguentar aquele elefante branco na sala por mais um segundo antes de finalmente apontar para ele:

— Lucas, o que a gente tá fazendo aqui?

— Como assim? É um… date. Cê sabe, né?

— Sei, sei. Mas eu quis dizer, tipo, por que a gente tá aqui? Num bar ostensivamente hétero?

— Ah, é… Cê não gostou?

— Não é isso. Eu só achei uma escolha engraçada.

— Pra bom ou pra mal?

— Relaxa, sua companhia é o que vale.

Ele sorriu envergonhado e olhou pra mesa, quando me revelou:

— É que aqui foi meu melhor date. Aí pensei que poderia ser bom contigo também.

Fofo. Segurei na mão dele e fiz um carinho, ignorando meu instinto de discrição naquele ambiente. E aí soltei minha brincadeira venenosa:

— Você já trouxe outro gay pra esse calabouço hétero?

— Não. Uma mina.

— Ah… — É claro. — Mas aonde você costuma ir com os caras?

— Eu não costumo.

— Lucas… Você não é hétero, né?

— Assim, quem é hétero-hétero hoje em dia, né?

— Mas você é bi?

— Aham.

— E sai com caras?

— Eu beijo caras.

— Mas nunca rolou um date?

— Não.

— Mas já rolou mais do que um beijo?

— Ah, já. Com certeza.

Eu o encarei por alguns segundos, ainda juntando as peças do quebra--cabeça. O bar, o puxar da cadeira, a voz com o garçom, a mina que tinha levado ali, a ausência de chamar caras pra dates…

— Lucas, você quer mesmo ficar comigo?

— Ué, quero. Não entendi.

— Porque, assim, você chegou em mim numa festa. A gente foi se aproximando, você ficou com ciúmes do Ramon…

— Eu não fiquei com ciúmes!

— Aham, ok. E agora você tá me trazendo num date. O primeiro cara que cê traz em um date. Eu… Eu sei lá.

— Ainda não entendi.

— Cara, cê tá querendo ficar comigo de verdade, ou é só pra experimentar? Porque, assim, a gente tem história, sabe. A gente não tem falado disso, mas nós dois vivemos muita coisa. Eu só não quero que isso vire um aniversário da Paulinha, entendeu?

— Caralho, o aniversário da Paulinha.

— O aniversário da Paulinha — eu repeti, dando ênfase. — Não quero que, seja lá o que a gente tá construindo, mude totalmente amanhã. Não é uma pressão pro date dar certo, mas é, sei lá, só um pedido pra você ser sincero comigo sobre o que tá querendo.

As cervejas chegaram. Lucas abriu a sua no braço que nem você, Theo. Percebi que ele estava criando coragem. Não fiz pressão, e fiquei feliz porque valeu a pena quando ele falou:

— Não vai acontecer que nem no aniversário da Paulinha. Eu também gosto de caras e eu quero sair contigo. De verdade. Eu só... não sei direito o que fazer num encontro gay — concluiu ele, quase sussurrando a última parte, ficando envergonhado.

Eu ri.

— É sério! — ele reforçou, indignado.

— Relaxa. A gente descobre o que fazer no *nosso* encontro. Bora criar a tradição de puxar sempre uma memória boa nossa, que tal?

— Ok. Mas o aniversário da Paulinha...

— Foi bom em partes. Dessa vez passa.

VERÃO DE 2004

O ANIVERSÁRIO DA PAULINHA

Geralmente as idas ao casarão do Lucas no Itanhangá significavam momentos de boa vida e curtição além da minha realidade. Mas não naquela vez. Naquele fim de semana — sábado, pra ser exato — aconteceria o grande evento do condomínio. O aniversário da Paulinha, a vereadora da juventude. A rainha dos contatos. A menina mais descolada da menoridade. Das crianças mais velhas às mais novas, todas estariam lá. Começaria de tarde e iria até quando Deus — ou o síndico — permitisse.

O trunfo da Paulinha é que sua casa era bem na esquina com o par de quadras esportivas do condomínio, o grande ponto de encontro de todos com menos de dezoito anos. Apesar de ter treze, Paulinha era igualmente amiga dos de dez a dezessete. Pra uns era mascote, pra outros, veterana. Mas amada por todos. Inclusive pelo jovem e gordinho Lucas.

Aos onze anos, meu amigo Lucas era sustentado por vigas sobrenaturais de confiança. A baixa estatura, o aparelho verde-neon e as gordurinhas que atrapalhavam sua aspiração a machão musculoso eram um charme. Revista *Capricho* nenhuma conseguiria abalar aquele pré-adolescente.

Naquele dia, ele deixaria de ser BV.

Naquele dia, Lucas daria entrada na sua primeira parcela do Clube dos Machos de um jeito espetacular. Pegando A Paulinha. E não havia volta, simplesmente porque ele tinha decidido que seria naquele dia, com ela, do jeito que queria. A humilhação de voltar atrás não era uma opção. Quando Lucas decidia algo, era um decreto.

— Você não tá nervoso? — perguntei enquanto ele se arrumava.

— Um pouquinho — me respondeu, mostrando a insegurança que nunca dividia com mais ninguém.

— Por quê?

— Porque ela tem que gostar.

— Calma. Deve ser o primeiro beijo dela também.

Ele parou tudo e me encarou como se eu fosse um completo idiota.

— Não? — perguntei.

— Óbvio que não. Só você não sabe que ela já ficou com metade do condomínio.

— A Paulinha?!

— A Paulinha.

Eu não sabia bem o que achar daquilo, mas sabia que devia ficar surpreso.

— Eu tenho que ser o melhor — ele emendou.

— Ah, não se preocupa. Mesmo se for ruim, ela não vai contar pra ninguém. A gente é amigo. Só com o chato do Dylon ela ia espalhar.

— Não me interessa se ela vai espalhar. Quer dizer, claro que interessa. Mas o que eu quero mais é que ela goste *de verdade*.

— Ah, tá.

Foi só o que soube responder, ainda sem entender direito.

Enquanto eu tentava adivinhar o significado oculto daquele desejo estranho do meu amigo, Lucas se aproximou do espelho. Olhou profundamente, com alguma agressividade. Uma agressividade de quem encontra algo que não gosta. Foi chegando mais e mais perto. Procurei a espinha que ele provavelmente tinha achado —, mas foi só quando sua testa encostou na superfície lisa do reflexo que me dei conta do que tava prestes a acontecer.

De repente, o pequeno Lucas estava chapado no espelho embaçado, beijando o próprio reflexo. Fazia movimentos com a intenção de ser sedutor como um felino, mas acertou na desconfortável realidade de uma lagartixa. Tadinho.

Quando minha primeira risada escapou, ele se desgrudou. Na segunda, Lucas já fechou os punhos e a cara. Na terceira, avançou na minha direção.

Eu tava de olhos fechados. Não vi quando ele me empurrou contra a parede do quarto. Quando tive a coragem de retomar a visão, encontrei seu rosto a dois dedos de distância do meu. Aquela mesma expressão de raiva. Sobrancelhas cerradas. Mãos me apertando os ombros.

E me beijou.

Foi longo e foi estranho.

Fiquei paralisado.

— Gostou? — ele perguntou com um sorrisinho presunçoso.

Balancei a cabeça confirmando que sim.

Não tinha sentido nada.

Dez minutos depois chegamos no aniversário da Paulinha. Ela e umas crianças mais velhas estavam praticando manobras de skate na quadra.

Eu costumava ficar meio nervoso nessas situações, porque era péssimo em tudo o que fazia um cara parecer legal: skate, futebol, esportes no geral, malandragem, piadas e, especialmente, na pegação. Mas nada disso importava pra Paulinha. Ela me adorava. Quando me viu, pulou ainda no movimento da prancha e correu para me abraçar, feliz da vida. Só então se virou pro Lucas. Essa recepção me acalmou por cinco minutos — mas logo me senti deslocado novamente. Ainda mais perto da espontaneidade do meu amigo e da aniversariante. Eles sabiam o que fazer. Eles sabiam se misturar. Eu só fazia de conta.

O sol desceu. Ligaram as luzes da quadra. Corremos, gritamos, rimos e bebemos tanques inteiros de coca-cola. Depois do suor e das gargantas roucas, alguém sacou uma garrafa e girou no chão.

— Verdade ou consequência?

Puta merda.

Imediatamente me encolhi todo.

— Mas vamos fazer um jogo de adulto — anunciou Lucas com sua voz esganiçada de filhote. — É pá-pum. Quem a boca da garrafa apontar decide o que vai fazer com o outro. Ok?

Ninguém nem ousou contestar. Claro. Se alguém falasse *mas pera aí…*, no dia seguinte estaria exilado, assistindo *Dora, a aventureira* com os bebezinhos e as babás.

Lucas girou a garrafa.

O fundo apontou pra mim.

A boca apontou pra Paulinha.

— Girei errado. — Meu amigo meteu a mão na garrafa na mesma hora e, logo em seguida, Paulinha o impediu.

Simplesmente piscou pra mim de um jeito maroto, levantou, pegou minha mão e me puxou pra dar uma volta. Enquanto ela me afastava pra longe da quadra, virei pra trás e visualizei a expressão amargurada do Lucas. A culpa cresceu dentro de mim.

Nos afastamos das quadras e dos sons. Paulinha não largava minha mão e não falava nada. Caminhamos assim até ela diminuir o passo em um recorte de breu numa rua mal iluminada do condomínio. Ali nas sombras, me puxou pro meio-fio e sentamos.

Era pra ser o Lucas ali. Eu não queria aquilo.

Paulinha me olhou profundamente. Gentil e cheia de amor, disse:

— Nem pensa, que eu não vou te beijar.

— Ufa!

— Ei!

— Não, calma.

— Como assim, *ufa*? Agora vem cá! — E pulou pra cima de mim, tentando me dar beijinhos caricatos de vó.

Eu ri e a afastei.

— Para!

— Também nem queria.

— Foi mal. É só que ia ser estranho. Não ia?

— Muito.

Foi a minha vez de exclamar:

— Ei!

— Ah, cala a boca. A gente é amigo, um beijo só ia embaralhar as coisas.

— É… Mas só comigo ou com qualquer amigo?

— Por quê?

— Nada, só pra saber.

— Por quê?

— Sei lá, Paulinha.

Ela me encarou e repetiu:

— *Por quê*?

Me rendi.

— Porque eu acho que você e o Lucas podiam dar certo.

— Ah, você acha? — perguntou com um sorriso debochado. — E quem mais cê acha que combina comigo, dos nossos amigos?

— Não penso muito nisso.

— Mas pensa em mim e no Lucas?

Ops.

— Avisa que eu não vou ficar com ele — Paulinha decretou.

— Mas eu não disse nada disso.

— Mas manda meu recado mesmo assim.

— Ah… Ok.

Um instante. Então perguntei:

— Cê não gosta dele?

— Gosto.

— Ué, então!

— Esse que é o problema. Gosto muito do Lucas. Prefiro não misturar as coisas.

— Ele quer muito ficar com você.

— Eu sei.

— Mas eu te entendo. — Na verdade, não entendia. — É que ele vai ficar triste.

— É. Vai passar.

Ela fez carinho na minha mão.

— É verdade que cê não é mais BV? — perguntei.

— Nem BVL.

Uau.

— Como foi seu primeiro beijo?

— Muito bom.

— Ouvi falar que é super estranho.

— Às vezes é sim, mas o meu foi bom. O Dylon beija bem.

— Cê ficou com o Dylon?!

Ela riu. Entendi que, mais uma vez, só eu não sabia.

— Ainda fico. É mais fácil.

— Como assim?

— Ele é legal, mas não muito. É legal o suficiente pra que, se ficar ruim, eu só dê tchau e vida que segue.

— Ah... Então com o Lucas não, né?

— Com o Lucas, não.

Ficamos ainda um tempo ali no breu da rua, mas não lembro mais sobre o que conversamos. Sei que depois disso fiquei leve. Talvez ela tenha me dado uma palhinha de como era a vida aos treze anos. Não sei. Só sei que marcamos tempo suficiente pro Verdade ou Consequência morrer e voltamos felizes pras quadras. Os casais que tinham se formado tavam afastados, se pegando na arquibancada, enquanto outros jogavam três cortes e o resto ficava por ali, conversando em rodinhas. Lucas tava no resto. Visivelmente infeliz com sua posição social.

Paulinha me deu um beijinho no rosto e correu pra se juntar à galera do três cortes.

Me aproximei do Lucas.

— E aí, foi bom? — me perguntou, sem disfarçar o rancor.

— A gente não ficou.

Ele riu, desdenhoso, e virou a cara. Dali em diante não falou mais comigo. Tentei puxar conversa, mas o Lucas fez questão de me ignorar, sempre no limite da educação, sempre naquela linha do *não te ouvi*. Decidi ficar quieto, continuei perto dele e me senti muito sozinho. Tão sozinho quanto me sentia na cama de outros caras anos mais tarde.

— Vamo — ele falou, depois de um tempo.

Eu o segui em direção à sua casa. Em direção ao quarto. Nenhuma palavra. Lucas foi ao banheiro colocar um pijama. Eu fui depois. Deitamos, ele na cama de cima, eu no colchão embaixo. Luz apagada.

Comecei a lacrimejar sem saber exatamente por quê. Uma resposta fisiológica que era a tentativa de expurgar aquele sentimento ruim dentro de mim. Falei:

— Juro que não fiquei com a Paulinha. Nunca faria isso. Desculpa.

Abajur aceso. A expressão do meu amigo se amaciou na gentileza que eu gostava. Ele levantou a coberta da cama e falou:

— Desculpa. Vem. Dorme aqui comigo.

Fazia um bom tempo que a gente não dormia mais na mesma cama. Era estranho mudar essa regra agora, mas, naquele momento, eu não tinha estabilidade psicológica pra questionar nada. Só aceitei e escapuli pra baixo das cobertas.

— Desculpa — Lucas me disse, baixinho.

— Juro que não fiquei com a Paulinha.

— Eu acredito.

— Cê quer conversar?

— Tô cansado. Vamos dormir?

— Ok.

Virei de lado. Lucas permaneceu imóvel por alguns instantes — então me abraçou por trás e enterrou a cabeça no meu pescoço. O calor da sua respiração varreu aquele meu fantasma de solidão pra tão longe que ele acabou parecendo um sentimento esquecido de vidas passadas. Tinha meu amigo de volta. Tudo tava voltando pros eixos. Dormi feliz.

Na manhã seguinte, acordei com dois despertadores: o primeiro era o carinho leve que Lucas fazia no meu pescoço, arrastando o nariz em uma respiração pesada. O segundo, acionado logo em seguida, interrompendo o primeiro imediatamente, foram as fortes batidas na porta do quarto. Mãos pesadas a espancavam do corredor. E logo a voz profunda do pai do meu amigo nos atravessou, vinda do outro lado:

— Por que a porta tá trancada?!

Lucas se levantou em um pulo e voou pra maçaneta.

Abriu.

A raiva do pai do Lucas invadiu o quarto. Encontrou primeiro o rosto do filho, depois a minha cama de convidado, passou pra minha figura assustada ainda enrolada nas cobertas e voltou pro Lucas.

Aquela foi a última vez que dormi na casa dele. Pouco depois disso, ele saiu do teatro e a gente começou a se afastar. Também foi a última vez que vi a Paulinha.

OUTUBRO DE 2012

Apesar daquela conversa de começo, tão sincera e aberta, pouco tempo depois eu e Lucas caímos no mesmo desconforto esquisito no nosso date. Fomos bebendo mais. Sempre tomando cuidado para não se encostar mais — *será que ele quer que eu encoste?* — e não demonstrar *muito afeto — mas isso não é um date?* De certa forma, eu me sentia inadequado e ele também. Então adotamos o papel social de dois amigos héteros saindo pra colocar o papo em dia.

Bebemos, conversamos e na hora de ir embora Lucas sacou a chave do carro.

— Cê não vai dirigir — falei.

Ele saiu andando em direção ao carro, estacionado na rua.

— Ei, escutou?

Segui atrás dele. Mas Lucas não parou.

— Cê quer carona?

— Com você? Assim?

— Que que tem?

— A gente vai morrer.

Ele só continuou andando.

Eu o atazanei como uma mosca por todo o curto trajeto da nossa caminhada em zigue-zague até o carrão ali perto. Lucas apertou o botão na chave e — *bip-bip* — destrancou.

Ele esticou a mão pra abrir a porta. Interceptei. E aí tudo aconteceu rápido demais.

Em uma violência não anunciada, ele puxou o braço, me pegou pelo ombro e me bateu contra as janelas de trás. Me pressionou como um policial de noticiário. Seu rosto a dois dedos do meu. Sério. E aí ele me beijou.

Foi um dos melhores beijos da minha vida.

— Ui!

Um grupo de adolescentes passou do nosso lado, zombando.

Ficamos vermelhos.

NOVEMBRO DE 2012

Foram essas mudanças da minha vida que finalmente me deram a coragem pra te mandar aquela mensagem que tava devendo desde Petrópolis, Theo.

Karaokezinho semana que vem?

Enviei e fiquei olhando pra tela que nem uma besta, na esperança de que você respondesse logo. O que não aconteceu. Lucas conseguiu me encher com a coragem que um exército de caras tinha sido incapaz de me dar.

— E aí, como foi?

A euforia da fofoca vibrou na voz da Lexa pelo celular quando decidi revelar os desdobramentos do date.

— Amiga, rolou.

— AAAAAAAAAA!

Contei do bar hétero e do beijo no carro. Contei de como o beijo do Lucas era lento e de como ele franzia as sobrancelhas, como se cada toque meu o machucasse. Falei de como as mãos dele procuraram as minhas pra se entrelaçar e como ele grudou a testa no meu pescoço e fechou os olhos, quase em um refúgio de paz.

Era exatamente esse sentimento. Paz. *Com o Lucas.*

Os carinhos dele me davam a sensação de ser um santuário de calmaria. Toda a sua confiança prepotente se desarmava quando estava comigo. Seus olhos fugiam dos meus, envergonhados, e ele escondia o rosto ao mesmo tempo que me puxava pra mais perto e cheirava minha pele. Na intimidade, a nossa dinâmica se invertia. Era eu quem pegava sua mão e puxava.

Quem apertava seu rosto e o fazia virar pra mim.

Quem o encarava no fundo dos olhos com uma diversão maligna, até que suas bochechas ameaçassem explodir.

Quem ria da sua timidez.

Quem o puxava pelos cabelos e colava o ouvido na sua boca, só pra escutar o suspiro de prazer baixinho que ele tentava abafar, mas não conseguia esconder.

Claro que isso tudo eu fui descobrindo aos pouquinhos.

— Até porque nenhum de nós é assumido pra família, então a gente tem uns empecilhos aí — contei pra minha amiga.

— Pera, ele não é assumido?

— Pra família, não. Já teve namorada e tal, mas nada sério com caras. Eu fui o primeiro date dele, na verdade.

— Ih, amigo...

— Pois é. Mas quer saber? Tá bom pra mim. O Lucas não é o homem da minha vida. Eu tenho certeza.

— Então é só diversão?

— Aham.

— E ele sabe disso?

— Lexa, foi só um date...

Aliás, pra fechar a noite, obriguei Lucas a dividir um táxi comigo.

— Então vou te deixar em casa — ele havia dito.

— Tá maluco? Eu moro muito mais longe.

— Foda-se. Eu sou rico.

E fomos no banco de trás. Ele se colocou o mais distante possível de mim, colado na outra janela — mas esqueceu a mão estrategicamente posicionada no meio do caminho. Eu, que não sou lerdo, coloquei a minha bem do lado. E ele, cheio de vontade, passou o caminho todo quieto, mas me fazendo carinho com a ponta dos dedos.

— Que coisa ridícula. Adorei — Lexa falou.

— Né? — concordei.

— Lembra da Lari, da minha turma? Quando a gente ficou pela primeira vez, ela fez assim também. No churrasco de aniversário da avó dela, só no "miga, te amo tanto", mexendo no meu cabelo. O clássico carinho enrustido.

— Exatamente. Ele fica todo nervoso de mostrar carinho em público. Ou é essa coisa meio escondida, ou são aquelas porradas de tio nas costas.

— Ai, meu Deus.

— Pois é.

— Mas e aí?

— Então, agora a gente já se viu… o quê, umas três vezes do mês passado pra cá?

— Todo fim de semana?

— Eu evito.

— Você evita?

— Não quero que a coisa fique muito séria, sabe. Sem contar que não tenho dinheiro pra gastar com uns rolês que ele lança. É meio humilhante. Tenho que puxar as rédeas às vezes.

— Ué, mas o que ele quer fazer? Passar o fim de semana em Mônaco?

— Não. Ainda não, pelo menos. Geralmente é ir num restaurante mais carinho, ou naquelas salas de cinema VIP.

— Hum, safado.

— Ei!

— *No escurinho do cinema, chupando drops de anis* — ela cantou.

— Ssshhh. Enfim, você sabe que não tô podendo muito agora. A grana tá apertada demais e preciso resolver a faculdade.

— Como tá a procura?

— Então, tenho buscado umas coisas. Vou a umas entrevistas esta semana. Uma delas foi o Lucas que me arranjou na verdade.

— Ih, olha o QI.

— Ai, que horror. Vou me sentir sujo.

— Amigo, o mercado de trabalho é isso aí. Mas vamos voltar pro Lucas. Fazer uma coisinha mais light na casa dele não rola, não?

— A família, né, Lexa.

— Pô, mas mora numa mansão que não tem nem uma salinha secreta atrás de uma estante? Nenhum refúgio pros gays?

— Nem queria que tivesse. Pra mim tá bem claro que não quero nada sério com ele. E acho que ele concorda. Nunca sugeriu me apresentar pra galera dele nem nada. É uma válvula de escape. Ele pra mim, eu pra ele.

— Ai, amigo, eu espero que seja mesmo.

— Não se preocupa. O Lucas é legal o suficiente pra que, se ficar ruim, eu só dê tchau e vida que segue.

Sábia Paulinha.

O Lucas era o candidato perfeito pra experimentar a teoria da rainha do condomínio. Nossa história e nossa dinâmica proporcionavam as condições ideais pra que:

1. Ele não me machucasse.

E, o mais importante:

2. Eu não me sentisse culpado caso o machucasse. Afinal, era o Lucas, meu pavor do ensino médio. O amigo que tinha me chutado assim que percebeu que eu nunca conseguiria fazer parte do Clube dos Machos. Se nossa história terminasse bem, que bom. Se terminasse mal, ele meio que merecia sofrer um pouquinho. Zero culpa. Perfeitamente dentro da lei.

Lucas se tornou meu experimento sentimental. Eu não tinha nenhuma culpa quanto a isso, mas sempre fui consciente de onde o estava colocando.

— Mudando de assunto: bora fechar aquele karaokê com o Theo? — lancei.

Lexa ficou em silêncio por alguns instantes.

Soube que estava pensando a todo vapor. Quando eu começava a me questionar o porquê de tanta hesitação, ela disse:

— Vamos! Fim de semana que vem, pode ser? Fala com ele?

— Oba! Falo, sim. Feliz que a gente vai se ver. Saudades.

— Saudades também.

— E o Pedro, como vai?

— Bem. Ei, preciso ir. A gente se fala depois, tá?

— Claro, vai lá.

E foi aí que te mandei aquela mensagem, Theo.

A noite correu bem. Meu irmão tinha ficado em casa. Assistimos um filme de terror juntos. Um desses de baixo orçamento, mas cheio de sustos. Perfeito pra ver com você. Bem do tipo que povoava minhas fantasias secretas de romance contigo.

E aí meu celular vibrou.

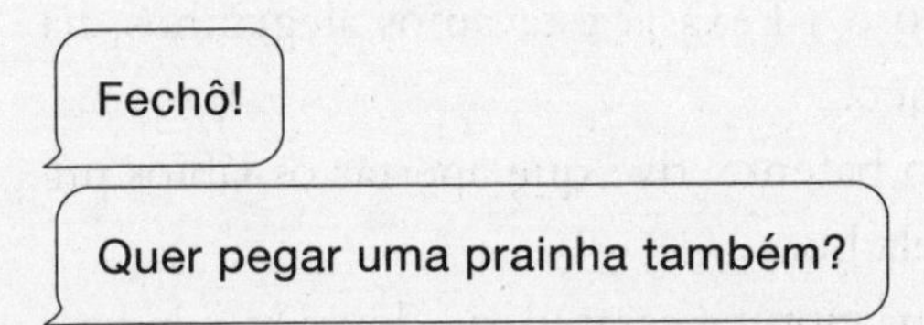

Os karaokês do ensino médio sempre foram um grande evento social. Me pareciam a versão contemporânea daqueles bailes de filme de época. Você zanzava com uma cerveja na mão, cantando aqui, beliscando ali, conversando com esse grupinho lá e depois com aquele. Risos e amenidades pelas quais todos nós vivíamos. Risos e amenidades que eram a única coisa na nossa cabeça adolescente.

Você e a Lexa eram a única coisa na minha cabeça nas noites de karaokê.

Tanto naquela época da escola quanto nesse de estreia da versão adulta.

O caráter enxuto do nosso revival não foi um problema pra mim. Era o bastante. Eu, você e a Lexa.

— Ué, e o Pedro? — perguntei pra minha amiga enquanto cuidávamos dos preparativos.

— Vai sair com uns caras aí. Cantar não é muito a dele.

— Hum.

Melhor ainda.

O problema da nossa lista de convidados reduzida foi que, apegados às memórias, eu e a Lexa compramos e preparamos coisas demais. Balas Fini, sacos de pipoca, uma travessa de pavê, uma panela de chilli com carne, uma bacia de guacamole e uma poça de creme azedo. Pra três pessoas.

Dane-se.

Era uma celebração da memória! Uma noite de apartamento livre pra surtar e encher a cara de comida (e bebida, claro. Mais especificamente três garrafas de vinho, sendo dois brancos, além de dois engradados de cerveja). Começamos os trabalhos bem cedinho. Quando você chegou, no pôr do sol, eu e a Lexa já estávamos alegrinhos, na metade do primeiro vinho branco.

Assim que você passou pelo batente, tive que apertar os lábios pra impedir meu coração de sair pela boca.

Camisa de flanela amarrada na cintura, escapulário dourado pendendo na camisa preta e aquele seu sorriso juvenil cortando as bochechas e te deixando com ares de Golden Retriever. A estética de roqueiro bonzinho que mexia comigo como nada mais nessa vida. Você agarrou a Lexa como um gorila, tirou seus pés do chão e a girou. Ela soltou gritinhos e bateu nos seus ombros. Eu ri.

— Ai, ai, ai!

Enquanto a apertava, seus olhos me caçaram e, assim que me encontraram, senti minha razão desmaiar bem na beirada do palco. Paralisado, só pude esperar que você viesse até mim. Sua sombra me cobriu, mas não disse nada. Só fechou os braços ao redor do meu pescoço e me puxou pra perto. Pra dentro. Fechei os olhos.

Seus abraços sempre me pareceram infinitos, não importa o quanto durassem.

Eu me enterrei ali entre seu pescoço e seu peito e te inspirei profundamente. Seu cheiro acende minhas sinapses e me desmonta na mesma hora. Ali, naquele esconderijo, sussurrei:

— Que saudade.

Sem que ninguém mais ouvisse.

Depois do fim dos tempos, quando você me soltou, corri pra colocar minha máscara de normalidade de volta. Mas, pelas brechas dela, continuava derretendo por você. E o brilho maroto nos teus olhinhos me dizia que você sabia. Você sabia e adorava.

— Tem chilli — falei.

— Ah, moleque! Chilli da Lexaaa!

E foi ver o banquete que tínhamos preparado.

Beliscamos alguns nachos e roubamos umas colheres do pavê.

Fomos pra sala e ligamos o Nintendo Wii já meio antigo da Lexa. Colocamos o *American Idol* de sempre e estreamos a competição como já tínhamos feito outras tantas vezes: com minha performance de "Glamorous".

A primeira regra do karaokê é que ninguém deve cantar bem, lembra?

Eu, em particular, canto mal pra caramba. Tão mal que prefiro pesar a mão no absurdo do que tentar manter qualquer dignidade — e "Glamorous" era a joia do meu repertório de humilhação. Desenvolvi uma técnica de misturar a pose sexy e glamurosa da Fergie com uma voz que é a mistura da Macy Grey com o Gollum. Joga tudo no liquidificador e leva em fogo alto pra evaporar a vergonha.

Sucesso imediato no colégio. Sucesso imediato naquela noite.

Depois de um show tão catastrófico e hilário como o meu, todos ganharam carta branca pra se libertar e fazer a performance que quisessem. É uma honra cumprir esse papel. Só que a minha tentativa de ser horrendo acertava em cheio, enquanto a sua tentativa de ser brega te transformava na criatura mais linda do universo, imitando a Britney Spears. Sua maldição. Sua terrível e sofrível maldição. Puxando no agudo, fechando os olhinhos e rebolando no balanço da camisa de flanela, você superava qualquer galã.

E foi nesse estado, nessa beleza intolerável, que você se aproximou de mim e agarrou meu rosto. Ao som dos gritinhos sádicos da Lexa, usei todas as minhas forças pra fingir que não estava morrendo por dentro. E assim a gente seguiu, música após música.

Eu e a Lexa. Ela e você. Nós dois, Theo.

Passamos pelo pop, pelo indie e pelo rock como os filhos da juventude colonizada que éramos. Fiquei no vinho. Lexa dividiu umas cervejas contigo. Fomos nos desarmando e amolecendo aos poucos. Camisas amarrotadas, seus cachinhos suados, meu sorriso bêbado, os braços abertos da Lexa.

No meio da nossa performance conjunta de "Since U Been Gone", o inesperado aconteceu. Gritando mais alto que as suas cordas vocais, os meus socos na parede e as porradas da Lexa nas almofadas, a campainha interrompeu nossa apresentação.

Trocamos um olhar surpreso. Minha amiga correu pra porta, fazendo sinal pra que seguíssemos o show. Graças a Deus. Você me puxou pelo ombro e cantamos juntos nossa revolta de classe média nas palavras de uma gringa.

Assim que a música terminou, porém, ouvimos uma voz rasgada, abafada pelas paredes. Entonação potente de problema. Sussurros sibilantes da minha amiga.

Sem te dizer nada, fui pra cozinha.

No meio do caminho, reconheci quem tinha chegado.

Enquadrados pelo batente, Pedro e Lexa discutiam como dois cinquentões em crise. Ele notou minha presença imediatamente.

— Hã, com as amigas, né? — Pedro falou pra ela, cheio de veneno.

— Lexa, tá tudo bem? — perguntei.

— Tá, tá — ela respondeu com uma fragilidade que eu nunca havia ouvido em sua voz.

E foi aí que senti você chegar e parar bem atrás de mim, Theo. O tempo de perceber o seu calor do meu lado foi o tempo de o ódio desfigurar o rosto do Pedro.

— Você mentiu pra ficar com esse babaca?!

— Que isso?!

Não acreditei naquilo.

— Ele é só meu amigo! — Lexa se defendeu.

— Sei. Eu conheço esse tipo. Vai se chegando de amiguinho pra furar olho.

— Qual foi, mano?! Fala pra mim!

Você tentou avançar. Te contive.

— Falo agora, seu talarico de merda. Vai pegar a mulher de outro.

— Pedro, chega — Lexa disse baixinho.

— Chega o quê, Alexandra? Você não mentiu pra mim? Mentiu. Por quê? Fala, caralho!

— Porque você é doido, cara! — você gritou, e eu torci para que calasse a boca.

— Porque você cisma de não me deixar ver os meus amigos! — ela respondeu.

Os últimos tempos de ausência da Lexa subitamente fizeram sentido. Desde Petrópolis a gente tinha se visto pouco, sempre muito rápido. Com pressa. Por causa desse infeliz. Acho que deixei meu ódio transparecer, porque Pedro, em menor número ali, finalmente se sentiu acuado. Disse pra Lexa:

— Acho que tá na hora dos seus *amigos* irem embora. A gente precisa conversar.

— Até parece que a gente vai te deixar sozinho com ela — falei. — Se encostar um dedo na minha amiga, eu te mato.

— Vai todo mundo embora — anunciou Lexa.

Murchei.

— Você primeiro, Pedro. Amanhã a gente conversa.

— Tá doida? — exclamou ele, com resistência.

— Irmão, vaza! — Você passou por mim e se colocou na frente dele. O desprezo e a raiva do Pedro, te olhando de cima agora, eram perigosos. Mas a sua imprudência era mais. E, por sorte, éramos três contra um ali. Pedro tomou mais um instante, avaliando a situação. Olhando pra Lexa, soltou:

— Ninguém aturaria isso aqui. Você tem sorte de me namorar.

Bateu a porta e desapareceu.

Tranquei.

— Amiga, cê…

— Eu tava falando sério. Desculpa, gente. — Lexa não me olhava nos olhos. — Pega o pavê e vai embora.

— Não vou te deixar sozinha depois disso — falei.

— Tá tudo bem. Não foi nada de mais.

— Ele é um babaca — você disse.

— Amanhã cê pega a moto, Theo. Foi mal, mesmo.

— Eu tô falando sério. Não vou te deixar sozinha — insisti.

— Pega a porra do pavê e sai daqui.

Silêncio.

Ela tirou a travessa do freezer e me entregou.

— Por favor — pediu, com a voz trêmula.

Levei o pavê e você de brinde.

Por sorte, não tinha ninguém em casa.

Peguei uma garrafa d'água, duas colheres e montei nosso quartel-general açucarado no meu quarto.

No começo, a única coisa na minha cabeça era preocupação com a Lexa. Metralhei minha amiga com milhões de mensagens, até que ela desligasse o telefone. Só depois de me ver vencido pelas possibilidades da tecnologia foi que consegui focar em você, ali do meu lado.

— Desculpa, nem tô te dando atenção — falei.

— Relaxa. Eu entendo. Mas a Lexa sabe o que faz. Ela sempre foi mais esperta que eu e você juntos.

— É, né.

— Além do mais, amanhã a gente vai passar lá pra pegar a minha moto.

— A gente?

— Ah, quer não? Tranquilo.

— Não, quero.

— A gente dá uma voltinha na praia?

— Opa, aí melhorou, hein.

— Interesseiro.

Ri e joguei um travesseiro na sua cara.

— Ó, parou! — você advertiu com a menor das autoridades.

— Tá bom.

E joguei outro.

Quando você ia falar alguma coisa com ares de autoridade, puxei a coberta da cama em um só movimento e te embalei nela. Comecei a fazer cosquinha.

— Moleque!

Sua ira abafada me fez rir.

Eu achava que tinha tudo sob controle, até você decidir agir. Bastou um piscar de olhos pro jogo se inverter completamente. O embalado no cobertor fui eu, e as suas mãos é que me apertavam as costelas. Em desespero total, perdi as forças. Tombei na cama e você veio em cima. Apertou o cobertor ainda mais, prendeu meus braços com suas pernas e engatilhou as pontas dos dedos na lateral vulnerável do meu tronco.

— Pede desculpas — falou.

Uma alegria de Grinch brotou na minha cara.

— Nunca — respondi.

A descarga elétrica da cosquinha me contorceu.

— Pede agora.

Apesar de o karaokê ter naufragado, a vibe de alegria adolescente dele ainda estava viva. Não. Não era bem por causa do karaokê.

Sempre que a gente se juntava parecia que todos os nossos neurônios pifavam. Era como voltar à infância. Como se não devêssemos beleza, cordialidade, educação e inteligência ao outro. E isso deixava a vida tão mais leve. Contigo eu podia ser tão idiota quanto os outros casais que eu tanto julgava. Contigo eu podia virar um burrito de edredom descabelado e suado sem medo. Contigo eu podia sonhar que estávamos juntos.

A realidade do sentimento complicado que eu tinha por você importava menos que o prazer da minha imaginação. Eu não precisava que você namorasse ou casasse comigo. De você eu só queria a presença. Do resto eu dava conta.

A gente ficou nessa brincadeira imbecil por um tempo, o que foi delicioso e totalmente confuso. Quantas vezes ali naquela noite você não segurou minhas mãos contra o colchão. Quantas vezes não grudou seu nariz no meu pra rir de mim.

Só amigos.

Coisa de parça.

Apenas bons amigos de escola.

Muito próximos.

— Até fiquei sóbrio — falei.

— Ué, bora abrir o vinho.

— Que vinho?

— Que eu trouxe da Lexa.

— Quê?!

Você foi até a cadeira onde tinha jogado sua camisa de flanela e, de debaixo dela, tirou a última garrafa de vinho que havia sobrado.

— Pô, quente?

— Deixa de ser fresco.

— Vou pegar gelo.

— Ah, tá zoando.

Mas acabou pedindo também. Acertamos de gastar uma taça só. Fui buscar e, no caminho, encontrei Caíque.

— A noite foi boa, hein — ele me disse ironicamente enquanto trancava a porta da frente. — Vinho pra um é mau sinal.

A dele parecia ter sido ótima também, a julgar pelos olhos sem foco e a cara vermelha.

— Foi boa — respondi, tomando a decisão de cortar as reviravoltas e o fato de que a noite ainda tava rolando.

— Tá nesse nível? — Voltou a apontar pra taça. — É coração, é?

— Caíque, vai dormir.

— Fala pro irmão. Eu te ajudo.

Constrangido, fui me esquivando daquele papo e fugindo em falsa tranquilidade pelo corredor. As insistências bêbadas e zoeiras do meu irmão seguiram no meu encalço. Quando eu tava bem na porta, com a mão quase na maçaneta, você abriu. De cueca. *De cueca*, Theo.

— Ah, boa. Ia falar pra não esquecer a água — me disse na maior naturalidade. — Ih, fala, Caíque!

E estendeu a mão pro meu irmão chocado, que te cumprimentou no automático.

— Boa noite — Caíque falou, agora tão sóbrio quanto a gente. Me olhou com uma expressão que até hoje não sei definir e foi se trancar no quarto.

— Água? — você insistiu.

Peguei uma jarrinha. Dividimos o vinho na taça. Beliscamos o pavê. Conversamos.

Você comentou dos planos de ir pra fora do país. Eu comentei da minha busca por emprego.

Você me contou da Clara e eu tive coragem de te contar dos meus casos.

Você disse que tava feliz por mim. Eu disse que tava feliz de te ter ali.

Fomos conversando. Deitamos na cama.

Eu disse que ia te pegar um colchão. Você me mandou ficar quieto e só falou:

— Bora dormir?

Ok.

Apaguei a luz e deitei do seu lado.

Silêncio.

Duas múmias de edredom separadas por um corredor de átomos de oxigênio. Assim não era oficialmente gay, né?

Mas eu queria que fosse. O vinho me deu coragem suficiente pra aproximar meu braço do seu. Se você o afastasse, seria meu sinal de que não ia rolar nada e de que eu deveria fazer um salto ornamental de vergonha janela afora. Mas você ficou. Não só ficou como virou pro meu lado e jogou a mão no meu peito.

— Aperta? — pediu.

— Uhum.

Puta que pariu, Theo.

Àquela altura da vida, eu já tinha saído com caras experientes de quarenta, aventureiros de vinte, organizado uma orgia sem querer, sido consumido por caras ainda mais lindos que você e me deliciado com o prazer que consegui infligir em tantos outros. Mas nada tinha sido tão potente quanto aquilo.

Tal qual um vitoriano emocionalmente constipado, segurei sua mão como se fosse um presente divino. Apertei a palma e os dedos. Avancei punho e braço acima. Você suspirou e se largou mais, relaxando no colchão. Fui sentindo suas camadas de músculo e gordura. Subi mais e mais, até chegar no seu ombro. Foi quando o apertei que você se mexeu. Levantou o tronco, se apoiou num cotovelo do lado da minha cabeça e me olhou bem de perto.

Não consegui ler a sua expressão no escuro, mas acreditei que era raiva ali.

Você bufou.

Pronto. Todo o cuidado pra não te afastar, desperdiçado.

— Desculpa — falei, baixinho.

Talvez tão baixinho que você não tenha escutado, porque não me respondeu. Só baixou o corpo sobre mim, encaixando o rosto no meu pescoço.

Aguardei uns segundos. Nenhuma explosão de ódio. Tudo estava… bem?

Parecia que sim.

Então continuei apertando seu ombro. Corri meus dedos por sua coluna, da base até a nuca e sorri quando você se contorceu. E foi aí que, timidamente, criminosamente, não-me-perceba-pelo-amor-de--deus-mente, beijei seu pescoço. Devagar.

E aí você desgrudou de mim. Dessa vez de verdade. Sem ambiguidades. Num movimento brusco, retorcido em asco. Você se sentou na beirada da cama, olhando pra parede. Ferrou.

Te imitei, do outro lado, instantaneamente me sentindo a coisa mais horrível do mundo.

— Desculpa.

Dessa vez você com certeza ouviu.

— Eu não sou gay — você falou, sério.

— Desculpa, Theo. Eu sei. Vou dormir na sala.

— Cê tá maluco?

— Desculpa, é só que eu gosto muito de você e tô meio bêbado. Não vai acontecer de novo.

— Não, não. Dormir na sala? Esse quarto é seu.

— Não quero te incomodar.

— Puta que pariu — você passou as mãos pelo rosto, subitamente exausto e raivoso.

— Que foi?

— Isso me irrita pra caralho. Essa coisa de "desculpa", de "não quero incomodar". Olha pra mim. Ei, olha pra mim.

Virei pra sua sombra.

— O que que a gente tá fazendo? — me perguntou.

— Não sei.

— O que cê quer?

— Theo, eu não devia ter feito isso. Escapou. Eu só… gosto muito de você.

— Mas eu te amo. E aí?

E foi então que eu absorvi essas palavras com calma. Até pra confirmar se eram verdade. Então me aproximei devagarinho. Pousei a mão no seu rosto. Senti as agulhas da sua barba rala com a ponta dos dedos e deslizei pra baixo até que se transformassem em lábios macios. A pele da sua bochecha se esticou de felicidade. Contagiado, também sorri.

Beijei seu rosto com toda a calma do mundo e sussurrei no seu ouvido:

— Também te amo.

Seus braços se fecharam na minha cintura, e os meus, no seu pescoço. Estalinho na sua testa e um cheiro nos seus cachinhos.

— Te amo, Theo. Te amo. Te amo. Te amo.

Repeti várias vezes. Repeti na esperança de prolongar aquele instante e talvez morrer ali mesmo, só pra que a última fotografia emocional dessa vida fosse aquele momento de vitória. Repeti que te amava pra compensar todas as vezes que tive medo e repeti pra que você não esquecesse. Pra que você nunca esquecesse o tanto que eu te amava. O tanto que me doía.

Mas aqui estou eu, escrevendo todas essas páginas que ainda dizem a mesma coisa, tentando tornar esse amor palpável. Tentando agradecer pelo presente que é poder existir na sua presença. Tentando fazer sentido do que esse amor significa pra mim e do que estou disposto a sacrificar por ele.

Repeti várias vezes, até você me aninhar na cama e me beijar. E eu te beijar de volta. E você me morder. E eu morder de volta. Me esparramei na sua pele com o ritmo paciente de quem só teria uma chance de experimentar. Perdemos nossas peças de roupa uma a uma. Avancei por cada território do seu corpo como se fosse uma guerra e um banquete. Mas toda a sua extensão ainda foi pouco pra mim.

Seus dedos se entrelaçaram nos meus. Um suspiro no meu ouvido.

Beijei sua mão. Seus dedos. O pescoço, a nuca, o braço, as coxas, os pés e salpiquei as suas costas, deslizando os lábios do cóccix à nuca.

Ri quando seus músculos tremeram. Você também. E pediu pra eu fazer de novo.

A gente ficou nesse carinho preguiçoso, de corpo e de palavras, por horas. As coisas que dissemos tinham alguma coisa de sagrado e de segredo. Votos que eu só podia repetir bem baixinho, segurando seu rosto nas mãos, enquanto me perdia na proteção dos seus olhinhos de cachorro pidão.

Depois dessa descrição toda, acho muito interessante que essa tenha sido uma das melhores transas da minha vida e não tenha envolvido nada de penetração. Foi ali que senti na pele o que anos depois ouviria a Jout Jout falar em algum vídeo, sobre como o sexo começa na hora que a gente coloca o olho no outro. O sexo é um sentimento, não uma ação. Pelo menos o sexo que eu gosto. Pelo menos pra mim.

O que achei interessante também foi o fato de que não foi uma emoção nova para mim. Era só a mesma emoção de estar contigo, de tocar na sua mão e te abraçar, só que muito prolongada e sem a limitação de ter que se esconder. O prazer era o mesmo. E foi um dos mais deliciosos que já provei. Só que igual ao do primeiro dia de aula.

Quando o sol tava nascendo, a gente se enroscou em uma paz profunda.

— Não quero te largar nunca mais — você falou com a voz rouca no meu ouvido.

Foi a última coisa que escutei antes de apagar. Apertei sua mão junto ao meu peito e me encaixei no seu corpo morno atrás de mim. Dormimos.

Às duas da tarde acordei com batidas na porta.

Meio zumbi, não tive tempo de levantar nem dizer nada antes que a porta se abrisse.

Era o Caíque.

Ele veio até a cômoda, pegou o controle do ar-condicionado, colocou na ventilação e disse:

— Sr. Roberto mandou avisar que não é sócio da Light.

Tudo isso sem olhar pra mim.

E antes de sair:

— Vão almoçar aqui?

— Acho que sim?

— Estrogonofe.

— Vamos.

— Ok.

Bem, foi assim que eu me assumi.

Pensei que passar a noite com o homem dos meus sonhos e ter minha homossexualidade escancarada para a família não fossem acontecer no mesmo dia. E além disso: achei que fossem me transformar profundamente. Mas não. Eu só fiquei muito feliz, como já tinha ficado em tantas outras ocasiões na vida. Só que, pela primeira vez, feliz de compartilhar esse sentimento tão precioso contigo. E isso foi suficiente pra sufocar qualquer ansiedade.

Assim que minha esfinge de irmão fechou a porta, você começou a rir baixinho.

Eu te ataquei com beijinhos, e você me agarrou num abraço de urso. Apagamos de novo e acordamos dali a uma hora, mas só levantamos depois de derretermos num limbo de preguiça dengosa.

Quando finalmente saímos da toca, a casa tava vazia. Almoçamos o estrogonofe que ainda tava em cima do fogão e fomos pra Lexa buscar sua moto. O celular continuava desligado, mas ela tinha feito questão de me deixar uma mensagem:

Vou sair. Pega a moto lá com Theo.
Já deixei avisado.

Foi bem rapidinho. E ainda tínhamos um tempo até o pôr do sol.

— Praia?

— Praia.

Não entramos no mar. Ficamos os dois de roupa — você, com calça jeans e camisa amarrada na cintura — na beirinha, afundando os pés na areia aos poucos, conforme as ondas nos lambiam. Quase coladinhos em silêncio. Próximos o suficiente pra que eu sentisse o calor do seu corpo e os pelos do seu braço, mas distantes o bastante pra parecermos só bons amigos aos olhos dos passantes. Eu nem pensei em me aproximar mais. Em pegar sua mão, deitar no seu ombro, te oferecer meu colo, nada disso. Contigo eu sou mansinho. Aceito o que me dá. Isso é tão lindo e prazeroso quanto horrível e humilhante.

Mas naquele dia, *naquele dia*, tudo foi ótimo.

No momento é sempre bom.

Assistimos o sol descer em silêncio e continuamos como estátuas até a noite apagar o mar. No escuro, você deitou no meu ombro e falou:

— Não some.

Fiz carinho no seu cabelo.

— Nunca.

E te dei um beijo na testa.

— Quer subir a serra?

— Hoje?

— Olha, não tinha pensado hoje não, mas se quiser…

— Relaxa. Vamos marcar?

— Ih, esse é O vamos marcar? Sou carioca também, mermão, tu não me engana com essa não. — Me cutucou a costela.

— Idiota. Tô falando sério.

— Semana que vem?

— Semana que vem. — Você sorriu que nem um garotinho. Arrisquei: — Cê quer dormir lá em casa hoje de novo?

— Não rola. Tenho que voltar. E tá ficando tarde.

— Por isso mesmo. Que horas tem que ir?

— Tinha. Umas três horas atrás.

Então você sacudiu a areia molhada pra se libertar, pegou a mochila na areia e:

— Bora?

Chorei manhoso.

— Bora, moleque. Te deixo em casa e pego a estrada.

— Não quer cair lá em casa, mesmo?

— Querer eu quero, mas não dá… Bora.

Limpamos os pés e partimos.

Você parou a moto na entrada do meu prédio e foi na bica comigo pra tirar a areia que persistia. Apoiei a mão no seu ombro. Você me estalou um beijo na bochecha e engatamos na nossa última, breve e comportada pegação. No encerramento, colocou o capacete, apertou meus pneuzinhos e saiu me apontando o dedo num ultimato:

— Semana que vem, hein?

— Semana que vem.

Ligou a moto e cortou o asfalto. Te assisti até que sumisse na esquina. Só então fui pra casa, ainda com a sensação da areia misturada ao carinho das ondas nos pés e da maciez dos pelos do seu braço encostando nos meus.

Semana que vem. Eu só tinha que esperar até semana que vem.

Minha ilusão apaixonada de donzela romântica devia estar tão estampada na minha cara que, quando abri a porta e bati os olhos no meu pai, logo me dei conta: ele sabia. Meu instinto de sobrevivência gay me preparou pra ler os sinais. Os olhos arregalados, lábios cerrados, a mão estrangulando o controle remoto. Tudo durou um segundo, antes que ele limpasse a expressão rapidamente com um paninho de normalidade. Virando a cara pra TV, falou:

— Eae, filhão. Foi bom o dia?

— Foi ótimo. — Tentei correr pro quarto, mas ele emendou:

— Dormiu um amigo aí?

— Aham.

— Quem era?

— Ah, o Theo. Não sei se cê lembra, aquele que mudou pra Petrópolis. A gente…

— Era grudado na escola. O do cabelinho?

— É.

Uma pausa.

— Se quiser chamar ele pra cá de novo, pode chamar. Quase nunca vejo teus amigos.

— Valeu. Acho que vou pra lá semana que vem.

— Faz o que cê tem que fazer.

Deixei um riso inesperado escapar de mim.

— Que foi? — meu pai perguntou, subitamente nervoso de inadequação, me olhando pela primeira vez desde o começo da conversa.

— Nada não, pai.

— Pode chamar. Qualquer coisa eu saio pra vocês ficarem mais à vontade.

Foi aí que uma malícia divertida me tomou a cabeça. A gente tava perto demais do precipício da verdade pra que eu resistisse à tentação de pular, ou de pelo menos brincar com essa possibilidade. Abri um sorriso vilanesco e perguntei:

— Ué, por quê? Cê sai quando o Caíque traz os amigos?

— O Caíque é o Caíque. Você é…

— O quê?

Gay.

— … você.

— Hum.

Mais uma pausa.

— Posso ir pro quarto?

— Por favor.

Antes de sumir no corredor, parei e olhei pro sr. Roberto com o controle ainda na mão. Pinceladas grisalhas na cabeça, rugas de preocupação e ombros curvados saltavam naquele cara que tinha sido sempre a força mais potente na minha vida. Aquele cara que tinha parado o carro numa rua deserta anos antes pra me alertar das bichas do teatro. Aquele cara que morria de medo de ter um filho viado. Ainda era ele — mas não mais *só* ele.

Passos de formiguinha.

— Valeu, pai. Talvez eu chame o Theo pra vir aqui de novo.

Ele só aquiesceu, com a fragilidade de quem aceita a passagem do tempo.

Quando fechei a porta do quarto, comecei a rir.

Faz o que cê tem que fazer.

Ri pelo constrangimento. Ri pela aceitação velada. Ri pelo sonho das últimas vinte e quatro horas. Me joguei na cama e enterrei o rosto nas cobertas, doido pra cheirar o fantasma da sua presença e delirar com romances futuros, sem saber que você nunca mais pisaria naquela casa.

PARTE V

Eu vou equalizar você
Numa frequência que só a gente sabe
"Equalize", Pitty

NOVEMBRO DE 2012 (AINDA)

Nos falamos todos os dias daquela semana. Trocamos fotos. Nos ligamos. Você falou da minha pele, dos meus cabelos, da expressão esquisita que eu fazia quando me surpreendia, que achava uma gracinha. Me falou da sua saudade e me tirou uma lágrima de felicidade que escondi de você. Theo, eu nem sei o que aconteceu naquela semana. Minha memória é de ter entrado numa cápsula pra te esperar. Só uma tela com cenas do nosso futuro na minha frente. Nada do mundo externo.

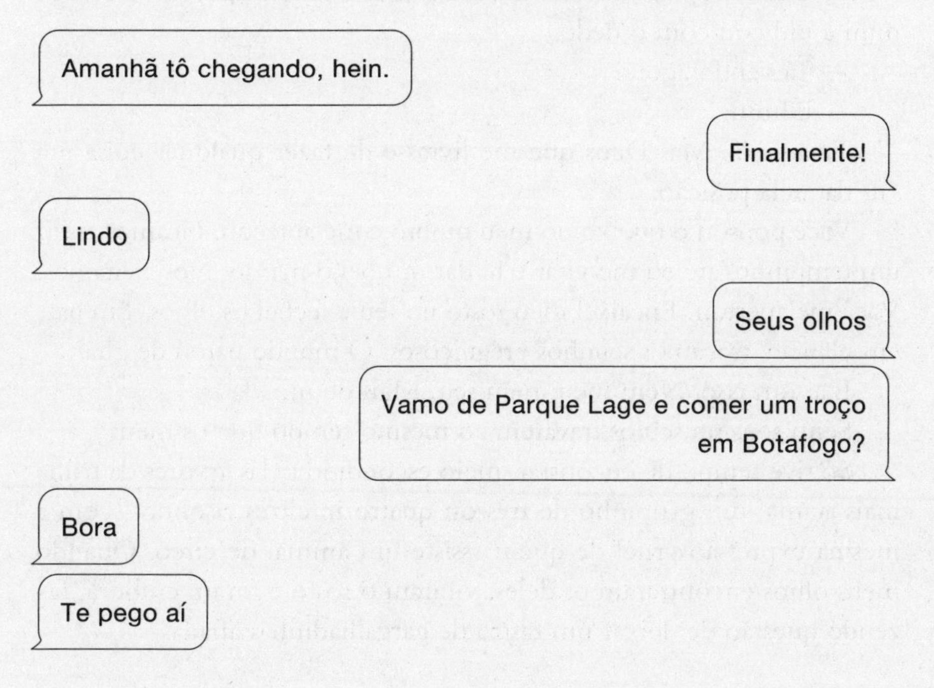

Meu herói

Você chegou de moto e com um capacete pra mim.

Me aninhei na garupa e relaxei por todo o percurso da nossa viagem cortando a cidade. Dos shoppings e avenidas, passando pelos túneis até chegar às ruas e praças. Achamos uma vaga bem em frente ao estacionamento lotado e entramos no Parque Lage.

Imediatamente o frescor da mata, a arquitetura antiga e os murmurinhos dos gringos me relaxaram. Eles e a sua presença, Theo. Caminhamos sem rumo. Fomos ao miniaquário, demos uma olhada no edifício principal, passamos pela gruta e pela torre. Fomos subindo a trilha. E, subindo na fé, encontramos uma cachoeira meio isolada. Você descobriu um caminho discreto pra chegar até a água.

Molhamos as mãos, os pés e respingamos água um no outro. Risadas e despreocupação. Cê viu um macaco nas árvores. Quê, onde? *Ali, ó.* Onde, Theo? *Aqui.* Pousou uma mão na minha cintura, se colou em mim e indicou com o dedo.

— Tá vendo agora?

— Uhum.

Tava nada. Mas Deus que me livrasse de fazer qualquer coisa pra sair daquela posição.

Você pousou o queixo no meu ombro e me abraçou. Ficamos assim um tempinho, até eu me virar e te dar um beijo manso. Nos ajeitamos. Você me apertou. Encaixei meu rosto no seu e fechei os olhos. Em paz, em silêncio, trocamos selinhos preguiçosos. O mundo parou de girar.

E aí um riso. Nem meu, nem seu. Mais de um.

Senti seus músculos travarem ao mesmo tempo que os meus.

Só tive tempo de encontrar, meio escondido pelas árvores da trilha mais acima, um grupinho de três ou quatro infelizes risonhos, com a mesma expressão cruel de quem assiste um animal de circo. Quando meus olhos encontraram os deles, viraram o rosto e foram embora, fazendo questão de deixar um rastro de gargalhadinhas afiadas.

Suas mãos se afrouxaram em mim e nosso silêncio, até então levinho, tombou pesado.

— Tá com fome? — me perguntou.

— Não muita. Cê tá?

— Pô, demais. Bora pra Botafogo?

Deixamos a cachoeira e voltamos à trilha. Cruzamos com aquele grupinho, que soltou uma última risada ácida acompanhada de um assobio sugestivo assim que demos as costas. Você se afastou um pouco de mim e seguiu flutuando pra cada vez mais longe ao longo do dia.

Os assuntos fluíram bem entre a gente, mas todos os pretextos que eu usava pra me aproximar fisicamente de você eram desperdiçados. A mão no ombro quando parou pra ver um cardápio, o beijinho furtivo numa rua mais vazia, até o esbarrar de braços quando caminhávamos perto. Se antes a tua esperteza não desperdiçava a oportunidade de transformar cada um deles em um carinho, agora ela só tinha como objetivo se desviar. Fingir que não viu, que não sentiu.

Tentei uma, duas e na terceira vez que te toquei sem receber resposta, me senti inconveniente e desisti. Comemos e caminhamos. Quando o sol desceu o primeiro degrau, metemos os capacetes na cabeça e cortamos a cidade de volta ao nosso fim de mundo. Ao meu fim de mundo, no caso.

Você saltou da moto pra se despedir. Me abraçou com uma vontade represada, cheirou meu pescoço e me deu um beijo. Olhando pra sua sinceridade, me senti paranoico. Eu tava noiado por nada. Tinha sido coisa minha. Tava tudo bem entre a gente.

— Te amo — você me disse.

— Te amo — eu te respondi.

Colamos a testa por mais alguns segundos, demos um selinho e você partiu.

Cheguei em casa, falei com a família e fui pro quarto. Me lancei sobre a cama, pronto pra mais uma semana de delírios de romance, quando o celular vibrou.

Ignorei.

Ele insistiu.

Ignorei.

De novo.

Quando ficou claro que não era telemarketing ou golpe, decidi olhar pra tela.

Meu coração parou.

— Preciso de você.

Ouvi uma Lexa rouca e assustada entre gritos abafados e sons de coisas quebrando.

Na semana entre o karaokê e aquela ligação, eu e Lexa tínhamos nos falado bem pouco. Eu havia puxado assunto, pedido pra gente se encontrar, perguntado se tava tudo bem entre ela e o Pedro, de verdade, mas foram todas tentativas frustradas. Até aquela ligação.

Ela me chamou. Eu fui.

Tentei te ligar a caminho de lá, Theo. Não sei por quê. Não sei o que esperei que você pudesse fazer além de ser uma voz amiga durante o apocalipse. Era isso, acho. Só uma voz amiga, um coração próximo em um momento de pavor. Mas você não atendeu.

Eu não sabia o que me esperava.

Pelo telefone tinha ouvido coisas quebrando, a voz de homem ao fundo, o pânico no tom da minha amiga. Precisava estar preparado pra cometer assassinato, enterrar o corpo e levar o segredo pro túmulo.

Eu precisava de ajuda e, como sempre, você perdeu o timing para estar lá. Depois de entender isso, liguei pro Ramon. Ele atendeu de pronto e cancelou o que quer que fosse fazer para chegar na Lexa. Só que demoraria algum tempo. Era eu quem morava mais perto.

Quando cheguei no prédio da minha amiga, tudo parecia normal. Me acalmei por um instante. Claro que eu tava doido de ansiedade. Eu *sou* doido de ansiedade. Para de ser doido! Eu, hein. Talvez não seja nada muito sério. Olha só. Ninguém fofocando em varanda nenhuma, ninguém gritando e nem se jogando das sacadas. Paz na ruazinha do

Jardim Oceânico, como em todos os outros dias. A Lexa tava bem. Era só tocar o interfone e esperar ela atender.

E esperar ela atender.

E esperar ela atender.

Ah, não.

Liguei pro celular dela.

— Não sobe — Lexa atendeu.

Batidas ao fundo. Alguém esmurrando uma parede ou porta.

— Lexa, eu vou chamar a polícia.

— Não faz isso.

— Que que tá acontecendo?

Ela não respondeu.

— É o Pedro?

— Não chama a polícia.

— Esse babaca te bateu?

— Não.

— Eu vou subir.

— Não.

— Lexa, eu…

— Não chama a polícia. Te ligo se precisar de ajuda. Fica aí.

E desligou.

Puta merda.

Fiquei andando de um canto pro outro completamente perdido. Tentei falar com o Ramon. Nada. Tentei ligar pra Lexa. Nada. Interfonei. Nada.

Precisava de alguém ali logo. Uma pessoa que pudesse ajudar. De todos os currículos que passaram pela minha cabeça, encontrei o candidato mais prático.

— Alô.

— Fala, lindão. Quanto tempo.

— Pois é. Desculpa ligar do nada, mas eu preciso muito, *muito*, da sua ajuda.

— Onde?

Vinte minutos depois, um carrão estacionava do outro lado da rua. Expliquei tudo o que sabia até o momento pro Lucas. Ele pegou meu celular pra insistir na Lexa e me mandou tocar o interfone até eles não aguentarem mais. Obedeci.

— Olha só. — Lexa o atendeu. Abandonei minha tarefa e foquei nele. — A gente tá aqui embaixo. Cê tá onde? Tá bom. Tá bom. Não. Não, Lexa, olha aqui, se você não fizer o que eu te falar, vou ligar pra polícia. Não, não quero ouvir. Tá com a chave? Tem janela aí?

Clec!

Virei bem a tempo de enxergar a dona Silmara do 201 entrar no prédio. Imediatamente soube o que fazer. Abri um sorrisão, equalizei minha voz de bom menino e corri discretamente na direção dela.

— Salvou a gente, dona Si! — Segurei o portão quando ela tava fechando. — Lexa foi tomar banho e esqueceu dos amigos. Posso pegar carona?

— Claro, amor. Mas cês não vão cantar hoje não, né?

Chamei Lucas com um aceno de braço. Ele logo me seguiu.

— Só se a senhora não quiser.

Ela riu.

— Tô brincando, menino. Eu adoro ouvir a juventude. — Uns passos mais à frente, emendou: — Mas graças a Deus sou meio surda já.

Fui levando dona Silmara no risinho até que ela abrisse a segunda porta. Dali larguei um *brigado* e disparei pelas escadas com o Lucas logo atrás. Voamos até a cobertura no terceiro andar. A porta de entrada tava trancada. Dava pra ouvir murros e ódio. Mas não ali. Provavelmente nos fundos.

A porta da cozinha nos recebeu com uma fresta meio aberta. Empurrei e entrei com o cuidado de quem precisa caçar um crocodilo.

— Vem falar comigo, sua covarde! — Pedro berrava ali perto.

Lucas me fez sinal de silêncio. Obedeci. Enquanto ele digitava mensagens no telefone, avancei cautelosamente pelo corredor anexo da cozinha, que levava à área de serviço. Enxerguei um Pedro que tinha o dobro do tamanho de que eu me lembrava, ouriçado de raiva e agressividade.

Em vez de me acovardar com essa cena — o que sempre achei que seria o natural pra mim —, também cresci e me enchi de ódio.

— Sai daqui, seu merda! — gritei.

Pedro reconheceu a minha presença.

— Pronto, chegou o Bambi.

Agarrei um pote de vidro grosso na bancada e lancei em sua direção. Ele esquivou, e o pote explodiu na parede. Enquanto biscoitinhos rolavam no chão, ele avançou pra cima de mim.

— Não faz nada com ele! — Lexa gritou de trás da porta do banheiro de serviço.

Consegui dar um soco no Pedro antes que ele, sem nem sentir meu golpe, me jogasse no chão e começasse a me marretar com aqueles punhos de elefante. Como levantei os braços pra proteger a cabeça, não consegui ver o que aconteceu. Só soube que algo o lançou pra longe de mim uns três murros depois.

Enquanto me levantava, ouvi minha amiga gritar:

— Pedro, eu vou ligar pra polícia agora se você não for embora!

— Se ela não ligar, eu ligo. — Lucas, que tinha acabado de se posicionar na frente do meu corpo caído, mostrou o celular, que devia estar engatilhado no 190. E acrescentou tranquilamente: — Minha mãe é juíza.

Só então eu percebi Pedro tombado no canto do corredor, com a cara vermelha e sangue escorrendo de uma narina. Sem tirar os olhos do Lucas, sem se desfazer da máscara de ódio que não conseguia esconder, ele se virou pro banheiro e dissimulou a voz num tom manso e choroso:

— Amor, eu só quero conversar contigo.

Silêncio.

— Eu te amo, Alexandra. Larguei tudo pra te encontrar. Só consigo pensar em você.

— Vaza — Lucas ameaçou.

— Lexi. — Pedro se levantou com as palmas pra cima, rendido. — Você é a mulher da minha vida. Não vou desistir de você.

Então, projetando a voz lá de dentro, ela respondeu:

— Isso, meu ex invadiu minha casa. Ele tá aqui me ameaçando de morte! Rua Paulo Mazz…

Pedro largou a farsa num segundo. Deu um murro na porta:

— VACA.

E saiu correndo, não sem antes me atropelar e empurrar a dona Silmara, que estava entrando no apartamento para bisbilhotar. Lucas foi acudir a coitada da senhora, caída no chão. Enquanto isso, me aproximei do banheiro. Sussurrei o mais delicadamente que consegui:

— Lexa.

— Oi.

— Te amo.

Ela destrancou a porta e abriu. Percebi a carne viva de suas emoções. Abracei e deixei minha amiga se enterrar em mim. Então notei o celular dela na bancada da pia. A tampa aberta e a bateria ao lado. Nenhuma polícia a caminho.

Foi só quando nos reunimos na mesa da cozinha pra fazer a contenção de danos que meu celular vibrou com uma mensagem sua, Theo.

Tudo bem, mano?

Nem vi. Malz.

— Ela dormiu?

— Dormiu.

Suspirei aliviado.

Às nove da noite Lexa já tava na cama. Eu e o Lucas tomamos o quarto do irmão dela.

Não avisamos os pais. Não te falei nada. Fora nós e dona Silmara, o único que sabia do acontecido era o Ramon, que tinha chegado minutos depois do fim do embate. Pedimos pizza e vimos um filme de terror, abraçadinhos os quatro, sem tocar no assunto. Prometemos que no dia seguinte conversaríamos direito, mas naquela noite, só por aquela noite, por aquelas horinhas, Lexa queria esvaziar a cabeça. E ela não era a única.

Segurei a mão dela sobre a manta no sofá e apertei a cada susto que explodia na tela. Rimos dos espasmos apavorados do Lucas, matamos três embalagens do estoque pessoal de balas de goma da Lexa e fizemos caipirinha.

Senti que, de um jeito meio certo por linhas tortas, aquele era o ponto-final do karaokê que eu tinha te prometido.

Aconteceu mais ou menos como era pra ter corrido aquela noite com você: bebemos até ficar bobos, rimos de vídeos do YouTube, bateu o soninho e fomos pros quartos do segundo andar. Lexa com o Ramon, eu com o Lucas. Terminei a noite como esperei que aquela nossa fosse terminar: dividindo a cama com um cara bonito e a promessa de um abraço acolhedor. Só não era o seu.

Certo de que minha amiga agora tava protegida pelo sono, me joguei nas cobertas.

— Que dia, meu Deus — soltei.

— Que dia.

— Quais eram seus planos antes de vir pra cá?

— Fut no condomínio.

— Putz, foi mal.

— Relaxa. Quer que eu pegue outro cobertor?

— Quê?

— Outro cobertor.

— Pra quê?

— Sei lá. Pensei que... sei lá.

— Pra eu não te agarrar à noite, é isso?

— Não!

— Como se a gente já não tivesse se pegado — falei, e dei uma risada.

— Mas não assim.

Verdade. Não assim.

Eu e Lucas estávamos construindo uma relação — de simbiose emocional no melhor dos casos, de parasitismo, no pior — que ainda contava com poucos encontros. Além disso, todos tinham sido em locais que, de certa forma, eram públicos, ou que não eram *naturais* pra gente. Não eram cotidianos. Não eram íntimos. Essa era a primeira vez, também, que eu encontrava o Lucas sem o julgamento turvado pela carência. Era a primeira vez que dividíamos um momento de intimidade não planejada com ares de dia comum.

— Não precisa de outro cobertor — falei.

— Ok.

— Mas não me agarra. — Foi a vez dele de rir. — Hoje eu não quero nada.

— Sim, senhor.

Lucas tirou a bermuda e se embolou na coberta. Fiz o mesmo.

— Boa noite.

— Boa noite.

Apaguei o abajur.

Três segundos de escuro depois, ele me solta:

— Se levantar antes, me acorda?

— Acordo.

— Ok.

Mais alguns instantes, e fui eu que puxei:

— Lucas.

— Humm.

— Obrigado por hoje. Mesmo. Ajudou muito. Cê podia ter falado não.

— Como assim?

— Ué, não é sua obrigação me ajudar em nada.

— Eu gosto de você.

— Ah, eu também.

— Não, eu gosto *mesmo* de você. Não só pra gente se pegar. Eu gosto de passar tempo contigo.

— Isso é uma declaração?

Uma pausa antes da resposta:

— Cara, as duas únicas opções pra você são ou ser um pedaço de carne pra mim ou o amor da minha vida? É isso? — Lucas falou com uma ponderação inesperada.

— Quê? Não. É só que, sei lá, a gente é meio complicado, né?

— É.

— Eu também gosto de você.

— Tipo açougue, ou tipo pra casar?

— Idiota — respondi, e dei uma risadinha.

Minha cabeça tava quase desligando antes daquela conversa, mas bastaram essas palavrinhas pro meu cérebro acender todas as repartições neurais e expulsar todo o sono pra fora de casa. À medida que a respiração do Lucas ia se aquietando, o maquinário do meu pensamento apitava cada vez mais alto. Não como o chiado da internet discada, mas como os gritos e fumaças de uma locomotiva do século passado. Meus pensamentos avançavam lentos e pesados, mas a todo vapor, pra tentar encontrar um sentido no trilho que haviam montado pra ele. O caminho era mais ou menos esse:

Eu não queria firmar uma relação muito séria com o Lucas.

Mas era um cara por quem eu sentia algo, com quem trocava carinho.

Certamente não queria que fosse um pedaço de carne.

Mas nossa relação funcionava meio que na base de um escambo estilo velho testamento. Beijo por beijo, abraço por abraço, e mais por mais.

Esse menino, que eu evitava havia um tempo, tinha parado tudo na vida dele — ok, um futebol de condomínio, grande coisa — pra vir me ajudar, sem mais informações.

Eu pararia algo por ele? Será?

Ele nem tinha questionado. Nem perguntado nada antes de vir. Só percebeu a urgência na minha voz e veio. Simples assim.

Se a nossa relação era um escambo, agora tava desequilibrada.

O que eu poderia fazer por ele pra compensar?

O que iria agradar esse cara e limpar a minha barra?

Claro.

É claro! Aquilo que nenhuma pessoa — em especial, nenhum homem — pensa em negar.

Enquanto a locomotiva da minha lógica apitava vitoriosa e avançava pra resposta, comecei a agir. Me aproximei do corpo sonolento dele e fui me encaixando aos pouquinhos, com movimentos sempre curtos, lentos e sutis. A técnica do anzol. Se morder a isca, dou o bote.

Quando ele começou a corresponder meus carinhos, soube que já tinha fisgado. Disfarçando menos meu jogo, esfreguei o queixo na sua nuca. Lucas se arrepiou e gemeu baixinho. Abracei seu peito. Ele segurou minha mão com um suspiro. Beijei seu pescoço e, enquanto ele se contorcia devagarzinho numa hipnose prazerosa, fui descendo a mão pelo seu tronco.

Então ele despertou pela segunda vez, de um jeito bem diferente. Subitamente lúcido, seu corpo enrijeceu e deslizou pra longe de mim. Ele disse:

— Não.

Sem nenhum fantasma do ronronar de um segundo antes.

Olhei pra sua silhueta.

— Não tava bom? — perguntei.

— Tava.

— Que que houve?

— Cê quer transar?

— Quero? — eu disse, com uma incerteza clara na voz.

— Quer?

— Aham.

Só que a distância entre os nossos corpos não confirmava muito bem o meu desejo. Lucas emendou:

— Eu não tô muito a fim. Pode ser?

— Tá bom…

Fiquei constrangido. Completamente inconveniente e estúpido. Logo eu, que não me considerava o maior fã de sexo, tinha assumido o papel do cara que força a barra. Que decadência. Esse sentimento de vergonha, porém, por mais poderoso que parecesse ser, perdeu pra outro que se espalhou por todo o meu corpo quando Lucas pediu:

— Me abraça?

Minha resposta foi me aproximar, colar minha pele na dele, abraçá-lo pelo peito e encaixar o queixo no seu ombro. Relaxamos os dois ao mesmo tempo.

Ali, na tranquilidade, senti com clareza aquela emoção que já vinha se anunciando e agora já era impossível ignorar: eu não podia mais fazer do Lucas minha muleta emocional pra lidar com meu sentimento avassalador por você, Theo. Ele merecia mais que isso.

E eu provavelmente teria que fazer alguma coisa a respeito.

— Boa noite — ele me disse.

Dei um beijinho no seu pescoço.

Apagamos.

DEZEMBRO DE 2012

O equilíbrio perfeito dos malabares que eu estava fazendo usando Lucas de muleta enquanto sonhava com nosso romance idealizado, Theo, ruiu de maneira espetacular. De satisfação e tranquilidade, passou para um sentimento constante de tortura. Como uma enxaqueca emocional.

Quanto mais tempo eu passava sem te ver, mais medo eu tinha de que nunca mais conseguiria tocar em você de novo. À medida que o medo crescia, eu me enferrujava e travava contigo. Comecei a pensar uma, duas, dez vezes antes de mandar qualquer mensagem. Será que era muito cedo pra te chamar de novo? Eu tava te sufocando? Será que esse assunto era legal pra você? Ou acharia um porre?

A cada semana de distância, o risco das minhas interações parecia mais ameaçador. Se eu errasse o tom, o timing, uma vírgula sequer, você escorreria pelos meus dedos de vez, pra nunca mais voltar. Nossa chance era agora ou nunca.

Depois de esperar pacientemente a etiqueta imaginária do envio de mensagens me liberar, comuniquei meu desejo tímido:

> Ei, quer tentar se encontrar essa semana?

Cozinhei em ansiedade por algumas horas, até que você respondeu:

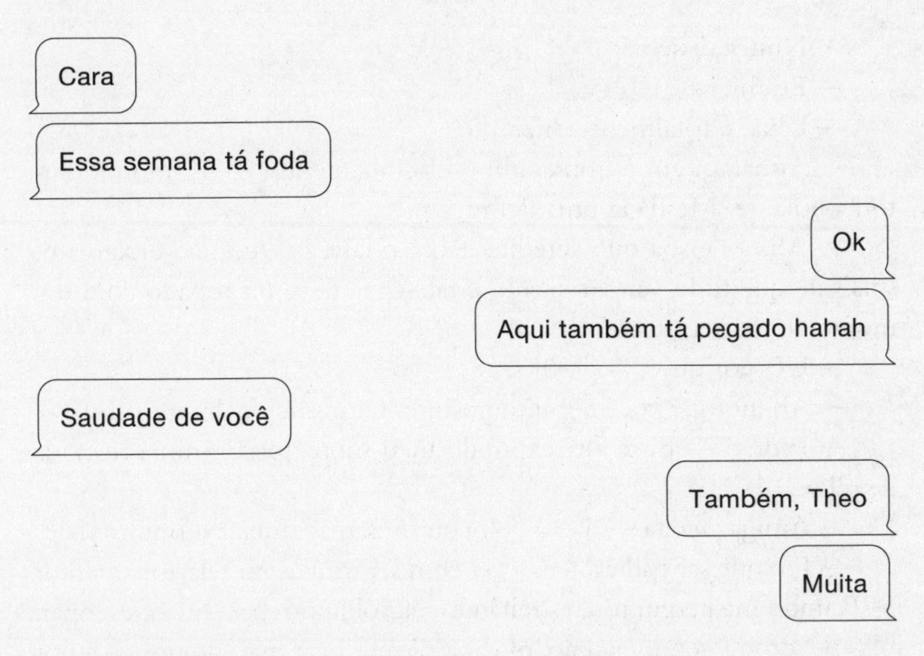

E acabou por aí.

Não tô dizendo que a gente precisava se ver toda hora, nem sendo um radical do *quem quer dá um jeito*, mas já fazia muito tempo desde aquele dia no Parque Lage. Eu tive brechas em que poderia ter ido te visitar em Petrópolis, mas todas as minhas indiretas encontravam alguma barreira sua.

Ainda assim, eu sentia que, quando você dizia que me amava, era verdade. Que suas saudades eram reais e tinha realmente um carinho no brilho dos seus olhinhos quando me mandava uma foto cotidiana. Eu acreditava na gente, mesmo que a distância pudesse servir como um atestado de trouxa.

— Odeio isso. "Fui trouxa." Que inferno. Para de ser doida, hein? — Ramon me disse numa das nossas conversas. — Trouxa tá sendo aquele emo aposentado.

— Amigo, calma.

— Nananinanão, que o Ramon tá certo. — Lexa se juntou a ele. — Não vem com esse papo de trouxa pra cima de mim, não. Eu fui trouxa por ter amado o Pedro?

— Nunca disse isso.

— Eu fui?

— Lexa, é totalmente diferente.

— Afinal, quem é trouxa num relacionamento? — Ramon levantou a bola. — Me dá aí uma definição.

— Ah, a pessoa que acredita demais, talvez. Que não enxerga os sinais de que tudo vai dar errado e tal. Você deve ter topado com um monte de trouxa, Ramon.

— Ué, por quê?

— Ah, porque você é muito gostoso. Convencionalmente gostoso.

— Padrão — disse ele, expondo meu subtexto com uma revirada de olhos.

— Amiga, aceita — Lexa colocou uma mãozinha no ombro dele.

— E o que ser padrão tem a ver com ser trouxa em relacionamento? — Ramon me perguntou, estreitando seus olhinhos para me questionar.

— Porque, sendo padrão, os caras devem ficar mais doidos de amor por você. E quanto mais a cabeça tá fora do lugar, menos a gente enxerga os sinais da realidade, e mais a gente faz papel de trouxa.

— Nossa, que horror, hein. Isso é um jeito tão... cruel de se relacionar.

— É mesmo — concordei sem nem pensar duas vezes. — Mas tem um fundo de verdade, não tem?

— Olha, amigo, eu pelo menos tento não fazer isso. Aparece um emocionado de vez em quando? Aparece. Mas eu não quero enxergar como *trouxa*, sabe? Eu já fui *trouxa* várias vezes se for assim. Não acho justo comigo, então não pode ser com os outros também.

— É isso que eu não suporto, sabe? — Lexa retomou a palavra. — É uma tortura por nada! O cara tá dizendo que te ama, que sente saudades, que quer te encontrar, mas que tá complicado. Ok, ele tá complicado faz um tempão. Mas como isso faz de você culpado?

— Pois é, mas...

— Se ele tivesse te dito: *cara, não vai rolar*. Ou: *cara, me dá um tempo*. Aí ok, eu seria obrigada a dizer que você tá sendo trouxa. Mas como é que você vai adivinhar que ele secretamente te odeia e tá te fazendo de otário?! Eu, hein.

— E, amiga, vamos lembrar que ele ainda é um hétero confuso? — Ramon baixou a voz em um tom especial para me confortar. — Ou bi confuso, sei lá. Ele tá sentindo o gostinho da homofobia. Não coloca todo o peso disso dar certo no teu ombro. Você tá fazendo o que dá, tá tentando. Agora, o machão também precisa fazer a parte dele.

Realmente, eu não tava fazendo nada de errado. Era a sua ambiguidade, Theo, que tava me enlouquecendo. Se alguém era trouxa, se alguém merecia culpa e um título de antagonista, era você.

Só que, mesmo assim, eu ainda pensava no seu rostinho. No seu sorriso. Me imaginava mexendo nos seus cachinhos à noite. E admito, aí sim com alguma culpa, que essa frustração de não te ver era combustível pra minha imaginação romântica. Como amantes separados pela guerra, eu sonhava com o momento que ia poder te tocar de novo. Com direito a todas as microrreações que você nunca teria, mas que me dilacerariam a alma com o mais puro prazer da intimidade.

Nos intervalos do meu delírio, eu tentava viver.

E o pior era que, fora esse turbilhão interno que me tirava o sabor do restante da vida, coisas boas estavam acontecendo. Finalmente tinha arranjado um estágio — em dezembro, no laço! — e melhorado muito minhas notas na faculdade. Já tinha até uma conversa marcada para tentar ganhar o coração da administração da PUC e conseguir um desconto nas mensalidades do ano seguinte. A sensação era de que tudo ia dar certo em todos os âmbitos da minha vida que não dissessem respeito a você. A tristeza era que tudo parecia meio dessaturado em sensações se comparado com a sacarose obsessiva que sua presença causava na minha imaginação.

Ainda assim, eu não perdia oportunidades de me organizar, me adiantar e nem de me divertir. Fiz tudo certinho para conseguir o estágio, e consegui sem o QI do Lucas. Tinha saído para comemorar com a Lexa e o Ramon. Saído para comemorar com meu pai e meu irmão. E, em uma manhã especialmente torturante, chegou o inesperado convite da minha terceira comemoração.

A tortura daquela manhã foi autoinfligida. Tinha passado horas revendo as fotos que você havia mandado, esperando a hora certa pra te dar "bom dia" ao mesmo tempo que argumentava comigo mesmo que não seria algo brega nem invasivo. Fritado na cama e na cabeça. Não eram nem dez horas e eu já tava exausto e enjoado de mim mesmo.

Foi aí que Lucas me mandou uma mensagem:

Ow, fiquei sabendo da novidade!

Parabéns, gatinho

Topa churras pra comemorar hoje?

Desesperado pra fugir de mim mesmo, respondi na mesma hora:

Demais

Onde?

Que horas?

Só esqueci de perguntar com quem. Essa foi a minha grande falha.

O churrasco era na casona do Lucas. Iniciando no comecinho da tarde. Com toda a sua família milionária, perfeita e conservadora.

Oba.

Quando descobri que o convite pra celebrar minha conquista do estágio era, na verdade, um subconvite dentro da comemoração de aniversário da mãe do Lucas, já tava entrando no condomínio. Tarde demais pra voltar.

Passei pelas ruas arborizadas do condomínio fechado do Itanhangá, o mesmo que eu frequentava quando criança, e vi o Lucão me abrir a porta só de óculos escuros e bermuda tactel florida. Ele logo me puxou prum abraço hétero, que instantaneamente me situou na roubada em que tinha me metido. Se eu quisesse sobreviver àquele ambiente hostil, teria que te esquecer um pouquinho, Theo. Teria que *me* esquecer um pouquinho. Tirei a poeira da minha máscara de machinho e a vesti pra saudar a família do Lucas.

Tirando o fato de ter sido um péssimo planejamento por parte do Lucas, e que eu tive que voltar a fingir maneirismos pra manter meu bem-estar social naquele evento, até que não foi tão ruim. Ri muito com a doidinha da tia Lúcia, irmã da mãe do Lucas, conversei sobre técnicas de churrasco com o pai do Lucas e realmente aproveitei a companhia do meu casinho. O limbo de relação em que a gente estava evaporou só por aquela tarde. Adotamos a postura de *amigos celebrando uma conquista*. Apenas *amigos*. Foi uma delícia. Um escapismo do meu escapismo.

Me empanturrei com a comida e tomei umas caipirinhas até me colocar no limite de segurança do brilho. No finalzinho da tarde, os sobreviventes se reuniram na grande mesa à beira da piscina. Inclusive eu. Lucas ao meu lado. A família jogando conversa fora, e eu apenas ouvindo em paz. Até a maravilhosa tia Lúcia ressuscitar:

— Menino, desculpa perguntar a essa altura do campeonato, mas você não era aquele garotinho que vivia vindo pra cá?

— Ele mesmo — Lucas respondeu.

— Ahá! Eu falei que era, Marcos.

O tal do Marcos levantou as mãos, perdendo sua credibilidade para a vitória de Lúcia.

— Essa carinha eu não esqueço — ela continuou. — Tão educadinho. É claro que ia conseguir um bom estágio. Sabia que uma vez você veio me falar do meu vestido?

— É? — respondi.

— Aham. Veio dizer que era lindo. Todo colorido. Uma criança de bom gosto, muito articulada. — E se virou pra dizer à mesa inteira: — Só ele e o Augusto sabiam reconhecer meus esforços pra ficar bonita nessa família.

Alguns homens da mesa riram. Senti uma mudança no ar e apertei minha máscara de macho com mais força no rosto. Perguntei naturalmente:

— Quem... quem é o Augusto, mesmo?

E olhei pro meu lado, na esperança de que o Lucas me desse alguma dica desse parente de quem nunca tinha ouvido falar. Só que o rosto dele tava tomado por uma hostilidade afiada, apontada para seu pai risonho. E logo entendi o porquê disso, quando Fernando, o pai do Lucas, respondeu:

— Augusto era a única coisa mais colorida que os vestidos da Lúcia.

Os caras explodiram em gargalhadas.

— Não fala assim — Lúcia repreendeu como quem repreende um lulu-da-pomerânia. — Eu sinto saudade dele. Era a alma sensível da família.

— Relaxa, Lúcia — um ogro qualquer tomou a palavra. — Cê tem outra alma sensível aqui pra te elogiar.

Foi aí que todos os olhos correram até mim. Gargalhadas.

Me senti humilhado. Ridículo de achar que tava enganando quem quer que fosse naquela toca de leões. Tão preso na minha própria inadequação que nem percebi o silêncio anormal se tornando cada vez mais presente ao meu lado. Só notei que Lucas não tava rindo quando ele se inclinou pra frente, de modo agressivo.

— Cê tá maluco? — disse em um tom alto demais.

De repente, eu não era mais o único constrangido.

— Lucas! — Tânia, sua mãe juíza, até então caladinha, decidiu intervir. — Respeito.

— Respeito? Vocês tão respeitando meu amigo?

— Foi só brincadeira. — O pai se encolheu e virou pra mim: — Não tô duvidando que você é homem.

— Como é que é? — Lucas rosnou. — Que ele é homem?

— Lucas, abaixa esse tom agora — Tânia usou sua voz de tribunal.

— Pai, você acha que eu não sou homem? Ei, pai, olha pra mim. Eu não sou homem pra você?

— Filho, não foi isso que eu quis dizer.

— Você sabe que eu também gosto de caras. Para de ignorar. Eu tô apaixonado por esse garoto aqui!

— CALA A BOCA! — Tânia se levantou com tanta fúria que lançou a cadeira pra trás, em direção à piscina.

O tempo do móvel afundar foi o tempo da bomba estourar no churrasco.

A juíza perdeu totalmente o controle. Varreu a mesa com o braço, destruindo pelo menos cinco salários mínimos em taças, copos e petiscos. Berrando maldições contra o filho, exigindo obediência e respeito.

Lucas não ficou muito atrás. Desenfreado, abriu a caixa de pandora das frustrações familiares, que vomitou na frente de todos os convidados. Eu o segurei quando ele avançou. Outros familiares fizeram o mesmo com a mãe. Quando exilaram o Lucas na cozinha e o fogo da discussão abaixou, aquela harpia finalmente voltou a atenção pra mim. Torcendo os lábios, gritou apontando pra mim:

— Não quero bicha na minha casa! Ele corrompeu o meu filho!

Antes que eu pudesse me retirar, os passos pesados do Lucas me encontraram. Sua mão enganchou no meu braço e sua força me acompanhou até o portão de saída, ao som das ameaças da sua mãe.

— Se você sair com esse viado, nem pensa em voltar, seu moleque!

— Vai se foder! — respondeu Lucas, e bateu o portão.

Lucas andava rápido e chorava lágrimas ferventes. A distância da sua casa já era grande, mas a cabeça dele ainda parecia presa no batente da saída. Sua mão me segurava com uma força desesperada.

Vendo as quadras vazias no começo da noite, falei:

— Vamos sentar.

Ele me obedeceu sem contestar. Sentamos nos banquinhos ali perto e segurei sua mão com carinho.

— Foi corajoso o que você fez — eu disse, sincero.

— É verdade o que eu falei.

— Eu sei que é.

— Não. É verdade que eu tô apaixonado por você.

Mas que porra. Belo timing, hein.

— Não consigo mais ficar na brincadeira — Lucas disse. — Quero ficar contigo de verdade.

— Tem certeza? Sua família...

— Foda-se a minha família.

— Não é assim.

Só aí ele se virou pra mim com uma raiva transparente.

— Cê tá dizendo isso só pra me afastar?

— Lucas, não. É só que, cara, é a sua família. Cê quer o quê? Fugir de casa? Espera pra ver o que vai rolar.

A raiva não esmoreceu. Ele semicerrou os olhos, tentando entender se minhas falas traziam um subtexto de pé na bunda. Não traziam, porque nem eu sabia ainda o que queria. Segui falando:

— Se precisar, minha casa tá aberta pra ti. Mas vai com calma. Eu não vou fugir. Deixa a poeira baixar com sua família e...

— Não quero ouvir nada deles. Eu tô apaixonado por você. Eles vão ter que engolir e parar de ignorar quem eu sou.

Apertei sua mão.

— Cê foi corajoso, mas agora vamos com calma. Tô aqui contigo.

A barragem dentro dele estourou de novo e inundou seu rosto. Levantei e o abracei enquanto fazia carinho em seu cabelo. Ficamos assim um tempinho, até um carrão enorme jogar o farol alto na nossa discrição. Buzinadas. Uma janela baixa e, por trás do insulfilm, a magrelinha da tia Lúcia acenou pra gente:

— Meninoos, venham cá!

Lucas engoliu o choro e fomos até Lúcia.

A tia simpática descreveu o cenário pós-guerra da família. Os pais brigaram. Fernando acusou Tânia de crueldade na frente de todo mundo. A juíza bateu o pé até fazer o marido chorar e dizer que ia para um hotel com o filho. Os homens ficaram do lado da Tânia. Lúcia ficou do lado do cunhado, acusando a irmã de ser ultrapassada. E foi ela que deu um ponto-final na questão: acharia o sobrinho e o hospedaria na sua casa pelo tempo que fosse necessário pra que o casal e a família se resolvessem. Fim de papo.

E ali estava ela, poderosa em seu carro de guerra, pronta pra nos salvar. Entramos. Ela me deixou em casa e seguiu com Lucas.

— Lexa, acho que Lucas me pediu em namoro? — eu disse no telefone assim que cheguei em casa.

— *Sabia.*

— No churrasco de aniversário da mãe dele, com a família toda.

— O QUÊ?!

Contei tudo.

— E aí?! — ela me perguntou.

— E aí que sei lá. Tô meio bolado, na verdade. Precisava me colocar no meio da confusão de família? Podia ter me falado num canto, porra.

— Ok, faz sentido.

— Fiquei meio na dúvida... O quanto disso é ele realmente apaixonado por mim e quanto é ele querendo peitar a família?

— Entendo... mas isso é assunto pra uma conversa, né? Não adianta ficar remoendo sozinho.

— Verdade.

— Além disso...

— Lá vem.

— ... quanto dessa sua raiva é por ele realmente gostar de você?

Pensei por um instante nas implicações dessa pergunta. O Lucas gostar de mim, depois de tudo... e ainda mais nesse momento.

— Muito. Claro que eu tenho raiva dele dizer que tá apaixonado por mim. Agora? *Agora?!*

— Depois do Theo, cê quer dizer.

— Óbvio.

— Aliás, e o Theo?

— Sei lá.

— Hum.

Também fiquei com raiva de você, seu imbecil. Me deixando com silêncios. Me inspirando medo de errar. Me ocupando a imaginação.

Eu tinha ódio de quão perfeito você era na minha cabeça. De quão incapaz eu era de te tirar do pedestal. De quanto tudo que dizia respeito a você me atravessava de uma maneira tão dramática. Das cores e sensações com que você pintava a minha vida que, longe do seu cheiro, era tão pálida e cínica. Eu odiava o amor que sentia por você, Theo, porque ele era uma das coisas mais preciosas da minha vida.

Esse amor era uma prisão na qual eu queria estar. Que merda.

Uma prisão deliciosa, parecida com aquela em que o Lucas viveu naqueles dias. A dele se chamava condomínio Golden Green e dava vista pra um campo de golfe. Talvez daí o nome. A grama verde se estendia como um tapete no condomínio da tia Lúcia. Grama gringa separando um prédio do outro. Logo mais à frente, duas pistas de carro e a extensão do mar tranquilo da Barra que deitava no horizonte. Cheiro de maresia, som de brisa e cortinas brancas.

E o corpo infeliz do Lucas escorado na varanda, perdido e derrotado. Totalmente destoante.

— Falou com seus pais? — perguntei.

— Com o velho, só.

— E aí?

— Me pediu pra voltar pra casa.

— Isso é bom, né?

— Não consigo olhar na cara da minha mãe. Nem ela quer olhar pra minha.

Coloquei a mão no seu ombro e apertei.

— Cê não disse nada. — A voz do Lucas se afundou em águas de rancor.

— Oi?

— Eu disse que tô apaixonado por você e você não respondeu nada.

Então, pela primeira vez desde o churrasco, ele endireitou a postura e me olhou firme.

— Eu te amo. Quero você pra mim.

— Mas, Lucas, assim... É isso mesmo? Cê tem certeza?

— Puta que pariu. Se vai me dar um toco, dá logo.

— Não é isso.

— Então desembucha, caralho.

— Cê me ama mesmo?

— Briguei com a minha família. Acho que isso responde, né?

— Mas como é um primeiro relacionamento com um cara pra você? Você pensa em…

Tec, tec, tec. Saltos sobre o piso.

— Meninos, o almoço tá…

Antes que Lúcia pudesse dar seu recado, Lucas me puxou pra um beijo. Eu tentei me afastar, envergonhado, mas ele me segurou. Cedi. Fechei os olhos e aproveitei.

A tia soltou um gritinho e seus saltos trotaram pra longe. Perdi a noção de tempo ali com aquele garoto, crente de que teríamos privacidade, quando, *PUF-TRÁ!*, uma das lâmpadas da varanda explodiu.

— Ops. — Lúcia sorriu, com uma garrafa de champanhe na mão.

Óbvio que só consegui rir.

Foi graças à extravagância ingênua e divertida da Lúcia que minha conversa com Lucas passou de um arrastar de grilhões à valsa de uma tarde de bebidas burguesas, assim, num estalo. Lúcia comemorou nosso namoro ainda não declarado e nos levou a uma tour de possibilidades de casamento e lua de mel.

Quando o sol se pôs, Lucas me levou até a portaria e disse:

— Quero uma resposta tua.

Me abraçou e deu um tapa na minha bunda — pro meu absoluto constrangimento. À medida que me distanciava da casa da tia Lúcia, a ansiedade foi voltando a crescer no meu espírito. Agora eu devia uma resposta ao Lucas. Um cara que havia enfrentado a família pra dizer que me amava, sem nenhuma segurança de reciprocidade. Um cara que havia apostado tudo de olhos fechados.

E tinha você.

Meu sonho da adolescência. A pessoa que me despertava uma paixão que nunca encontrei em nenhum outro lugar, não num estado tão puro e tão narcótico. Um amor construído no sedimentar dos anos. O diamante que eu sempre esperei possuir.

Eu, que passei o começo da vida oco de amor e desejo, agora tinha duas possibilidades nas quais investir. E um prazo para decidir qual escolheria.

Passei o dia seguinte inteiro consumido pelo meu dilema, sem conseguir fazer as coisas direito, completamente no piloto automático. Ainda bem que em dezembro a marcha da vida fica reduzida, e não tinha nada de muito grave pela frente.

Assim que pisei em casa, chegando do estágio, te mandei a mensagem:

Theo, preciso falar contigo

Não tem como a gente se encontrar de jeito nenhum, não?

Esperei.

Eae

Cara, sériao tá complicado

Fala comigo gatinho

Escrevi uma mensagem no calor do momento:

Theo, tô meio confuso.

Me fala se for coisa da minha cabeça mas cê tá realmente ocupado ou não quer me encontrar? Aconteceu alguma coisa que eu não percebi?

E mais:

Tô com muita saudade e queria falar pessoalmente contigo.

Te amo de verdade, Theo.

Fiquei muito feliz de passar aqueles dias contigo e quero passar mais dias assim.

Mas a coisa é que eu não sei se você quer?

Mandei. Esperei, nervoso. Ainda não era isso.
Digitei:

Preciso saber em que pé a gente tá. Se você quer que isso seja sério.
Não que a gente precise namorar agora. Dá pra ir com calma.

Só que preciso saber se você quer ir comigo, assim, na vida.

Você quer?

Ok. Era meio que isso, mesmo.

Um visto. Dois vistos.

Fui beber um copo d'água.

Digitando...

Eita.

Digitando...

Pausa.

Digitando...

Pausa.

E essa pausa durou. E durou. E durou um pouco mais.

Fiquei encarando a tela como uma estátua por sei lá quanto tempo.

Tentei largar a expectativa, mas era pedir demais de mim. Tentei assistir uma série. Tentei jogar um jogo. Tentei até fazer tarefas. Pulei de uma atividade pra outra, sem conseguir me concentrar em nada. Gastei as horas restantes da noite daquele jeito, numa inquietude procrastinadora, e ainda fritei na cama, checando as mensagens de minuto em minuto que nem um viciado. Nem sei como dormi, só sei que acabou acontecendo.

Lembro do último segundo antes de escorregar pra inconsciência. Pensei: *ah, finalmente vou descansar*. Finalmente o sono vai desinchar o meu cérebro e limpar esse gostinho de humilhação da minha boca.

Mas senti o amargor voltar com força bem no segundo em que acordei. Foi só abrir os olhos que os pensamentos me inflamaram de novo.

Tinha falado demais. Estragado tudo contigo. Eu merecia. Idiota, imbecil, tagarela. Doido. Se perde nas próprias loucuras e aí dá uma de desentendido. Um cachorrinho meloso. Claro que o Theo sumiu. Quem atura esse teu jeito? Deu um tiro no próprio pé e transformou uma relação perfeitamente normal em cinzas. Parabéns.

Poderia ter continuado assim, se naquela manhã não tivesse acordado tão cansado de mim mesmo. Um pouco além da conta. Eu não me aguentava mais. Nem o meu amor transbordante, nem a minha autoflagelação masturbatória. Acordei simplesmente exausto do meu dilema. Não dava mais. Ou resolvia, ou resolvia.

Como se fazia antigamente, peguei uma folha de papel, uma caneta e desenhei uma tabela de prós e contras de ficar contigo e de ficar com o Lucas. Coloquei músicas da minha playlist emotiva pra tocar e comecei a pensar.

O que eu queria contigo?

Colocar meus fios de marionete nas suas mãos. Seu controle sobre mim era um prazer. Todo tempo contigo era tempo bom, revigorante, apaixonante. O que fazíamos não importava. O que importava era a sua presença. Sem contar o fato de que eu te achava o cara mais lindo que já tinha cruzado meu caminho. Os cachinhos, os ombros largos, o desenho dos pelos, o cheiro, o estilo de quem não ligava pra nada na medida certa e o jeito com que se largava nos lugares, como se não tivesse vivenciado um pingo de insegurança em toda a sua existência. Nossa Senhora. O jeito como você me arrebatava era mais poderoso que qualquer droga. Tudo o que eu queria era encher a cara de você.

Só que esse prazer todo me escangalhava. Eu me fazia prisioneiro das suas possibilidades. Ao mesmo tempo que me libertava contigo, também desenhava os limites de até onde eu podia ir pra não correr o risco de te perder. A esperança de te ter presente vivia ameaçando transformar essa alegria em sofrimento. Porque agora eu tô contigo, mas e amanhã? E, se eu já tava ficando doido nessa relação que de oficial nem tinha nada, como será que lidaria com isso se nos tornássemos namorados? O que eu não faria pra te manter do meu lado? Em quem me transformaria?

Agora, o que eu queria do Lucas?

Eu gostava do físico do Lucas. Musculoso, mas com as gordurinhas de quem sabe viver pra além da academia. Ele era genuíno e me respeitava. Talvez a palavra que definia a minha relação com ele fosse: aprendizado. Tanto da minha parte quanto da dele. Juntos, parecíamos colegas de projeto super empolgados com o tema da feira de ciências que davam umas escapadinhas do grupo pra se pegar no banheiro. Estar com o Lucas era como viver uma aventura no exterior com alguém que você sabe que cuidaria de você se desse algum problema. O Lucas era um amigo com quem eu conseguia enxergar um futuro a construir. Um futuro que eu nunca havia pensado que teria e que, sinceramente, ainda não sabia se queria.

O lado ruim era que ele tava tendo a primeira experiência com um homem agora, pelo menos de relacionamento. E a confusão com a família dele não tinha perspectiva de melhora. Será que eu queria comprar uma briga desse tamanho? Será que eu ia bancar meu sentimento por ele? O futuro com Lucas era uma planta baixa que prometia muito mas primeiro eu teria que encarar a dor de cabeça das obras. Por outro lado, quem de nós nunca passa por umas obras, né?

Olhei pra lista.

Imaginei futuros contigo e futuros com ele.

Prestei atenção nos sentimentos que cada cenário evocava em mim. Repassei minhas interações contigo e minhas interações com o Lucas. Tentei separar o que era real e o que era projeção do meu desejo. O que tinha acontecido de verdade e o que eu tinha criado em cima dos fatos. O sonho adolescente inatingível *versus* o fetiche na redenção do vilão da minha adolescência.

Quebrei a cabeça, mas tomei uma decisão.

Tinha minha resposta. Fiquei aliviado. Ri.

O riso virou gargalhada.

Ri por me libertar do círculo vicioso dos meus pensamentos apaixonados e, mais importante ainda, pela liberdade de deixar de viver apenas no mundo das ideias. Era hora de tentar realizar. Eu tava pronto pra construir o meu primeiro amor, intencionalmente e com sentimentos genuínos. Nada de ficar calculando o que eu sentia.

Era isso, ou não era nada.

Não podia desperdiçar nem mais um segundo.

— Sabe aquela música da Cássia Eller, "All Star"?

— Não é do Nando Reis?

— Sei lá. Eu ouvi da Cássia. O que interessa é que acho que todo mundo pensa na pessoa que mais ama quando escuta, né? Eu penso no amor e no fim dele. Penso na Lexa, no Ramon e em você. A gente bem velhinho, felizes numa vila italiana, ou um de nós ensanguentado no asfalto, como dano colateral de uma disputa miliciana.

— Caralho, quê?!

— Sssh. Eu imagino nosso fim. Isso me faz olhar pra nossa trajetória. Eu penso em todos os desencontros que a gente teve, mas não de um jeito ruim. Quer dizer, eles em si são ruins, né. Só que, mesmo com eles, mesmo com todas as falhas que a gente tem e que eu consigo ver chegando a um quilômetro de distância, eu te quero. Eu quero apostar na gente. Quero te amar muito e de verdade. Mesmo que a gente acabe em tragédia.

— Isso tudo é pra dizer que me ama?

— Isso tudo é pra dizer que te amo. E que quero namorar contigo.

— Cê é muito doido — ele disse com um sorriso.

Lucas me puxou gentilmente e demos o beijo mais sólido da minha vida. Um beijo com sensação de fantasia e realização ao mesmo tempo. Meu interior virou um sol e todos os meus sentidos se concentraram ali. Me aninhei no pescoço dele e descansei um tempão enquanto ele me fazia cafuné.

Almoçamos com a tia Lúcia — que abriu outra garrafa de champanhe, agora em comemoração real — e passamos o dia todo na praia. À noite, assistimos um filme e dormi lá, no sofá, escorado no meu namorado e disputando a manta com ele numa guerra adormecida. Ele me acordou grogue no meio da noite e terminamos o soninho no quarto.

Na manhã seguinte, acordei antes dele. Dei uns beijinhos e me encaixei em outra posição. Só que, sem conseguir voltar pro sono, fiz isso de novo e de novo, até Lucas grunhir:

— Fica quieto, garoto.

E deitou em cima de mim, com a cabeça encaixada ao lado da minha.

Imobilizado, aproveitei pra fazer carinho nas suas costas e acabei dormindo. Meu próximo despertar foi culpa dele e do abraço sufocante que me deu.

— Bom dia — rosnei.

— Já é uma hora.

Choraminguei, desabando de novo na cama.

— Relaxa que é domingo — ele me disse.

Grunhi.

— E se prepara, que hoje vou te apresentar como namorado pros meus pais.

— O QUÊ?

Ele virou de lado e gargalhou. Tive que esperar a alegria do palhacito passar pra perguntar:

— Mas e a situação com eles, como tá?

— Meu pai veio aqui escondido. Ele não curtiu essa *humilhação*, mas é um carentão. Tem mais medo que eu corte ele da minha vida do que o contrário. Me chamou pra voltar pra casa.

— Opa, isso é bom, né?

— Não vou.

— Ué.

— Minha mãe não me falou uma palavra desde aquele dia. Quando perguntei dela pro meu pai, ele esquivou.

— Poxa.

— Sei lá como vai ficar isso. Só sei que posso ficar aqui o tempo que for. Vai ser assim por enquanto.

— No que puder te ajudar, tô aqui, viu?

— Obrigado, vida. Mas eu realmente queria que a gente se encontrasse com meu pai.

— Ai, meu Deus.

— Relaxa, não hoje. É só uma ideia. Vai processando...

Ficamos ainda um tempo na cama.

Aquele domingo foi mais um dia preguiçoso e tranquilo. Voltei pra casa e recebi uma mensagem fofa do Lucas. Dormi em paz. A semana foi toda assim, molenga, dengosa e fácil. Meus dias de músculos tensos e pensamentos viciados ficaram tão distantes quanto uma infância traumática. Naquela semana eu só me senti satisfeito e seguro. Tão contente com o rumo da vida que nem liguei pro fato de que você ainda não tinha respondido aquelas mensagens. Minhas mensagens de um afogado pedindo socorro, ignoradas.

Foi só na sexta-feira, quando tava me arrumando pra encontrar o Lucas, que o celular vibrou. Seu nome na tela.

Desculpa, não consigo

Te amo muito, de verdade

E me bloqueou.

Meu coração ameaçou explodir de ódio. Mas só por um instante bem breve. Breve, porque logo me dei conta de que minha decisão tinha sido certeira.

Senti ódio dessa sua resposta. Claro que eu ainda te amava, Theo. Não é uma coisa que se desliga assim, de um minuto pro outro. Eu pensava em você com muito carinho, queria poder fazer parte da sua felicidade de alguma maneira, estar na tua presença. Amor. Talvez não aquele que eu tinha idealizado, mas, ainda assim, um amor que queria viver.

Só que tudo o que você conseguiu me dar foi isso.

Duas frases e um bloqueio.

Excluí nossa conversa e continuei me arrumando.

PARTE VI

One night and one more time
Thanks for the memories
Even though they weren't so great
"He tastes like you, only sweeter"
"Thnks fr th Mmrs", Fall Out Boy

2012 A 2016

Seu sumiço foi um corte menos doloroso do que minha imaginação havia simulado. Ah, se eu soubesse que teria sido fácil assim, teria poupado o tanto de neurônios queimados pela ansiedade. Lá atrás, acreditei que o dia em que te esquecesse seria um dia em que sentiria parte da minha alma se apagar. Aconteceu justamente o contrário. Me senti mais livre e aceso do que nunca.

Talvez só tenha sido fácil porque o Lucas entrou na minha vida como um tsunami. Afogado em tudo o que ele me trouxe, foi fácil te esquecer.

A partir do momento que começamos a namorar, nos tornamos inseparáveis. Não como o casal pacote, que vai junto pra todo canto e perde todo o tipo de individualidade, mas como melhores amigos. Aquela sensação de que éramos parceiros de projeto em um trabalho de escola só cresceu com o passar do tempo e, mesmo quando um dos dois viajava por uns dias, ou saía sozinho, eu sentia a presença dele. Era sempre como se o Lucas estivesse no quarto ao lado e bastasse dar uns passos pra agarrar sua cintura, dar um cheiro no pescoço e mostrar um Vine engraçado. Boa época, a do Vine.

Nossa única preocupação era a relação familiar com meus sogros a contragosto. Lucas até tentou voltar para a casa dos pais depois de três meses daquele desastre no churrasco. Passou uma semana lá e me chamou pra jantar com eles no fim de semana. O plano original era que eu dormisse lá, mas coloquei um freio no otimismo dele e barganhei que uma refeição por vez seria o suficiente para conquistar seus pais. Inspirei fundo e me despenquei pro Itanhangá.

— Fala, meu querido! — Foi o pai dele quem fez questão de me receber na porta, com a cara já meio vermelha de álcool e uma alegria forçada.

Mas não acho que forçada pra mal, como quem é obrigado a engolir um desafeto, e sim para o desespero de *veja como eu aprovo seu namorado! Veja como eu sou um pai descolado! Por favor, me ame!*

Fernando era quem mais estava sofrendo com o afastamento do filho. Marcava de jantar com ele uma vez por semana, tentava fazer com que voltasse pra casa, se derretia de saudades e não escondia. Aquela tentativa do Lucas era, para ele, a grande chance de se reunir com seu filhote. E, se ele tivesse que aceitar um genro pra isso, bem, era um preço baratíssimo a se pagar pelo amor do filho.

— Boa noite. — Tânia, a poderosa juíza, me recebeu com a frieza de uma regra de etiqueta, frente à mesa já posta. Já posta para que não precisássemos gastar um segundo além do necessário na companhia um do outro.

Nos sentamos em pontas opostas da mesa quadrada.

Era muito interessante ver aquele casal junto. Ele, com o sorriso frágil de quem precisa ser amado. Ela, com o sorriso azedo de quem sabe que foi rejeitada. Uma barreira de ressentimento entre os dois.

— Eu tô muito feliz que estamos todos juntos — Lucas falou, apertando minha mão secretamente por baixo da mesa. — Sei que não é fácil, mãe. Mas é muito importante pra mim.

— Por que "mãe"? — Ela varreu aquela incriminação com leveza, como se fosse uma piada. — É um prazer receber meu filho e o namorado aqui. Não é pra qualquer um que eu faço meu camarão mediterrâneo.

— Uau, você quem fez? Incrível! — Era minha chance de estabelecer uma conexão com aquela mulher. — Eu amo camarão. E tá lindo! Qual é a receita?

— Usei a palavra errada. Mandei fazer, na verdade.

— Ah, sim…

— Mas a Neta tem a receita, pode te explicar tudinho.

Aquela foi só a primeira gafe da noite. As duas horas seguintes foram cheias delas. Nenhum cataclisma social, mas vários tropeços que, da entrada à sobremesa, foram causando cada vez mais irritação. Desesperado para tentar salvar a noite, Fernando me puxou para a varanda assim que terminamos de comer, para finalizar o vinho olhando a noite.

Eu sentia muita admiração por aquele homem. Um sujeito que, desde pequeno, eu via como era retrógrado e preconceituoso. Se o pecado de homofobia do meu pai era pela omissão, pelo medo de se destacar dos amigos com seu filho viado, o pecado homofóbico do Fernando era acusatório. Ele era o amigo que apontava pro filho dos outros e fazia graça. E apontava pro gay da novela, e pro que passava na rua. Gritava sua homofobia pro mundo ver. Aquele cara, que já tinha me inspirado nojo, ali na varanda, me inspirava compaixão e admiração.

Como podia ter mudado tanto? Como era imenso seu amor pelo Lucas, a ponto de fazer com que virasse sua personalidade do avesso. Eu queria ter esse poder.

O meu poder, porém, era o de ficar alerta e atento o tempo inteiro. Foi assim que percebi as vozes levemente exaltadas na cozinha. Tentei dar uma espiada sem deixar que o pai do meu amor percebesse, mas não consegui — porque logo Lucas veio andando em minha direção. Passos pesados, maxilar travado e uma máscara de *está tudo bem* muito mal colocada.

— Vamos? — ele me falou.

— Ué…

— Filho, por favor — Tânia veio da cozinha sem disfarçar nada. Nem o olhar de raiva com que me encarou, nem a tristeza de ver o filho escorrer pelos dedos mais uma vez. — Fica aqui só hoje.

— Vamos — Lucas repetiu me olhando sério.

Segurei sua mão e sussurrei:

— Deixa que eu vou. Conversa com eles.

Ele não me respondeu nada, mas vi em seus olhos sua voz de criança me dizer "não quero".

— É só me ligar que eu volto — reforcei.

Ele inspirou fundo e assentiu. Me deu um selinho e um abraço demorado. Fechei os olhos para não me preocupar com a reação dos meus sogros. Assim que saí dos braços do Lucas, falei:

— Muito obrigado por me receberem. Foi muito importante, de verdade. Espero que na próxima seja lá em casa.

— Com certeza — Fernando me disse à beira das lágrimas, antes de me puxar para um abraço apertado cheio de calor.

— Claro. Boa noite — Tânia me disse sem mover um músculo sequer em minha direção.

Sorri e fui embora. Lucas dormiu lá naquela noite, mas na manhã seguinte já estava novamente no apartamento da tia.

Os dois últimos anos da faculdade passaram em uma velocidade inversamente proporcional aos dois primeiros. Voaram! Eu estava ocupado demais com o estágio, que tinha virado emprego em uma agência, e, fora isso, descobrindo o que era a vida de casal. Assim que terminamos a faculdade, decidimos que 2015 seria o ano em que moraríamos juntos. A gente podia ter feito isso antes? Com certeza. Inclusive, Lucas ficou ansioso e tentou me convencer a me mudar com ele algumas vezes:

— Cara, aceita logo!

— Não, Lucas. Essas coisas começam assim: eu vou aceitar um aluguel, depois vou aceitar um presentinho pra compensar uma traição, depois vou começar a viver à sua custa como um marido troféu.

— Caralho, nas suas paranoias eu já até te traí?

— Só se eu aceitar que você pague o aluguel sozinho.

— Mas eu não aguento mais ficar com a minha tia! — ele sussurrou com raiva, já que estávamos no apartamento dela.

— Não fala assim da Lúcia! Ela é uma santa — sussurrei de volta.

— É uma santa, mas uma santa animada demais. Você sabe que às vezes eu preciso fazer de conta que não cheguei em casa pra ela não vir falar comigo? Se eu fizer qualquer barulhinho, já era. Ela vem, entra no meu quarto e fica falando e falando pra sempre.

Dei uma risada.

— E você podia acabar com esse meu sofrimento. — Lucas se aproximou e, sedutor que só, me pegou pela cintura.

— Só quando terminar a faculdade. Se não precisar pagar a mensalidade, aí consigo dividir o aluguel contigo.

— Isso é uma promessa?

— Depende.

— Do quê?

— Do que você tem pra me oferecer de volta.

Ele semicerrou os olhos, desafiado. Como uma serpente, deu o bote de um beijo no pescoço e observou minha reação: um sorriso que tentei conter, mas não consegui. Então ele deu outro bote, e outro e outro e virou uma cosquinha, nós dois nos contorcendo na cama em uma mistura de desespero e alegria. Aquela mesma alegria juvenil que eu tinha encontrado em você, Theo, consegui achar em outro lugar. Talvez não fosse você a fonte dos prazeres que eu idolatrava, mas eu mesmo. Talvez você fosse menos uma fonte e mais uma terra fértil que, em vez de simplesmente jorrar todas as belezas e prazeres que me encantavam, era mais o campo que recebia a minha semente de desejo e, entendendo o que eu esperava, fazia crescer uma árvore de frutos deliciosos.

Bem, o Lucas também era esse campo.

Com a proposta de beijinhos, fui obrigado a cumprir minha promessa. Depois do Carnaval de 2015 começamos a procurar apartamentos e, como ele tinha fiador, renda e nome limpo, conseguimos encontrar sem maiores problemas.

Se mude para fora da Barra!

Conseguimos o sonho de morar em um cativeiro na Zona Sul.

Ok, cativeiro era forte. O apartamento que conseguimos dividir não era muito menor do que o do meu pai, mas com certeza era bem menor do que o casarão do Itanhangá dos pais do Lucas e a mansão suspensa da tia Lúcia. Ainda assim, era nosso.

Quando pegamos as chaves e começamos a receber os móveis, me lembro claramente de pensar: tudo vai dar certo. Os pais do Lucas são o maior desafio pra nossa felicidade, mas já já eles entendem. Inocente. A verdade é que, enquanto a ameaça dos meus sogros era visível, havia uma outra ainda mais perigosa, sorrateira e quieta como uma infiltração: eu.

FEVEREIRO DE 2016

A infiltração eclodiu nesse ano. Nesse mês, especificamente.

Eu falei aqui em algum momento sobre como me relacionava com caras nos meus períodos de sede de carinho, né? Acho que cheguei a te contar do meu orgulho em fazer com que eles perdessem a cabeça no sexo, sendo que eu raramente me deixava levar. A sensação que era vencer um cara no jogo do prazer… sentir seu corpo cair sobre mim como uma fera abatida.

Pois é, isso havia funcionado bem por muitos anos. Tão bem que eu cheguei a achar que não tinha nenhum problema comigo. E não tinha mesmo, desde que os meus parceiros viessem com prazo de validade. Se fosse por uma noite, ok. Duas, um mês, ainda vai. Agora, quando comecei o relacionamento com o Lucas, entendi que o sexo seria… uma questão.

Nossas primeiras transas pós-pedido de namoro tinham sido deliciosas. Uma sequência de experiências extracorpóreas seguidas de preguiçosas maratonas de esfregação. Mas, passado o segundo mês, uma inquietação começou a surgir em mim. Aconteceu depois de uma transa especialmente maravilhosa, quando ele pesou a cabeça do meu lado no travesseiro e, com o nariz colado no meu, perguntou:

— Você não vai gozar?

Fiquei tenso na mesma hora.

Mas obviamente escondi isso dele. Vesti minha melhor cara de tranquilidade e, fazendo carinho na sua barba, respondi como se não fosse nada:

— Não precisa.

— Mas você quer?

— Pra mim não faz diferença.

Ele deixou um instante correr e disse:

— Mesmo?

Assenti.

Lucas fechou os olhos e se virou de barriga pra cima, soltando um suspiro pesado de quem só conseguiria dormir. Fiz o mesmo, agora verdadeiramente relaxado ao seu lado. Meu sossego, porém, durou dois segundos, porque logo meu namorado estava passando a mão pelo meu corpo. Foi descendo, descendo...

— Que foi? — Ele me perguntou, decepcionado. — Não tá curtindo?

Não. Não estava.

Mas não por causa dele.

— Por quê, então? — Minha psicóloga me perguntou na nossa sessão seguinte, quando contei pra ela da situação.

Sim, eu tinha começado terapia por causa da minha libido errática. Lá em 2012 mesmo, uns meses depois de começar a namorar.

— Não sei! Eu acho que fico muito nervoso de querer agradar ele, sabe? De *ter que* demonstrar potência. E aí quando eu *tenho que* ficar duro e tal, não rola. Mas não é porque eu não quero. Eu quero. Só é muita ansiedade. Isso é normal?

— Se é normal ou não, eu não sei. O que eu sei é que isso é humano. E você é humano, né?

— Infelizmente... Mas é estranho, porque não é que eu não goste do Lucas. E também não é que eu não fique excitado com ele, fisicamente, quero dizer. O negócio é só que... sei lá, eu não vejo isso tudo no sexo, sabe? Nunca vi.

— Como assim?

— Ah, todo mundo sempre falou de beijar, de transar. As pessoas fazem loucuras por isso.

— E você não?

— Então, eu faço loucuras, mas não necessariamente pra transar. Eu quero estar com alguém. Eu quero intimidade. Mas transar, pra mim, meio que tanto faz. Às vezes é até cansativo, sabe...

Mas dar os detalhes de por que era cansativo pra minha psicóloga seria exigir demais de mim. Eu ficaria envergonhado. Isso era um assunto pra tratar com a Lexa e, especialmente, o Ramon. Foi o que fizemos várias vezes ao longo desses anos. Fui empurrando com a barriga a disparidade de libido que existia entre mim e Lucas. Encontrei estratégias para fabricar desejo e descobri meios de satisfazer meu namorado sem necessariamente despender muito esforço. Colocava Lexa e Ramon a par dos meus pequenos experimentos e vira e mexe nos reuníamos na casa de um deles, meio zonzos de vinho, para nos atualizarmos.

— Você tá certo — Ramon me disse. — Eu não sei como é pros héteros, mas sexo gay exige preparação.

— Ah, tem uma história de não comer, né — Lexa perguntou.

— Isso é coisa de estadunidense — Ramon decretou.

— É, eu meio que nunca liguei muito pra isso... — concordei. — Tem coisa de higiene e tal, mas, contanto que a gente escute nosso corpo, não vai dar errado. Pra mim a maior preparação é psicológica.

— Especialmente pra penetração — Ramon acrescentou.

— Dá uma preguiça às vezes...

— Preguiça? — Ramon me olhou confuso.

— É, ué. Tipo, não é uma coisa tão fácil, sabe. Ainda mais dependendo do cara.

— Ah, mas se ele souber fazer... no tesão a gente vai até a lua, né, amigo.

Olhei para ele por um instante, tentando entender onde nossos caminhos tinham divergido.

— Cara, eu nunca senti isso.

— Tesão? — Lexa perguntou.

— Não desse jeito. Eu nunca me perdi tanto assim num desejo. — E aí me lembrei da nossa história. — Físico, pelo menos.

E ninguém soube me ajudar a me entender.

Era estranho pra mim, porque eu tinha sentido, sim, um arrastamento. Me colocado em situações bizarras pra saciar meu desejo, mas esse desejo nunca era a transa em si. Inclusive, quando era, eu só terminava o encontro com um gosto cinzento de frustração na boca. O que eu buscava era um delírio emocional. Uma idealização, acompanhada dos sinais certos de que fossem alimentá-la. A minha cabeça iniciava o fogo. Dos outros, eu só queria a lenha pra fazer labaredas.

Foi o que eu fiz com você.

Era o que eu fazia com o Lucas.

Meu tesão estava no sentimento, mais do que no corpo. Ainda assim, não posso dizer que o físico não tinha nenhuma importância pra mim. O Lucas mesmo, me deixava doidinho com aquele 1,68 metro, brações de academia e uma barriguinha confortável. Eu sei que se transplantasse o espírito dele para um outro tipo físico, o magnetismo que ele tinha sobre mim não seria tão poderoso. E era isso que me deixava ainda mais confuso! Porque seria muito fácil se os corpos simplesmente não me causassem nada. Eles causavam, mas não *o suficiente*.

Depois daquele jantar em específico com meus amigos, recorri à internet. Comecei a pesquisar e encontrei a palavra assexualidade. Pareceu uma mina de ouro. A peça que faltava para me entender. Ainda mais quando li algumas pessoas compartilhando suas experiências. Pessoas colocando em palavras as coisas que eu sentia — e achava que só *eu* sentia. Comecei a entender a sexualidade de forma muito mais complexa. As diferenças entre libido e romance, as possíveis gradações de desejo, e aprendi a dar nomes para diversas áreas do guarda-chuva assexual.

Só que todo o intelecto que desenvolvi e expandi ainda não mudou minha realidade: eu queria agradar meu namorado, mas me sentia incapaz disso.

Tentei ainda algumas vezes gozar com ele, e até consegui. Só que nunca era uma coisa fácil. Eu sempre tinha que investir um esforço. E nunca era o esforço certo de falar com o Lucas sobre exatamente como eu me sentia. Primeiro, porque no começo eu não sabia bem o que sentia. Ainda estava me entendendo. Depois, porque o que eu sentia era vergonha. Um dos maiores crimes para o Clube dos Machos é ser molenga, tanto no sentido literal quanto figurado, e eu era ambos. Passei anos desconstruindo as lições impostas pelo Clube ao longo da vida, mas essa foi uma que não consegui desarmar. Agora eu não me castigava por gostar de musicais e me maquiar para sair, mas não conseguia olhar para minha impotência e apatia nos olhos sem ficar petrificado de vergonha. Fraco, submisso, incompleto. Lexa, Ramon e minha psicóloga foram as únicas pessoas com quem falei sobre esse dilema. Deus me livre de conversar disso com o Lucas. Eu me resolveria sozinho.

No primeiro ano foi mais fácil dobrar minha vontade para fazer meu namorado feliz, mas fui cansando com o passar do tempo. Vi o sexo se tornar uma fonte de ansiedade cada vez mais certa. Ao mesmo tempo gostoso e tenso, como ir bem em uma prova particularmente difícil. Isso quando não era protocolar, uma tarefa que eu só queria tirar logo da lista de afazeres pra seguir com o dia. Uma rapidinha e vambora.

Sexo se tornou uma obrigação que fazia todo o sentido em 2012, mas foi perdendo a credibilidade de pouquinho em pouquinho, até que minha revolta com essa performance e desejo sexual culminou no Carnaval de 2016. Tinha que ser no Carnaval, né.

Lucas amava a folia. Ele pensava em fantasias legais (nada de tutu e plaquinhas) e me arrastava pros bloquinhos. Nunca fui muito fã — até porque nunca foi muito parte da cultura barrense na minha infância e adolescência; *fuja do Carnaval sem sair da Barra!* —, mas com o Lucas eu amava. A alegria dele era contagiante. Sem contar os beijinhos, abraços e apertos secretos que ele me dava enquanto tentávamos seguir o bloco. Eu amava ficar grudadinho, cantando e dançando.

O problema é que, junto disso, vinha o tesão dele. Sempre que chegávamos em casa era certo de rolar alguma coisa. Ou uma coisa bagunçada e cheia de desejo, ou uma preguiça fogosa de quem já tava morto de andar. Mas sempre alguma coisa. E naquele ano eu não ia aguentar.

Quando o Lucas começou com seu carinho e percebeu meus sinais de desconforto, logo me perguntou naquela voz de interesse genuíno que acabava comigo:

— Não quer?

— Não. Desculpa.

— Não precisa pedir desculpa. — Ele se deitou ao meu lado e foi se encaixando. — É só que você é tão gostoso.

E começou a me beijar e se esfregar em mim.

— Só um pouquinho… — pediu, manhoso.

Era geralmente nesse momento que eu cedia. Mas não daquela vez:

— Gatinho, eu realmente não quero. Na verdade, acho que não tô muito a fim de ir em bloquinho amanhã, não.

— Putz, logo no dia do Boi Tolo, vida?

— Pois é. Queria dar uma descansada. — E criei coragem pra dizer: — Mas pode ir. E pode se *divertir*, sabe?

— Por que você falou desse jeito? Como assim, me *divertir*?

— Ah, Lucas… Eu sei que você curte Carnaval. E eu sei que beijar na boca faz parte.

— O que você quer dizer?

— Que você pode ficar com outros caras e outras meninas se quiser, lá no bloco.

Nunca vi tanta confusão na cara dele. Me encarou, como se eu fosse revelar um grande segredo. Mal sabia o coitado que nada daquilo era de caso pensado. Eu tava improvisando.

— Só um dia. Só pra experimentar — acrescentei.

— Tem alguma coisa errada?

— Não.

— Você tá cansado de mim?

— Ei, nunca! — E tasquei vários beijos no seu rosto e no seu peito. — É só, sei lá, um experimento. Eu tô cansado e não quero atrapalhar sua diversão. Quero que você vá. Não precisa ficar com ninguém se não quiser. Mas, se rolar, rolou.

— Não tem nada de errado mesmo?

— Mesmo.

Ele me abraçou e enfiou a cabeça no meu pescoço, que nem um filhotinho de cachorro, derretendo meu coração.

— Vamos dormir, gatinho — sussurrei no ouvido dele. — Te amo.

* * *

Assim que o Lucas pisou em casa naquele dia do bloquinho, vi que ele estava mais alterado do que o normal. Os olhos pesados, a voz arrastada, os braços me procurando. Quando me abraçou, jogou o peso em cima de mim e sussurrou:

— Foi uma delícia. Tô com saudade.

Eu o apertei e disse, feliz:

— Que bom, amor.

Só que, quando Lucas saiu dos meus braços, percebi uma coisa estranha. Ele tava fugindo dos meus olhos. E logo escapou pra cozinha. Dei um tempinho e fui atrás. Enquanto ele pegava água no filtro, eu o abracei pelas costas e dei um beijinho na nuca. Ele se arrepiou inteiro.

— Tomei MD hoje — ele falou.

— Bateu legal?

— Uhum.

— Ainda tá batendo? — perguntei, malicioso, dando mais um beijo na nuca dele.

Lucas se contorceu.

— Tá — ele respondeu. E logo emendou de um jeito infantil que me partiu o coração: — Por que cê tá fazendo isso comigo?

Me afastei um pouco, e ele se virou para mim. E aí eu entendi por que o Lucas estava evitando me encarar. Havia uma mágoa indisfarçável estampada em todos os seus traços.

— Cê não quer transar comigo, mas fica me atiçando — ele disse, ressentido.

— Não é que eu não queira transar contigo. Eu amo transar contigo. Só preciso entender…

— Peguei um cara hoje.

Ele vociferou como uma confissão e baixou a cabeça.

— Eu tomei MD. Cê sabe que os toques ficam muito gostosos. O Ramon tava me abraçando, a Lexa também.

— Cê pegou o Ramon?

— Não. Mas peguei um cara aleatório. E gostei.

Lucas começou a chorar discretamente. Seus olhos se encheram e as lágrimas escorreram. Ele virou pro lado, pra tentar esconder.

— Ei, tá tudo bem.

Coloquei a mão com delicadeza em seu rosto.

— Tá nada.

— Que foi, meu amor? Me fala.

— Cê não me quer mais.

— Lucas, não é nada disso. Para de ser doido.

— Então pra que isso? Cê prefere que eu fique com outros caras a ter que ficar comigo. É um esforço tão grande assim?

— Eu não quero te fazer sofrer.

Pela primeira vez desde que tinha chegado, ele pousou os olhos nos meus, agora cheio de confusão. Continuei:

— Você sempre pergunta por que eu não tô excitado, se eu não quero gozar e tal. Você disse que isso te incomoda.

— Só porque eu acho que você não tá gostando. E parece que não tá mesmo.

— Não, cara. Eu te amo. Eu amo transar contigo, mas não consigo. Simplesmente não consigo, Lucas. Não é fácil pra mim. Eu falei com minha psicóloga, eu falei com a Lexa.

— Você falou das nossas transas com a Lexa?

— Eu falei de mim com a Lexa. A gente fala tudo com a Lexa, qual foi?

— Ok.

— Eu até pesquisei na internet pra ver se eu tenho algum problema.

— Você não tem problema.

— Tenho. Eu tenho o problema de não conseguir te agradar no sexo, Lucas. Eu quero, mas não consigo! Talvez eu seja assexual.

— Quê?

— Não totalmente, eu acho, mas em algum lugar do espectro.

— Você… não gosta de sexo? — ele me perguntou com a devida confusão de quem já me tinha feito delirar na cama algumas vezes. — Gatinho, acho que você tá meio doido. Você gosta de sexo.

— Eu gosto. Especialmente contigo.

— Não tô entendendo nada.

— Olha só, eu não tenho sua libido. Você quer transar mais do que eu. E eu não quero ser um limitador pra você. Então pensei que a gente podia abrir o relacionamento. Assim você fica com quem quiser quando tiver vontade, e eu fico feliz de saber que não tô te limitando.

Lucas começou a rir.

— Você tá bem doido mesmo, né?

— Eu tô falando sério.

— E se eu me apaixonar por alguém?

— Aí eu vou ter que matar essa pessoa — eu disse, apertando o corpo dele contra o meu.

Lucas fechou os olhos, tentando mascarar o prazer que aquele gesto tinha causado.

— É? — ele perguntou, escondendo um sorriso.

Me aproximei do seu ouvido e, bem pertinho e bem lentamente, respondi:

— É.

Aí já era a seriedade da nossa conversa, né. Comecei a beijar o pescoço dele e fui me empolgando com seus gemidos sussurrados. Fui descendo.

Ironicamente, esse dia terminou em uma das melhores transas da minha vida.

MARÇO DE 2016

— Como você tá se sentindo? — Lexa me perguntou, dando o primeiro gole no seu drink elaborado de frutas tropicais.

— Bem. Acho mesmo que vai ser bom pra gente.

— Não tá com medo?

— Olha, lá no fundo fica aquele friozinho na barriga de experimentar uma coisa nova, né. Mas eu confio no Lucas. A gente conversou bem sobre isso.

— Combinaram regras?

— Aham.

— Quais?

— Então, a primeira coisa que eu quis deixar muito clara é que nosso relacionamento não vai ser de poliamor. Eu sou a pessoa dele e ele é a minha pessoa. Então a gente criou a regra mais importante de: não pode ter amor no meio.

— O que suuuper dá pra controlar.

— A gente pode tentar, né.

— Ok, próxima.

— Não ficar com amigos, pelo menos nesse começo. E não usar aplicativo de relacionamento também. Basicamente a gente quer começar com uma coisa na linha de: fui pra uma festa, uma viagem, um troço assim e fiquei com vontade de pegar alguém. Aí eu pego.

— E o que tá nesse *pegar*, hein?

— Até transar, mas nada além disso.

— Como assim?

— Tipo: tô numa festa, beijei e quero transar com a pessoa? Beleza. Mas nada de tomar café junto e essas coisas. No máximo dormir e meter o pé de manhãzinha.

Lexa deu um longo gole no drink. Ela provavelmente entendia o efeito dramático disso. Tomou seu tempo e disse:

— Você tá feliz com essa decisão?

— Tô. Quero ver como vai ser, mas tô, sim.

— Vamos comemorar, então.

Ela me estendeu sua taça e eu brindei com a minha.

Foi todo um trabalho pra chegar naquela noite com o Lucas. Depois do bloquinho em que pegou um cara, ele se fechou completamente pra possibilidade de abrirmos o relacionamento. Me disse que sentia que estava me traindo, por mais que eu aprovasse. No começo, eu não quis forçar nada. Foi aquele dia de experimento e fim... Só que nosso problema de libidos discrepantes continuou a ser, bem, um problema.

E sabe qual foi o negócio? A minha libido não me incomodava. Eu não queria mais desejo. O que eu queria era que meu namorado estivesse feliz, ao mesmo tempo que eu não precisasse me forçar a nada. E aí a gente entrou num impasse. Ele querendo transar mais vezes do que eu, e os dois meio frustrados com essa tensão não dita. Uma tensão crescente que culminou na minha explosão quando, um dia, dois segundos depois de eu ter negado uma transa pra ele, Lucas sugeriu:

— Você não quer ir num médico?

— Num médico?!

— É. Cê não acha que isso pode ser hormônio ou sei lá?

Me sentei na cama e o encarei sem conseguir esconder a indignação. Antes que eu pudesse formular meu ataque, Lucas também se sentou e colocou uma mão nas minhas costas. Falou com seu melhor tom indefeso:

— Só tô pensando na tua felicidade, gatinho.

— Na minha ou na sua, Lucas?

Ele me olhou sem entender o que aquilo significava. Tive que explicar:

— Eu tô ótimo do jeito que eu tô. Meu problema é que eu quero te fazer feliz. Mas não vou a médico nenhum pra isso, Lucas.

— Nossa, tô vendo que quer me fazer feliz.

— Quero sim, mas não quero mudar uma coisa que tá indo perfeitamente bem pra mim. *Eu* não tenho problema com a minha libido.

Lucas baixou a cabeça entre as mãos, o que imediatamente quebrou minha hostilidade. Eu nunca o tinha visto tão indefeso quanto naquele momento. Sabia que estava escondendo lágrimas. Foi minha vez de colocar a mão nas suas costas e de abraçá-lo delicadamente. Mas então ele me solta a frase mais hilária que já ouvi:

— Eu tô com tanto tesão — choramingou ele, naquele choro trêmulo de uma criança que acabou de ralar o joelho. Segurei o riso e tentei pensar em uma resposta pro nosso impasse. Só que foi justo ele quem veio com a solução: — Você quer tentar abrir mesmo?

— A gente pode experimentar.

E foi assim que começou.

Vou dizer que estava cem por cento certo do que estava sugerindo? Claro que não. Eu sabia que era um cara muito frágil em diversos sentidos, e tinha certeza que iria sofrer se nosso planejamento saísse da linha — como éramos iniciantes nessa, com certeza isso acabaria acontecendo. Só que, ao mesmo tempo, era uma coisa que eu queria experimentar. Que precisava experimentar. Em nome da nossa felicidade.

Pois bem, eu estava no bar com a Lexa, e Lucas tinha saído sozinho. Foi numa festa com amigos. Cheguei em casa e ele ainda não estava. No dia seguinte, acordei com um peso em cima de mim e uma chuva de beijinhos no rosto. Meu namorado, todo amarrotado e com cheiro de tequila.

Acho que tinha dado certo.

AGOSTO DE 2016

Uma vez, ouvi a mãe da Lexa dizer que a gente nunca consegue equilibrar todos os pratos da vida com perfeição. Isso significa que a satisfação em todas as esferas é impossível. Sempre vai ter algo dando defeito. Ou vai ser o trabalho, ou o relacionamento, ou o dinheiro. Desde que ouvi isso, parei pra prestar atenção — e tenho que dizer que, até hoje, acho que ela tá certa.

Abrir o namoro com o Lucas foi um completo sucesso. Não só alcançamos novos níveis de confiança e intimidade, como nossa vida sexual melhorou horrores. Eu não me sentia mais obrigado a transar, então quando o fazia era porque queria de verdade, e muito. Nada mais de rapidinhas frustrantes, apenas longos momentos de amor preguiçoso. Perfeito.

Só que talvez eu tivesse feito um pacto demoníaco sem querer porque, proporcional ao sucesso do nosso acordo, foi o caos e o fracasso que começaram a se espalhar pelo resto da minha vida.

Tudo começou quando perdi o emprego. Demitido pela primeira vez e sem grandes reservas financeiras para me ajudar. Afinal, eu tinha deixado de pagar a PUC pra pagar meu aluguel com o Lucas. Não deu pra economizar nem por um mês, e o salário dava exatamente pra me bancar, sem sobrar nada. No desemprego, então, tive que frear ao máximo meus gastos.

Lucas não entendia o que era ter apenas três reais na conta e vivia fazendo pressão quando eu dizia que não podia pedir comida, o que geralmente começava a acontecer a partir do dia quinze.

— Só um lanche, vida…

— Não vai rolar, gatinho. Senão vou ter que passar o aniversário da Hanna.

— Pô, mas tu tá comparando um lanchinho de terça com um restaurante?

— A gente não vai gastar menos de cinquenta nisso.

— Nossa, deixa que eu pago então…

Eu aceitava, menos porque queria e mais porque sabia que o Lucas não ia largar o osso e ficaria ainda mais emburrado se eu não pedisse, porque aí seria obrigado a não pedir seu precioso lanchinho ou a pedir só para ele e se sentir egoísta. Dois desconfortos que ele simplesmente não queria ter. E nem precisava.

Quem tem recursos pode se dar o direito de não sentir algumas coisas.

Assim como, pra quem não tem, é simplesmente impossível fugir de certas emoções. Tipo a humilhação. Foi isso o que passei a sentir todos os dias. E o fato de estar rodeado de pessoas com recursos como o Lucas não me ajudava muito nesse quesito.

Mas acho que o maior calcanhar de aquiles era minha família. Só consegui me sentir um merda quando meu irmão tirou a carteira do bolso na hora que a conta chegou no Garota da Urca.

— Pode passar no débito, amigo — Caíque disse, entregando para o garçom sem nem olhar a notinha.

— Ih, vai bancar hoje, é? — Meu pai abriu um sorriso.

— Só pagando o seu investimento, dr. Roberto.

E se abraçaram, enquanto eu os observava, bebendo meu guaraná que nem uma criancinha. Era assim que eu me sentia perto do Caíque, e não só pelo dinheiro, mas também porque ele tinha acabado de se mudar para um apartamento com a namorada. Da noite pro dia, meu irmão que não queria nada com a vida havia simplesmente se tornado um *cara sério*, como se a única coisa que estivesse faltando pra isso fosse vontade.

Quando olhava pra vida do Caíque e pra minha, não conseguia deixar de me infantilizar. E hoje eu acho que isso tem muito a ver com as diferenças entre os caminhos de vida gay e hétero na sociedade.

Eu e o Lucas estávamos com o relacionamento aberto. Saíamos pra festinhas com alguma frequência e gastávamos nosso dinheiro em um monte de besteira, como sorvete burguês, jogos de tabuleiro e excursões a lugares exóticos, como parques de cama elástica e restaurantes temáticos. Enquanto isso, Caíque levava a mulher pra restaurantes caros e pagava a conta, comprava seu primeiro carro e não calava a boca sobre a pós-graduação que tinha começado. Eu gostava da minha vida (bem, gostava mais quando estava empregado), mas sempre que a comparava com a do Caíque, algo parecia errado.

— É que a gente é bobo, né, amigo — Ramon me falou sem tirar os olhos da tela, enquanto jogávamos *Super Smash* na casa dele. Pois é, bem ilustrativo. — Aí parece que somos mais jovens.

— Mas não é a sensação de ser mais jovem. É a sensação de ser imaturo. De não conseguir fazer o que tem que fazer, sabe?

— E quem quer fazer o que tem que fazer?

— Pois é.

— Essa galera só tá nisso porque ouviram que tem que ser assim, Sonic. Eu e você não tivemos a opção de só aceitar que é assim e pronto. A gente não conseguiu corresponder à sociedade e só teve a escolha de começar a questionar. Por isso a gente faz o que quer. Eu gosto.

— Eu também… Mas sei lá. Não consigo não me sentir mal quando me comparo com o Caíque.

— Pode agradecer à heteronormatividade, minha flor. E ao capitalismo. Tudo piora sem dinheiro. PARA DE TELEPORTAR COM ESSA VAGABUNDA!

— Nunca.

Ramon tava certo. Tudo piorava sem dinheiro.

A cada dia que passava eu começava a me sentir mais em dívida com o Lucas e com meu pai, que tavam me ajudando. E conforme minha dívida crescia, crescia também meu ódio. Um ódio voltado especialmente contra mim mesmo. Se eu não tivesse sido uma gay imbecil, teria escolhido administração, direito ou TI e vendido a alma pro tédio pra bancar meu hambúrguer de consolação agora. Mas não! Confie no seu potencial. Merda.

Esse sentimento se infiltrou na minha alma e foi criando mofos pra além do âmbito financeiro, comprometendo toda a minha autoestima. Aos poucos, fui me tornando cada vez mais quieto e subserviente ao Lucas.

Algumas coisas no nosso relacionamento aberto começaram a me incomodar. Ele passou a pegar pessoas na minha frente. Primeiro só mulheres, depois caras. Caras muito mais gatos que eu. Então me perguntou se podia viajar com um carinha pra Búzios no fim de semana, mais para informar do que para pedir permissão. E foi. Mas a gota d'água aconteceu quando, num dia em que eu estava especialmente descaralhado da cabeça, decidi dar uma volta no bairro. Só colocar música no fone e andar a esmo pela noite, que nem eu tinha feito quando terminei com a Lexa. Andar sempre me ajudou a processar as emoções.

Eu só não contava que na minha caminhada da saúde mental encontraria motivos para me deixar ainda pior.

Estava passando do outro lado da rua dos barzinhos quando vi o Lucas em um date, banhado em uma descolada luz vermelha passando o braço pelos ombros do Ramon. O dois se olhando a um palmo de distância. Parei de caminhar para ver o que ia acontecer.

Eles ficaram conversando daquele jeito por uns segundos, e logo depois o Lucas se desenroscou do Ramon, mas ficou segurando a mão dele. Ramon se aproximou. Lucas não recuou.

Fui embora.

Aumentei o volume da música e acelerei o passo, sem querer pensar naquele encontro. Se eu não visse, não ia sentir. Se fosse puramente especulativo, como eu sentiria qualquer coisa?

Caminhei por algumas quadras. O sentimento não foi embora. Então eu precisava que ele não fosse especulação, mas concreto.

Quando passei na frente daquele bar de novo, o que vi foi ainda pior do que esperava: Lucas puxando o Ramon pela cintura e beijando suas costas enquanto meu amigo olhava o celular e, um segundo depois, apontava para o carro que vinha chegando. Eles entraram juntos e partiram.

Andei a esmo por mais três horas.

Eu não tinha o direito de ficar chateado com o Lucas. Nosso relacionamento era aberto, não era? E ele não tava me bancando? Eu tinha virado um estorvo e o mínimo que podia fazer era tentar não causar problemas.

Só que isso me dava ódio.

Não consegui olhar pra cara do Lucas quando ele voltou no almoço do dia seguinte, e quase dei na cara dele quando me agarrou por trás e me beijou a nuca. Eu não podia ser ingrato com aquele homem, mas ao mesmo tempo senti vontade de arrancar sua cabeça com o dente. Talvez justamente por *não poder*.

Resultado: tentei não dar mais dor de cabeça pro meu namorado e passei a odiá-lo. Nem olhava mais na cara dele, nem tocava mais no seu rosto. Ele foi ficando cada vez mais carente e também mais ressentido. Passou a ser comum ficarmos em silêncio e em quartos separados o dia todo — e não naquela deliciosa sensação confortável de que a pessoa mais incrível do mundo está logo atrás da porta, mas sim na esperança de não ter que reconhecer sua presença.

Duramos mais ou menos um mês assim, até que eu falei:

— Lucas, quero conversar contigo.

Ele entendeu imediatamente. Pra minha surpresa, não foi raiva nem alívio que vi nos seus olhos, mas dor. Segui firme:

— Não tá dando mais, né? Você sabe disso.

— Você tá falando da gente?

— Tô.

Ele seguiu quieto.

— Lucas, eu sei que você não tá feliz. Eu também não tô.

— Então a gente descobre como consertar.

— Eu acho que só vai consertar quando eu começar a ganhar dinheiro de novo. E tá foda. Não sei quanto tempo vou ficar assim.

— Como assim, só vai melhorar quando você começar a ganhar dinheiro? Tá tudo certo. Eu não tô te ajudando?

— Tá, mas eu não quero isso.

— Porra, de nada, hein.

— Não é isso, gatinho.

— Não me chama de gatinho.

Engoli a raiva. Nos encaramos como dois inimigos em campo de batalha.

— Você não me ama mais? — ele perguntou.

— Amo. Mas não nessa situação.

— Então você só me ama quando tá tudo bem?

— Lucas, não é você…

— Ah, não, não, não. Vai vir com essa?

— É sério! Eu tô me sentindo um merda! Dependo de você e do meu pai pra tudo. Não dá pra viver assim, cara. Eu não consigo te tratar de igual pra igual, como é que vou te amar assim?

— Então não me ama mesmo.

— Não do jeito certo.

— Para de dar desculpa! O que tá tão errado, afinal? O que é amar do jeito certo?

— Eu tô cheio de coisa entalada e não consigo falar porque, porra, como é que eu vou trazer mais um problema pro cara que tá me dando o mundo?

— O que tá entalado?

— Esquece, Lucas.

— Fala.

— Coisinhas pequenas, que vão se acumulando.

— Você não é otário de terminar comigo por causa disso.

— É, mas sou otário pra tu ficar com meu melhor amigo e esconder de mim, né?

Os olhos dele se arregalaram como os de um animal que vê faróis se aproximando.

— E quer saber? Não seria um problema de verdade se eu tivesse bem pra conversar contigo — acrescentei. — O problema é que eu não tô, Lucas. Eu sinto que não tenho o direito de exigir coisas de você.

Os olhos dele começaram a lacrimejar. Nenhuma palavra sequer cogitava sair por sua boca.

— E isso não é bom nem pra mim, nem pra você. Vamos dar um tempo.

Ele começou a chorar.

Não consegui me conter e o abracei. Uns segundos depois, tava chorando também. Naquela noite, dormimos quietinhos e agarrados. Na noite seguinte, fiz minha mala e voltei pra casa do meu pai.

PUTZ, UM TEMPO AÍ. UM BOM TEMPO AÍ.

A impressão de que abrir meu relacionamento com o Lucas tinha sido um pacto demoníaco acidental só me pareceu ainda mais real quando, um mês depois do nosso término, finalmente venci o LinkedIn e consegui um emprego. Dessa vez, tomei um tempo pra me organizar: morei um período com meu pai pra criar uma mínima reserva financeira, vivendo que nem um monge. Fazendo o trajeto Recreio-Zona Sul diariamente e encontrando Lexa a cada quinze dias.

Ela era a única pessoa realmente importante na minha vida naquele momento.

Não consegui conter o ranço que passei a sentir do Ramon. Não só porque ele tinha ficado com meu namorado e nunca me contou, mas também porque minha autoestima estava se recuperando. Ficar perto de um cara tão lindo quanto ele, vendo seu sucesso e sua alegria mesmo depois de ter me machucado me colocaria em lugares emocionais que eu preferia não estar.

Da mesma forma, eu e o Lucas continuávamos muito machucados para nos reaproximarmos. Sem contar que eu acreditava que não era o momento mesmo. Eu queria me estabelecer de forma mais sólida antes de tentar reatar qualquer laço com ele. Só que era bem complexo quantificar essa estabilidade... Eu estava conseguindo ajeitar minha vida, mas nunca me sentia seguro o suficiente. Sempre com medo de ficar na mão, de dar um passo errado e ferrar com tudo. Juntei um mês de aluguel, dois, quatro, seis. Não parecia o bastante. Acho que criei na minha cabeça uma medida imaginária de grana pra guardar antes de poder falar com o Lucas novamente. Uma medida imaginária e pouco específica. Menos em números e mais em sentimento.

Esse sentimento nunca chegou.

Depois de uns quatro meses do fim do nosso relacionamento, o Instagram do Lucas voltou a dar sinais de leveza e alegria. Silenciei seus stories para me preservar e segui equilibrando o único prato que tinha sobrado na minha vida: o trabalho.

É irônico que esse tenha sido um dos períodos menos parados da minha vida, mas ao mesmo tempo um dos mais solitários. Eu passava o dia na empresa, ia sempre no happy hour, conheci muita gente e voltei a sair com caras de aplicativos. Ainda assim, toda essa torrente de contato social não era suficiente pra me preencher. Era a mesma sensação de quem almoça pipoca quando precisa, na verdade, de uma feijoada. E, assim como quem come pipoca, eu não percebia o tempo passar. Uma atrás da outra, abocanhando mordidas de ar com cada vez mais ansiedade sem ser preenchido por nada. Uma torrente de festinhas, viagens e saídas que, olhando pra trás, não significaram muito.

Consegui conquistar alguns marcos nos anos seguintes. Voltei a morar sozinho, dessa vez me bancando com muito mais consciência financeira em um cativeiro (agora sim) na Zona Sul. Fiz um bando de viagens: Paraty, Tiradentes, Salvador, Floripa e uma escala em Belém (das oito horas mais bem degustadas que já tive o prazer de passar). Todo o sucesso e estabilidade que me faltavam no relacionamento com o Lucas, eu consegui conquistar. E todo esse sucesso significou bem pouco. Me acostumei com o piloto automático e fui vivendo, vivendo e vivendo, mesmo sem ter grandes motivos pra isso.

— Grandes motivos? — Minha psicóloga me perguntou quando abri esse ponto de vista com ela durante uma sessão.

— É, tipo, eu não tenho nada na cabeça.

Ela me encarou, alimentando uma tensão silenciosa que acabou arrancando de mim:

— Tá tudo muito parado. Não tem nenhum tempero, sabe? Não tem nada que faça meu coração acelerar. Nenhum grande objetivo, ninguém.

— E a Lexa?

— Total. A Lexa sempre tá lá. Mas até olhando pra ela, fico meio chateado com a minha vida. Ela tá namorando uma menina agora. Super apaixonada. E tá pensando em mudar de área. Começar a trabalhar com turismo. Fazendo cursos. E eu aqui, parado.

— Mas você não começou uma pós?

— Comecei, pra ganhar mais dinheiro. Grande coisa.

— É a vida.

— É... Mas não é só isso, né? — Pausei por uns instantes, pra arrancar pelas raízes o pensamento subterrâneo que me coçava o cérebro havia uns dias já: — Acho que são de pequenas coisinhas que eu sinto falta. Eu me lembro muito do Theo. Do tempo que a gente passou junto. De como umas coisinhas bobas mexiam tanto comigo e de como eu me enchia de vontade de querer ficar perto dele. E, sim, *eu sei* que não era a relação mais saudável do mundo. Mas era uma coisa que me fazia *querer* viver, sabe?

— Então você está entediado?

— Acho que tô.

Silêncio.

— Não, não é tédio. — Mudei de opinião. — Eu acho que é confusão. É não ter uma direção na vida. Eu tô sem objetivo. Sabe quem tem um objetivo bom?

— Quem?

— O Lucas.

— Hum.

— Tive uma recaída depois daquele date meio merda da semana passada, lembra?

— Como esquecer?

— Então. Depois dele fiquei bem doido e nem sei como, mas caí no Instagram do Lucas. Ele tá morando fora, acredita? Estudando numa escola de milionário.

— E isso é um objetivo bom?

— Deve ser, né.

— Ou ele tá fazendo só pra ganhar mais dinheiro, que nem certas pessoas?

Suspirei.

— Às vezes eu te odeio.

Minha psicóloga riu.

Esse seria um assunto que voltaria outras e outras vezes ao longo dos meses e ao longo dos anos nas nossas sessões. Uma sensação que ficava indo e vindo como uma maré. Às vezes aplacada por uma paixonite, às vezes aplacada por uma promoção, às vezes aplacada por tempo de qualidade com a Lexa. Só que sempre continuava lá, a sensação de que eu estava à deriva, apenas vivendo por viver, sem um grande tesão pra me fazer querer ser eu.

E fui seguindo minha vida assim, sem pensar muito em nada, sem me envolver muito em nada, até março de 2020.

JUNHO DE 2020

Nada pra desestabilizar um piloto automático como o ano de 2020. E não falo só da praga, mas de tudo o que estava acontecendo. Tudo. Onde quer que a gente olhasse, tinha uma desgraça além da compreensão humana rolando. Algum crime de ódio, algum ferimento aos direitos humanos, algum trauma disfarçado de cotidiano. Foi nessas circunstâncias que meu cérebro começou a derreter.

Eu aguentei bem o primeiro mês no meu calaboucinho. O segundo. Mas no terceiro, quando entendi que aquele inferno não acabaria tão cedo, comecei a surtar. E comecei a me coçar de carência.

Foi aí, no nonagésimo terceiro dia de isolamento, que recebi uma mensagem tentadora:

Saudades da sua conchinha

Foi o que o Lucas mandou.

Se pelo menos você estivesse aqui...

Respondi, sem nem pensar duas vezes.

Eu tô, ué

Tá?!

Tô

E NY?

Não quis ficar lá com isso tudo

Estranho. Esperei que o Lucas desenvolvesse o assunto, mas o que recebi quando ele finalmente parou de digitar foi:

Vem pra cá

Tu tá se cuidando?

Tipo, sem sair?

É

Aham

Só indo pro mercado de quinze em quinze

E vc?

Também

Mentira, não tô indo quinzenal

Mas sempre de máscara e talz

Se você preferir não encontrar super entendo, viu?

Vem agora

Meu coração acelerou.

Pra onde?

Localização recebida

Meudeus

É muito burguês safado

Teu burguês

Teu safado

Nunca meti uma meia tão intensamente quanto naquele momento.

Talvez eu devesse ter pensado melhor? Sim. Me arrependo de não ter feito isso? Nem um pouco. Eu precisava sair do meu cárcere de trinta e oito metros quadrados, mesmo que fosse pra cometer um erro.

E encontrar meu ex-namorado no meio de uma calamidade global com certeza foi uma das decisões mais erradas que eu já tomei. Ainda bem.

Meu coração batia tão rápido e tão alto enquanto eu subia o elevador pantográfico do prédio leblonense do Lucas que eu mal consegui ouvir o TRÁ das grades se abrindo. Como um espírito obsessor que cheira os vícios dos encarnados, eu farejava a carência do Lucas salivando de desejo, porque era igual à minha.

Toquei a campainha e repassei nossas memórias mais felizes e deliciosas durante os vinte segundos que ele demorou pra abrir a porta. Quando bateu os olhos em mim, não conseguiu conter o sorriso que iluminou sua beleza. Ele estava com olheiras, cabelo bagunçado, uma calça de moletom que parecia não ser trocada fazia semanas, uma palidez adoentada na pele e tinha emagrecido, perdendo as gordurinhas que amaciavam os músculos na proporção que eu tanto amava. Ainda assim, nunca o achei mais lindo.

Tomamos um segundinho antes de darmos o segundo passo, porque sabíamos que dali seria direto para um escorregador. Inspirei. Ele também. Tomei a iniciativa. Me aproximei e fechei os braços em seu tronco num abraço amigo. Mas aí inspirei e senti seu cheiro. Tirei a máscara e inspirei novamente, mais fundo. Lucas me apertou. Na terceira vez, me enfiei em seu pescoço e o farejei como um cachorrinho. Senti os pelos dele se arrepiarem.

Aí acabou pra gente.

Isso não significa que a gente transou. Não transamos. Mas fomos direto pro sofá. O imenso sofá dele, tão grande que chegava a ser indecente, no qual nos jogamos e nos enroscamos. Tentamos ensaiar alguns começos de conversa sem sucesso, até percebermos que tudo o que queríamos era ficar quietinhos, grudados.

Nos encaixamos em carinhos pela tarde inteira. Foi só no começo da noite que ele me disse:

— Quer um japinha?

Assenti. Ele me deu um beijo na testa e começou a procurar no aplicativo, enquanto eu fazia cafuné e cheirava seus cabelos. Foi só entre os hashis e o teriyaki que começamos a conversar:

— Pensei que cê tava em Nova York ainda — falei.

— Deus me livre.

— Ai, que dor, morar em Nova York...

— Haha. Não é isso tudo o que a galera fala, não, viu? Estadunidense é um bicho chato. Nunca me senti tão sozinho.

— Voltou quando?

— Assim que vi que ia dar merda. Na verdade, antes de achar de verdade que ia ser isso tudo. Era a desculpa que eu queria pra voltar pro Brasil sem me sentir um fracassado.

— E deu certo?

— Bem, tô aqui.

— Mas você tá tranquilo?

Lucas não me respondeu. Se limitou a pegar mais um sushi e engolir inteiro. Tomou seu tempo mastigando e então me disse:

— Sabe o que é pior? Ainda tô me sentindo sozinho. Podia ter ficado nos meus pais, mas ia ser demais pro meu orgulho.

— Mas chamar o ex tá de boa, né?

Ele me olhou e riu.

— Meu ex é você. Tá de boaça.

E avançou pra me dar um beijo agridoce.

— E tu, como tá? — perguntou.

— Bem. Muito bem, na real. O trabalho vai ótimo. Agora tô conseguindo me sustentar direitinho. Conheci muita gente, fiz umas viagens.

— E namoro?

— Por que o interesse?

— Porque eu quero que cê fique aqui.

Esse era o Lucas. Nada de meias palavras com ele.

— Tipo...

— Fica aqui em casa.

— Lucas, a gente não se vê há séculos.

— E fez alguma diferença no quanto a gente se gosta? Olha isso. — E fez um gesto abrangendo nossa bagunça de comida asiática. — Dorme aqui o fim de semana, pelo menos.

— Tá bom. O fim de semana.

Estendi a mão de forma teatral para ele. Lucas a apertou com um sorriso maligno. Só fui entender que tinha selado um pacto malévolo naquele momento quando, um mês depois, finalmente tive a coragem de ouvir a opinião da Lexa sobre minhas escolhas de vida:

— VOCÊ SE MUDOU PRA CASA DELE? — Sua voz robótica me descascou no áudio do Discord.

— Amiga, parece uma péssima decisão, mas você voltou com sua ex também.

— Pois é, e eu *sei* que é uma péssima decisão porque a gente voltou a se separar em menos de um mês. Você não precisa passar por isso, ainda mais no meio de uma pandemia…

— Mas a gente tá se cuidando.

— Ah, não é por isso, né. Se fosse, tudo bem. Eu sei que ficar preso em casa começa a comer nossa cabeça. E sei que cês não tão saindo. Mas, porra, ir pra casa do *ex*? Cê podia ter vindo pra cá.

— Deus me livre, não quero dar trabalho pra sua família.

— E quer ficar se enroscando no Lucas.

Meu silêncio envergonhado disse tudo. Lexa suspirou:

— Bem, se é pra pular da janela, pelo menos se joga de cabeça.

E foi exatamente o que eu fiz.

O primeiro fim de semana com o Lucas foi maravilhoso. Pareceu que tínhamos retomado a mesma fluidez do nosso começo de relacionamento, com a mesma paixão também. Nossas conversas e silêncios eram leves e nossos toques sempre naturais. Até o sexo, que foi A questão, me veio sem esforço. Mas acho que o Lucas tinha mudado um pouco. Nada mais daquela libido doida de anos atrás.

Ele parecia mais maduro de alguma forma, como um animal que se machucou e agora pensa duas vezes antes de meter a língua na tomada. Senti que o afeto pesava mais pra ele agora. Enquanto antigamente a minha sensação era a de que ele queria me consumir como um carro de videogame acelera para consumir seu nitro, durante aqueles dias ele tinha uma postura mais… ecológica, digamos assim. Tinha aprendido a gerenciar os recursos.

Mas esse foi o máximo de reflexão que passou pela minha cabeça. Eu não queria pensar. Nem o Lucas. Nunca falamos disso abertamente, mas todos os nossos atos eram de alienação do que estava acontecendo ao nosso redor.

Raramente ligávamos a TV no jornal. Nada de Twitter. Só trabalhar, cozinhar o dia inteiro, assistir filmes e se agarrar. De novo e de novo.

Foi assim no primeiro mês. No terceiro entreguei meu apartamento e trouxe minhas coisas pro Lucas. No quinto ele deixou escapar *meu namorado*, em uma das nossas conversas, e daí em diante entendemos que tínhamos voltado. Sem nenhum pedido, sem nenhuma conversa, sem nenhuma reflexão.

Eu, que sempre pensei demais, nunca achei que chegaria naquele ponto. Que delícia se alienar.

Pena que a realidade inevitavelmente sempre te alcança.

DEZEMBRO DE 2023

A realidade pode não ser ruim em si, mas é necessariamente complexa. E é por isso que a gente aprende a pensar muito. Pra tentar entender e resolver os problemas que ela joga na nossa cara. Ironicamente, porém, a solução pra alguns problemas pode ser não pensar tanto.

Depois de dois anos de pandemia, o mundo inteiro estava funcionando com fusíveis queimados na cabeça. Eu e Lucas, que tínhamos nos refugiado na nossa bolha de privilégio alienado, não éramos diferentes. Mas quando a realidade bateu, bateu com força. Minha família passou incólume, mas Lucas e eu choramos demais pela perda da tia Lúcia. De alguma maneira, isso nos aproximou dos laços rompidos com meus sogros. Reunimos nossas famílias para passar o Natal juntos pela primeira vez em 2022.

Eu morri de medo desse encontro. Imaginei os piores cenários. As guerras sociais que travaríamos dali em diante. Só que a realidade foi de dar dó.

Minha temida sogra, a juíza Tânia, tinha se aposentado e agora não passava de um ser humano meio amargo, afundado em nostalgias de poder e sede de companhia. Quando encontrou com Fernando, seu ex-marido, de mãozinhas dadas com a nova esposa, uma mulher ainda mais velha do que ela, Tânia não conseguiu esconder o veneno pingando do seu sorriso invertido.

— É o último dos românticos, né, Fernando! — Ela riu enquanto se aproximava da mulher. — Espero que ele esteja te tratando bem, minha querida.

— Eu que tô tratando ele bem. Você deve saber melhor que qualquer uma que esse aqui não consegue fazer nada sozinho. Né, Fefo?

Tânia sorriu, satisfeita com a diminuição de Fernando. Tão satisfeita que nem notou que aquilo não o incomodava. O incomodado ali fui eu. Incomodado de sentir compaixão por aquela megera que tinha machucado tanto o meu amor e a mim. A mulher que tinha preferido ver o filho fora de casa a aceitar seu namorado. A mulher que nunca tinha me ligado, nem mandado nenhuma mensagem. A bruxa do Itanhangá. Uma figura antes todo-poderosa que agora tinha tanto valor quanto um jarro caríssimo mas de extremo mau gosto.

Senti a vontade de me aproximar e abraçá-la, mas me segurei.

Pra minha surpresa, ela é que veio até mim. Enquanto eu terminava de fritar as rabanadas na cozinha da minha casa. Tânia chegou e permaneceu em silêncio. Fiz de conta que não tinha percebido sua presença, até que ela comentou:

— Tá com uma cara boa.

— Receita da minha avó. Eu fazia com ela quando era pequeno.

— E com seu pai?

— Ele não liga pra isso, não. A gente se junta na hora de comer só.

— Igual ao Lucas, então. Nunca vi detestar tanto uma cozinha.

— Jura?

— Juro, ué. Ele cozinha com você?

— Às vezes. A gente gosta… Gostava, né, de receber uma galera em casa. E a cozinha é sempre onde rolam as melhores fofocas.

— Ah, aquele ali é um fofoqueiro.

— Somos dois.

Ela se calou, mas permaneceu. Fez que ia pra sala, voltou, olhou os armários, a bancada… E perguntou, quase em um sussurro, quase implorando:

— Posso te ajudar passando no açúcar?

— Claro. Tá junto com a canela nesse armário aqui, ó.

E indiquei com a cabeça.

Tânia ficou ali comigo na maior parte daquele Natal. Era minha primeira vez fazendo a ceia sozinho e acabei me enrolando e passando quase a noite toda entre o fogão e as bancadas. E minha sogra ali comigo. Aos pouquinhos fomos conversando sobre amenidades, sobre a vida e os desejos do pós-pandemia. Eu até fiz ela rir uma hora.

Começamos a conversar e não paramos mais desde então. Passamos a almoçar uma vez por mês. E ela até participou do meu aniversário de trinta anos. Trinta anos. Uma idade séria na qual conquistei, pela primeira vez, a harmonia familiar com a família do meu namorado. Uma coisa que casais héteros vivem de graça. Pra mim, uma conquista. Foram coisas assim, como essa, que me deram a sensação de que os trinta não eram o começo do fim, mas o auge da colheita. E ela se inaugurou com a amizade da minha sogra arqui-inimiga. Muito auspicioso.

Foi assim que, no Natal de 2023, Tânia e eu já éramos amigos e confidentes. Combinamos os pratos em conjunto e nos preparamos de modo que ela chegasse mais cedo no nosso apartamento pra me ajudar com os toques finais.

Eu, suado do sol de tarde no inferno do Rio, perguntei:

— Qual vai ser a próxima viagem?

Ela, igualmente suada e agora envergonhada com a pergunta, respondeu:

— Não sei. Tô entre Búzios e Londres.

— Ah, sim. Quase igual.

Ela jogou farofa em mim, enquanto eu ria:

— Respeito, garoto!

— Você não vai pra Búzios o tempo todo?

— Ia, antes da pandemia.

— Deve tá a mesma coisa. Mais cheio, até.

— Será?

— Sei lá.

Ficamos em silêncio por uns instantes, e aí Tânia falou:

— Não sei se quero descobrir, não. Vou pra Londres.

— Como assim?

— Vai que não gosto mais de Búzios? Imagina. Um lugar perfeito, estragado pra sempre. Não quero azedar. Não agora, pelo menos.

Eu entendia perfeitamente. Não com Búzios, claro. Eu era classe média demais pra ter um destino de férias tão arraigado no coração. Mas entendia o medo de estragar uma coisa boa, ainda mais saindo do cercadinho que eu tinha criado com o Lucas em 2020, 2021 e uma boa parte de 2022. Recentemente tínhamos voltado a frequentar festas e multidões. Estava sendo uma delícia. Mas, ao mesmo tempo, eu sentia que não conseguíamos nos aprofundar em nada. Era como se as pessoas ao nosso redor estivessem limitando a exploração das suas profundidades a poucos metros. Nada além disso. Ninguém aguentava nada além disso.

Esse estranhamento com as novas pessoas que eu conhecia e também com as antigas fazia sentido. Com a Lexa, inclusive.

Nós dois, que nunca tínhamos hesitado em falar das coisas pesadas e complexas, agora assinávamos um acordo silencioso de mudar de assunto sempre que a voz do outro baixava para falar de um assunto. Só com o Lucas que eu ainda mantinha uma comunicação total e irrestrita. E foi com ele que eu falei, faltando uma semana pra nossa viagem de ano-novo:

— Não sei se eu quero ir. — Ele se virou pra mim com uma cara de absoluta surpresa e horror. Emendei: — Eu vou! Relaxa. Mas tô meio nervoso.

— Nervoso por quê, meu lindo? São nossos amigos. E a galera nova é muito gente boa.

— Pois é… Mas sei lá. É tipo sua mãe com Búzios, sabe?

— É por causa do Ramon?

— Não. — Pensei um pouco e emendei: — Um pouquinho também. Acho que vai ser meio esquisito.

— Mas cês tão se falando, né?

— Aham.

— Então vai ser estranho por quê?

— Sei lá, Lucas. A gente passou dois anos trancado em casa. Eu não vejo mais a galera como via antes. Acho que essa viagem vai ser tipo ir pra Búzios.

— Mas a gente vai pra Itaipava.

— É uma metáfora, Lucas!

— Ah, Búzios da minha mãe, saquei.

Bem, eu fui pra nossa viagem de ano-novo. E foi uma das melhores decisões que já tomei na minha vida.

O sítio era imenso: seis suítes, sala de jogos, campo de grama, piscina, churrasqueira e forno à lenha. E pés de manjericão que depenamos pra fazer pesto. E limoeiros que saqueamos pra caipirinha. E redes que usamos pra morgar depois do almoço.

Éramos umas treze pessoas. Eu e Lucas, Ramon e namorado, Lexa e uns ex-puquianos e agregados da gastronomia. Treze jovens adultos em sua primeira viagem pós-pandêmica. A aura de instabilidade emocional que emanávamos era quase palpável. Tínhamos cinco dias para compensar três anos de bom comportamento, então investimos bastante em vinhos, cachaças e psicotrópicos.

Mas meu grupo de amigos não era totalmente desvairado. A ideia era consumir tudo aos pouquinhos, ao longo daqueles cinco dias — mas encontrar nossa despensa entupida de álcool com um cantinho separado para outras substâncias me deixou ao mesmo tempo assustado e animado. Aquilo representava o tanto de liberdade que estávamos dispostos a tomar, de uma maneira bem infantil. Ter uma despensa cheia e equivaler isso à felicidade era a ideia que um desenho *para adultos* tinha de maturidade.

Bem, foda-se.

Esse era meu lema naquela viagem. Foda-se. Eu não ia ficar pensando demais nisso. Me dei o direito de ser ridículo e imaturo por uns diazinhos. Eu e todos nós.

Queimamos a largada no primeiro dia, e isso nos fez diminuir a marcha no segundo. Nos jogamos ao redor da piscina que nem lagartos pegando sol, conversando baixinho em diversos grupinhos diferentes. Eu, é claro, me juntei com a Lexa e a Marina, uma das novas amizades que já tinha me conquistado. Meus olhos estavam fechados e meu braço balançando dentro da água. Apenas paz na minha cabeça… Até que algo agarrou meu braço e me puxou pra piscina. Eu estava prestes a me encharcar, quando a coisa finalmente me soltou.

A coisa era o namorado do Ramon.

— Que isso! — ri, me recuperando.

— Fica esperto, que a gente tá recrutando pro Marco Polo. Se der mole, já era.

— Daqui a pouco, daqui a pouco.

— Vou esperar.

E submergiu até a altura dos olhos, que nem um crocodilo. Foi se afastando lentamente, sem perder o contato visual, até o canto da piscina onde o Lucas e outras pessoas me encaravam com a malícia de quem quase teve seu plano maligno executado.

Quando me virei para as meninas ao meu lado, encontrei um sorriso de Glenn Close em *Ligações perigosas* estampado no rosto da Lexa.

— Ah, não, que foi? — perguntei.

Lexa deu de ombros, se divertindo.

— Que foi, Lexa?! — insisti.

— É porque ele é um gostoso? — Marina palpitou, perdidinha.

— Você que tá dizendo, amiga. — Então se aproximou da Marina e me apontou com a cabeça: — Mas ele é que tá ficando vermelho.

— Ué, ele é um gostoso mesmo — admiti, pegando mais um golinho de mate.

— E aí? — Lexa perguntou.

— Como assim, *e aí*? E aí nada, ué.

— Seu relacionamento não é aberto? — Marina perguntou.

— Hummm…

— Vocês não voltaram a falar disso? — Lexa, é claro, sacou imediatamente.

— Ainda não.

— Nossa, agora é a hora, hein. — Marina virou de barriga pra cima e apoiou a cabeça nas minhas costas, falando em um tom tão perdidamente apaixonado quanto a Ariel: — Aqueles ombros largos, a barbinha rala. Ele é lindo, mas na medida certa! Não no nível Chay Suede, mas no nível vizinho inesperadamente gostoso que aparece na sua porta pedindo um pouco de sal.

Ela tava certa. O namorado do Ramon não era tão cem por cento padrão quanto o meu amigo, e isso o tornava ainda mais desejável pra mim. Era realmente a diferença entre um galã de TV e uma pessoa extremamente linda na vida real. O primeiro me causava a mesma resposta emocional de uma escultura, o segundo mexia com meu inconsciente. Só que não o suficiente pra arriscar meu paraíso com o Lucas.

— Se eu gostasse de homem, não deixava a oportunidade passar — concluiu Marina, bem no momento em que senti uns pingos gelados me molharem.

Virei e encontrei o Lucas bem do meu lado, dentro da água:

— Bora de marquinho? — me perguntou, olhando de baixo com uma carinha de pidão.

— Bora de marquinho.

Pulei na piscina.

Nosso segundo dia de viagem foi assim, bem tranquilo. Cheio de papos e joguinhos. A calmaria antes da tempestade de ano-novo que seria o dia seguinte. Porque o dia seguinte seria a virada. E, na virada, eu consegui me sentir como um lobisomem se sente na aproximação da lua cheia: doido.

Enquanto o sol nos iluminava, seguimos naquele ritmo reptiliano preguiçoso, só bebericando coisinhas e pegando sol. No máximo jogando um joguinho aqui e ali. Agora, bastou o entardecer pra agitação começar. Primeiro fomos sumindo um por um pra tomar banho. E aos poucos fomos voltando lindos e maravilhosos pra sala de estar, onde o Ramon nos recebia com uma jarra de água.

Água?

Pois é, água. Porque aquela noite tinha sido dedicada ao MD. Tínhamos decidido cortar o álcool pra viver o efeito de uma outra substância. Por isso, ficamos de aguinha até perto da virada. E, vou te dizer, tava ótimo. A gente conversava de tudo, ria que nem criança e o Lucas não largava de mim, sempre me fazendo um carinho.

Bem, quase ótimo, na verdade.

Aquele carinho que o Lucas me fazia, apesar de delicioso, tinha um quê de marcação de território forçada.

Desde que tínhamos chegado no sítio, ele fazia questão de me beijar ou acariciar em público, de um jeito muito... aberto. Um jeito que eu sabia que não era só pra mim. Como quem diz: *ele tá comigo, ok?* Pro Ramon, pros outros caras, pras várias meninas. E isso me incomodou um pouco. Tanto pelo fato de que parecia um anúncio público, quanto pelo fato de que só indicava que havia algo que não estava sendo dito entre nós.

E esse algo era: queremos pegar pessoas.

Até eu, que geralmente passava incólume pelo tesão do mundo, estava me sentindo inesperadamente... sedento, naquele feriado. Todo mundo meio que estava trocando carinhos e abraços discretos o dia inteiro, e o namorado do Ramon um pouco mais do que os outros. Meu desejo era o de puxar ele e o Lucas pra ficarmos enroscados a tarde toda numa das redes. Mas eu podia? Não. Porque tinha algo não dito entre meu namorado e eu.

E fomos levando assim até a onda bater.

Meus olhos se arregalaram com os fogos de artifício. Me afastei um pouco da galera pra viver esse meu momento de apreciação alterada das cores e das formas que se expandiam no céu escuro. Pela primeira vez em muito, muito tempo, pensei em você, Theo. Nossa, quanto tempo fazia que eu não citava seu nome. É nesse tipo de momento que eu percebo que você sempre vai estar comigo de alguma maneira. Lá no fundo da minha cabeça. Mesmo depois da humilhação que você me fez passar, eu ainda sentia algum tipo de amor por você. Que merda.

— Cê me desculpa? — uma voz falou atrás de mim, pouco antes de me abraçar na altura do peito e pesar a cabeça no meu ombro.

Ramon.

— Me desculpa, Sonic? — ele repetiu.

— Que isso?

— Tô falando sério. A gente nunca conversou sobre... aquilo. Tô com saudade de você.

Coloquei minha mão sobre a dele.

— Também tô com saudade. Mas também, cê tá morando em São Paulo agora, né. Traidor.

— Ah, aqui do lado. Não vem com essa.

— Vou sim.

— Não foge do assunto, garota. — Ele me deu um tapinha de brincadeira. — Você me desculpa? Acho que por nunca ter falado contigo depois daquilo, acima de tudo. Fui meio babaca.

— Tudo bem, Ramon. Eu também fui meio babaca. Acho que fiquei inseguro, sabe? — E tomei uns segundos pensando se falava ou não o que acabei soltando: — É que você é muito bonito. E é homem. Isso faz toda a diferença. Tipo, se o Lucas ficasse com a Lexa não ia me bater do mesmo jeito, sabe? Mas contigo… doeu.

Ramon entendeu na hora. Senti seus braços se afrouxarem do meu corpo. Me soltou e se reposicionou ao meu lado. Olhei pra ele e enxerguei a tristeza nos seus olhos. Não deveria ser a primeira vez que ouvia isso de alguém. E não deveria ser a primeira vez que isso o feria.

— A gente se machuca por besteira, né, mona? — Ele bufou, olhando pro céu. — Eu nem queria tanto ficar com o Lucas. Acho que era só uma coisa de reafirmação, sabe? De pegar o boy que eu já tinha desejado um dia e que tinha me rejeitado. Pensei que não ia ser nada de mais.

— Pensando hoje eu acho que podia não ter sido — respondi, encarando seu rosto à espera de que me olhasse. — Mas foi no momento errado. Eu tava bem mal comigo. E eu sempre te idealizei um bocado, né, amigo.

— Oi?

— Ah, tipo, eu sempre achei você superior a mim. Superior não, mais bonito. Se a gente fosse um casal, você ia ser o gato e eu ia ser o sortudo.

— Sonic, isso é…

— Uma besteira, eu sei. Eu sei. É um pensamento todo errado, mas ele existe. Ainda hoje, ele existe. Só que agora consigo controlar melhor.

Deixamos um breve silêncio tomar nossa conversa, até o Ramon acrescentar, baixinho:

— Eu que seria o sortudo. Só pra constar. — Ele me deu uma olhadinha rápida e compartilhamos um risinho. — Você é uma doida, mas uma doida muito legal — falou enquanto se sentava na grama. — Me afastar de você foi minha maior burrada dos últimos tempos.

— Mas agora tá tudo bem entre a gente — falei, para reconfortá-lo.

— Vamos ser amigos de novo, então? — ele pediu, cansado.

Me sentei ao seu lado. Recostei a cabeça no seu ombro e segurei sua mão.

— Vamos.

Ficamos ali até que o último dos fogos desaparecesse. Lexa se juntou a nós enquanto eles ainda estavam no céu. Deitou com a cabeça no meu colo e ficou fazendo carinho na perna do Ramon. Morgamos ali, mesmo depois dos fogos acabarem, quietinhos. Depois de um tempinho, o Lucas se achegou. O namorado do Ramon. A Marina e todos os outros. Formamos um grande aglomerado de cafuné. Todos com o tato alterado, sentindo o máximo de cada toque.

As mãos passaram a não ter mais identidade. Não sabia se era o Lucas ou a Marina quem arranhava gentilmente o meu braço. Se era da Lexa ou do Ramon a respiração quente no meu ouvido. E torci pra que a boca que me deu um beijo no pescoço fosse do namorado do Ramon, ou sua, Theo.

Esse beijo me tirou do transe.

Abri os olhos um pouco assustado e tentei me relocalizar. Quem arranhava meu braço era o Lucas mesmo. O beijo realmente tinha sido do namorado do Ramon, atrás de mim. E ele não parou com aquele primeiro. Continuou me beijando o pescoço com uma ternura que me fez derreter ainda mais.

Ainda assim, não tirei os olhos do meu namorado. Lucas me encarou, abriu um sorriso e assentiu. Sem dizer nada, começou a beijar meu braço também. Tive que fechar os olhos pra aguentar o tanto de sensações percorrendo meu corpo. E além dos lábios passeando por mim, as mãos daqueles dois também começaram a acompanhar.

Só que eu ainda não consegui me entregar totalmente. Ainda existia uma preocupação na minha cabeça.

— Ramon — sussurrei, tentando encontrá-lo.

Mas, quando abri os olhos, o encontrei enlaçado em um beijo com a Lexa e a Marina.

Era exigir demais do meu autocontrole.

Me joguei pro meu namorado e o namorado do Ramon. Também passei meus lábios pelos corpos deles e meus dedos por suas peles. Dali um tempo, alguns grupinhos e casais começaram a desaparecer. Aproveitei a deixa pra levar os dois pro meu quarto.

Desde os nossos dias eu não vivia uma fantasia tão transbordante, Theo. E naquela noite eu me lembrei que se entregar a uma fantasia é uma das coisas que faz a vida valer a pena.

JANEIRO DE 2024

Não tive nenhuma ressaca no dia seguinte. Talvez pela surpresa que encontrei nas minhas mensagens do Instagram.

Quando acordei, só o Lucas estava ao meu lado na cama. Completamente apagado sobre o meu peito. Peguei o celular para matar o tempo e encontrei uma resposta nos meus stories.

Saudade da minha serrinha

Tô voltando. Quero te ver.

Era você, Theo.

E eu vou mentir se não disser que o meu primeiro impulso foi o de me encher de alegria. O segundo, porém, foi de controlar os dedos pra não te responder na hora. Larguei o celular e afundei o nariz no cabelo do Lucas, repassando nossa história na minha cabeça até que meu namorado acordasse se esfregando em mim e me virasse de bruços. Foi só aí que consegui te tirar da cabeça.

O café da manhã foi estranhamente cotidiano. Como se nada extraordinário tivesse acontecido na noite anterior. Meu receio de encarar o Ramon, inclusive, se provou completamente infundado quando ele me recebeu com um abraço apertado, um beijinho no rosto e um sussurro malandro:

— Sei que alguém aproveitou ontem, hein.

Fiquei vermelho. Lucas e o namorado do Ramon riram.

Por aquela manhã, tudo estava bem. Mas eu sabia que tinha chegado o momento de conversar com o Lucas sobre como a gente ia fazer dali em diante. Porque eu queria viver a noite anterior novamente. Em outros lugares. Com outras pessoas. E também com ele.

FEVEREIRO DE 2024

Graças a Deus eu tive uma sessão com minha psicóloga na sexta-feira para me preparar para o que vinha no fim de semana. Foi mais ou menos assim:

— Não deu pra empurrar com a barriga mais. Vou encontrar o Theo amanhã.

— O que vocês vão fazer?

— Ah, só dar uma volta no Parque Lage. Que nem antigamente.

Silêncio dela.

— É, pois é. Que nem antigamente. Sim, tô revivendo meu passado descaradamente. Eu tô revivendo uma fantasia que nunca aconteceu, anos depois. Eu ainda sou uma presa pro Theo.

— Não falei nada.

— Eu sei.

— Mas, olha, eu não diria que foi uma fantasia que nunca aconteceu. Aconteceu, mas ele deu pra trás, não foi?

— Foi.

— Então aconteceu. Talvez não do jeito que você queria. Mas não foi só coisa da sua cabeça.

— E de que adianta? Eu amo estar com o Theo. Eu amo como me sinto perto dele. Mas não sei se isso é muito saudável.

— Hum...

— Só que eu sei que vou de qualquer forma. E além de me sentir meio bobo fazendo isso, eu também me sinto culpado, sabe?

— Culpado?

— Por causa do Lucas.

— Mas o relacionamento não tá indo bem?

— Tá. Tá ótimo. Dessa vez parece que vai dar bom essa coisa de relacionamento aberto. A gente tá com a cabeça no lugar. Ele fica com carinhas em festas… Na minha frente até. Até com a Lexa já rolou, e foi mais tranquilo do que eu pensei. Não sinto mais aquele desespero. Não levo pro pessoal. Não é mais uma falha minha ele querer ficar com outras pessoas.

— Até porque você também fica com outras pessoas, né?

— Ah, com certeza. Mas não significa nada. Nem as minhas ficadas, nem as do Lucas.

— Nem com amigos?

— Tipo com a Lexa?

— É.

— Não, não. Acho que é um amor diferente. Ele fica com o Ramon também às vezes, mas eu desencanei. O lugar que eles ocupam no coração do Lucas é diferente do meu. Agora, com o Theo… É outra história. E eu tenho medo disso abalar nosso relacionamento de novo. Não quero perder o Lucas mais uma vez.

— E você conversou isso com ele?

Claro que não.

Uma das lições do Clube dos Machos que eu não consegui transgredir na minha vida era a de que um homem deve resolver as coisas sozinho. Nada de pedir ajuda. Nada de fraqueza. Eu, hein. E isso servia tanto para carregar um móvel quanto para digerir uma emoção tão complexa que mataria uma criança medieval.

Decidi resolver o meu problema sozinho, te encontrando no dia seguinte, Theo, pra dizer que não queria mais nada contigo.

Cheguei um tanto mais cedo no Parque Lage do que nossa hora marcada e fiquei perambulando. Compartilhei minha localização contigo e desencanei. Visitei o edifício, a gruta e o miniaquário desconcertante que me dava uma sensação de morte iminente. Eu gostava de ir no ponto mais assustador, bem no meio, onde tinha um espacinho apertado que me causava um princípio de claustrofobia. E foi justamente ali que um cara me prensou na parede e disse:

— Perdeu, playboy.

Meus músculos travaram e repassei em tempo recorde todas as possibilidades de fuga e ataque disponíveis naquele cenário. Não eram muitas. E aí, o cara me deu um beijo na bochecha. Era você.

— Seu imbecil!

Te empurrei, enquanto você ria.

— Saudade também.

Continuamos nossa discussão encenada saindo do aquário, e na luz do sol pude te reconhecer melhor. Aos trinta e um, você tinha mudado. Fios grisalhos já não passavam imperceptíveis pela sua cabeça e as marcas de alegria no canto dos olhos e testa anunciavam a máscara futura que começava a se moldar no seu rosto. Os ombros seguiam largos e seu físico mais seco de nadador tinha ganhado uns deliciosos quilinhos tanto de músculo quanto de gordura. Aos trinta e um anos, você ainda usava uma camisa de flanela amarrada na cintura e o cabelo meio bagunçado. Aos trinta e um anos eu ainda me sentia sobrenaturalmente atraído pela brasa que você trazia dentro de si.

Mas essa atração não teve nenhum encorajamento seu.

Você me tratou com um desconfortável distanciamento hétero de segurança. Reviveu a barreira de edredom que fazíamos ao dividir a cama e seguiu na cara de pau me tratando como se fôssemos apenas *bróders*, *parças*. Nossa conversa foi apenas uma sequência de registros de informações:

- Você tinha tentado a vida na Austrália trabalhando em construção;
- Deu errado, e você tentou virar barman;
- Você é sexy demais e as pessoas se jogavam em cima de você, o que gerou alguns desconfortos;
- Incomodado com sua facilidade pros prazeres mundanos, você buscou o budismo;

- Amou a religião, mas se sentiu meio perdido no seu propósito de vida;
- Voltou pro Brasil, com saudade das pessoas e do nosso calor.

— Sabia que você é a primeira pessoa que eu quis encontrar? — você me disse enquanto mantinha os olhos fixados na vista do mirante da trilha. Perdido entre o Jóquei e a Lagoa.

— Por quê? — perguntei, me virando pra você.

— Acho que porque é fácil falar de coisas complicadas contigo. — Nada de me encarar. — Eu tô muito complicado ultimamente. Não tô me sentindo confortável perto de ninguém, saca? Pensei que contigo ia ficar.

— E ficou?

E aí, depois de um dia todo de *não me toques*, você fez aquela coisa que me destruía: passou o braço pelo meu ombro e me apertou contra o seu corpo.

— Fiquei.

Não consegui nem me mexer. Bem, sendo mais sincero, não *quis* me mexer. Quis ficar ali contigo quanto tempo fosse possível. Mais uma vez fechei os olhos pra mergulhar melhor na tua presença. Assim como ignorei as constelações na borda da tua piscina, ignorei a vista da cidade ao seu lado. Só pra te absorver melhor.

E aí você me deu um beijo na cabeça e cheirou o meu cabelo.

Não. Não, não. Não, não, não, não, não. Não!

— Acho que tá na hora de voltar, hein? — anunciei, desesperado pra escapar das suas garras.

Naquela noite mesmo, fiz uma chamada de emergência com a Lexa e o Ramon no Discord.

— Eu não vou resistir. Não vou — declarei, depois de contar minha tarde platônica. — E tô morrendo de medo disso.

— Medo de quê, Sonic? — Ramon perguntou.

— De perder o Lucas de novo.

Lexa deu um suspiro audível, antes de dizer:

— E o Lucas é de vidro, é?

— Não. Mas não é isso. A questão sou eu indo longe demais.

— Tipo quando ele ficou com o Ramon? — Lexa cutucou. — Desculpa, Ramones, mas é, tipo, o melhor exemplo.

— Tá certa — Ramon respondeu sem ressentimentos. — Eu concordo, aliás. Gata, para de ser doida. Você ficou de mão dada só. Lucas não vai surtar por causa disso.

— O problema não é a mão dada. É o tanto que ela mexe comigo e o tanto que eu quero mais.

— Pera, cê quer tipo um relacionamento com o Theo? — ele perguntou.

— Não, não. Não tô pensando nisso… Até porque o Theo é meio areia movediça, né. Não sei o quanto dá pra confiar. O que eu quero é… mais. Passar mais tempo com ele. Tocar mais. Sentir mais. Só que tô com medo. Não quero perder o Lucas.

— Mais uma vez: gata, para de ser doida! — Ramon repetiu. — Conversa com o teu namorado. A relação é aberta. E ele fica com a gente, ô, Sonic. Ele pega teus melhores amigos e você tá tranquilo.

— Isso é verdade — Lexa concordou. — Você tá cheio de crédito com o Lucas, ele pode te dar uma chancezinha. Experimenta primeiro antes de achar que é o fim do mundo. Ok?

— Ok… — respondi feito criança repreendida.

— E se aquele palhaço falar um ai, manda ele se ver comigo — Lexa arrebatou a questão marcando o ponto-final.

Eu fiz o que ela disse? Claro que não.

Aproveitei para dispensar o Lucas pra um bloquinho de Carnaval e fui te encontrar no seu novo apê. Uma kitnet em estado de acampamento em Botafogo. Um encontro à tarde, vapt-vupt e só pra eu te falar que não queria mais te ver. Cheguei, tomei um copo d'água e, enquanto você fazia um café, fui tomando coragem pra arrancar o band-aid:

— Theo, eu não vou ficar muito.

— Ué… Não? — Largou o café. — Por quê?

— Porque eu acho que não faz sentido a gente voltar a se ver.

Você se aproximou, curioso, e sentou do meu lado.

— Não tô entendendo.

E foi só ao pensar na minha próxima resposta que percebi que tinha me colocado numa encruzilhada: a gente nunca tinha falado de como você simplesmente me cortou da sua vida. De como fugiu do nosso sentimento. Então, oficialmente, era como se não houvesse nada de errado entre a gente. E, se não tinha acontecido nada entre nós, minha próxima resposta não faria o menor sentido. Só se eu jogasse tudo no ventilador.

Fiquei quieto por uns segundos tentando me salvar daquela sinuca de bico. Pensei em várias outras respostas, mas nenhuma falava exatamente o que eu precisava dizer. Inspirei coragem e continuei:

— Porque eu tenho um namorado.

Você piscou algumas vezes, passando pelo mesmo processo que eu tinha acabado de passar. Só que a sua escolha de tréplica foi no caminho que eu torci pra que você não pegasse:

— E o que que isso tem a ver com a gente?

Ah, não.

Eu tinha passado o dia todo, desde que acordei, treinando essa conversa contigo. Exercitando minha capacidade de compreensão e diálogo. Mas bastou essa sua resposta sonsa pra acabar com a minha empatia e destilar meu veneno:

— Pô, sei lá, Theo. Talvez o fato de a gente ter vivido um romance? Ou eu inventei?

Sua expressão mudou muito de leve, mas o impacto do expandir das suas pálpebras e comprimir dos seus lábios foi o suficiente pra denunciar o abalo que você tinha sofrido. Você só soube me olhar, então tive que me fazer mais claro:

— Eu não posso ficar te vendo, Theo, porque sou apaixonado por você. E você sabe disso, seu imbecil.

— Eu também sou apaixonado por você. — O fio de voz que saiu da sua garganta quase nem existiu.

— Como é?

— Eu também sou apaixonado por você. — Agora sim. — Mas não sabia o que fazer com isso.

— Tá. E agora sabe?

Breve silêncio. E aí você respondeu:

— Olha... Eu só sei que quero ficar perto de você. E tu?

— Como assim, e eu?

— Pô, cê tá aqui, né. Qual é a sua? O que *você* quer?

Tive que desviar o olhar. Eu queria ficar bravo, mas essa pergunta me quebrou, porque você sabia o que eu queria também. A gente sempre foi assim. Um sempre meio que soube o que o outro queria, mas ninguém nunca foi objetivo o suficiente.

— Ficar perto de você também — confessei, desviando os olhos pra janela.

Não te olhei quando você se aproximou de mim. Nem quando se ajoelhou ao meu lado e me abraçou, gentil, com o rosto colado na minha barriga. Só não resisti manter o meu teatro quando você falou:

— Então vamos ficar pertinho, poxa.

Olhei pra baixo e encontrei nos seus olhos desarmados aquela súplica infantil por carinho. Passei a mão pelo seu cabelo e não consegui conter o sorriso que se abriu na minha boca. Você espelhou minha alegria e passou o rosto por meu corpo, me farejando que nem um cachorrinho.

Fui derretendo contigo pelo chão da cozinha. A gente foi rindo e se enrolando. Logo eu, que tinha chegado ali decidido a não te dar mais nenhuma brecha na minha vida, não durei nem uma hora antes de estar contigo sem roupa, suspirando e me arrastando pelo chão.

E no chão ficamos por horas, até o sol cair e nossa energia se esgotar. Moles e suados, um agarrado no outro, passamos minutos de silêncio. Um silêncio muito confortável que você quebrou com:

— Bem, não dá pra ficar mais perto que isso, né.

— Idiota. — Eu ri.

— Você gosta que eu sei. — E me fez uma breve cosquinha. — Ô, bora comer alguma coisa? Tipo fast food.

— Bora.

Fomos? Não pela meia hora seguinte, mas acabamos vencendo a preguiça e o carinho para nos vestirmos novamente e andar até o Burger King mais próximo. E você segurou a minha mão durante todo o caminho. E na fila. E enquanto fazíamos os nossos pedidos. Não me largou nenhum segundo, nem mesmo quando um grupo de héteros de tutu e asinhas de fada passaram assobiando pra gente. Não só você os ignorou, como sentou do meu lado na cabine e não pensou duas vezes antes de me dar um beijo.

Comemos e fomos pro metrô. Na entrada da estação a gente se despediu com um abraço demorado, que fez os sons caóticos do Carnaval se calarem pra mim. Sua respiração era tudo o que me interessava.

— Não quero mais ficar longe de você — me disse, baixinho.

— Eu namoro — respondi no mesmo tom.

Você suspirou e me apertou mais forte.

— Eu sei. Mas também sei que isso não vai ser suficiente pra eu querer te largar.

Quando nos desgrudamos, vi uma mistura de alegria e tristeza no seu rosto. Provavelmente o meu estava do mesmo jeito. Que timing merda o nosso, Theo.

MARÇO DE 2024

— Pois é. Eu não resisti ao Theo, e como ainda não falei nada com o Lucas, tô cozinhando o garoto faz duas semanas pra gente não se encontrar.

— E você quer?

— Claro que sim!

Minha psicóloga fez aquela coisa que acabava comigo: só me encarou.

— Eu quero estar com o Theo.

— Mas qual Theo?

— Como assim, qual Theo? O único que tem, ué.

— Você já me falou de várias versões do Theo. E cada uma delas fez você se sentir de um jeito.

— … É?

— Por que você não revisita a história de vocês? Talvez isso te ajude nessa… Turbulência.

Eu não queria revisitar nada. Só queria viver.

— A gente já falou disso — respondi. — Eu tenho que escolher entre o Lucas e o Theo. Não tem meio do caminho.

— Você já conversou com o Lucas? — ela me perguntou.

— Não. Ele nem sabe que vi o Theo.

— Hum… — ela resmungou, com uma infinidade de significados.

— Ai, você e a Lexa vão acabar comigo.

— Gosto muito dessa sua amiga Lexa — respondeu ela, com um daqueles sorrisos de psicóloga.

Que ódio.

Como sempre, ela e a Lexa estavam certas. Eu tinha que me mexer. Não dava mais pra ficar fermentando, maturando e esperando o momento certo pra tomar as rédeas da minha vida. Eu ia fazer o que eu queria.

Desde o nosso último encontro eu não conseguia parar de pensar em você e no que seria te ter na minha vida de novo, Theo. Não como namorado, mas sua simples presença. Só que é justamente essa delícia de paixão que me faz mergulhar naquela vibração ansiosa que sua ausência me causava. O nosso problema é quando a gente não tá junto. Enquanto você está no meu campo de visão, enquanto sua pele encosta na minha, qualquer canto é o melhor lugar do mundo. Só que no segundo seguinte, longe de ti, eu começo a degringolar.

Assim que cheguei em casa naquele dia de Carnaval, comecei a escrever essas cartas pra você. Como um exercício. Como uma forma de conseguir falar tudo o que eu queria. Como uma forma de recapitular pra mim mesmo o que a nossa história significa. Qual o espaço que ela ocupa na minha vida. Que *você* ocupa.

E se vale a pena lutar por você.

Fui escrevendo obsessivamente ao longo dos dias, até chegar neste capítulo. Parei nessa última frase aí de cima só porque ouvi o Lucas abrir a porta. Fui logo encontrá-lo pra um abraço. Ele tava todo feliz com uma defesa bem-sucedida no trabalho. Tinha recebido elogios dos colegas e dos chefes e queria compartilhar a alegria comigo. Me trouxe uma caixinha com o novo chocolate branco caramelizado da Dengo e sugeriu pedirmos uma barca de comida japonesa.

Ele rolava o dedo pelo celular, caçando nossa janta, quando eu falei:

— Lindo, preciso te falar uma coisa.

— Ih, fodeu.

— Não, não. Calma.

— Fala logo, garoto.

— Lembra do Theo?

Vi um pouco do entusiasmo dele morrer. Lucas se limitou a assentir.

— Ele voltou pro Rio e a gente se viu.

— Ok… O que isso significa?

— Como assim, o que significa?

— Vocês transaram?

Demorei dois segundos a mais do que o normal pra responder. Tempo suficiente pro Lucas pescar a informação. Tentou disfarçar a raiva voltando sua atenção para o celular.

— Eu devia ter te falado antes. Desculpa.

— Quando foi?

— No Carnaval.

Ele fez uma careta amarga e não me olhou.

— Eu fui pra dizer pro Theo que não dava pra rolar nada entre a gente.

— Bom, deu pra ver que funcionou bem, né — exclamou ele, irônico.

— Não, não funcionou. Ei, olha pra mim. Lucas, eu quero te perguntar se posso me encontrar com o Theo. Se tá tudo bem por você. Não quero que seja uma coisa escondida.

— Porque, de um jeito ou de outro, alguma coisa vai ser, né?

— Provavelmente.

Lucas soltou uma risada dura e ácida.

— Me fala como você tá se sentindo. Vamos conversar. — Me sentei ao lado dele no sofá. — Não quero que você fique mal.

— Bem, eu me sinto um otário, né? Passado pra trás. Feito de idiota.

— Tipo como você fez comigo quando ficou com o Ramon? — Aí sim eu o desarmei. Vi seus ombros murcharem e sua boca costurar com respostas que não podiam mais ser ditas. — Olha, Lucas, eu realmente não quero te deixar mal, mas acho meio hipócrita você não me dar nem a chance de tentar, de ver como a gente vai ficar com isso. Vira e mexe você pega a Lexa e o Ramon. A gente fez o teste e deu certo. Tô tranquilo. Eu sei que te faz bem, e pra mim tá ótimo.

— Mas é diferente — ele disse, não com a indignação de um adulto, mas com a revolta de um adolescente. — Eu fico com a Lexa e o

Ramon em festinha. Com a Lexa às vezes um date só. E é a Lexa. Nós dois somos apaixonados por ela. Agora, o Theo é outra história. Ele é o amor da sua vida.

Os olhos do meu namorado se encheram de lágrimas que ele se recusou a libertar. Não consegui deixar de segurar sua mão.

— De onde você tirou isso?

— Eu li os seus papéis. — Lucas baixou bem o tom de voz. — Foi sem querer, mas não resisti.

— Que merda…

— É verdade, né? Ele é o amor da sua vida.

— Lucas, é muito mais complicado que isso. Você não leu tudo, né?

— Não. Só até a parte que você começa a falar de mim.

— Pois é — suspirei, cansado. — Eu… eu acho que amo o Theo, de certa forma. Mas eu descobri que te amo ainda mais. Só comecei a escrever aqueles troços todos porque tava morrendo de medo de ter esta conversa contigo. A última coisa que eu quero é te perder.

Aí sim ele deixou as lágrimas escorrerem.

— Mas eu não quero deixar de encontrar o Theo também. De viver… — Pensei, mas não consegui definir o que exatamente eu queria viver. Era grande demais pra colocar em algo concreto. — Você é e sempre vai ser a minha escolha, Lucas. Mas, se o nosso relacionamento é aberto, por que eu não posso me encontrar com ele?

Lucas me encarou. Refletidos nos seus olhos eu percebi medo, raiva e uma tentativa desesperada de encontrar respostas. Por fim, ele suspirou e me perguntou:

— Você promete?

— O quê?

— Que eu vou ser sempre a sua escolha?

Sorri e dei um beijo delicado nele.

— Sempre.

Ele me agarrou, enfiou o rosto no meu peito e resmungou:

— Então tá. Mas… não me conta mais nada de você e do Theo. Não quero saber.

Cheirei seus cabelos:

— Brigado, lindo.

— Ei… — Ele se aproximou com a cabeça baixa, fazendo um teatrinho de manha. E aí sussurrou: — Posso comer o chocolate que eu trouxe?

Dei risada.

— Só se a gente dividir.

Primeiro, matamos a sobremesa e depois o prato principal, quando nossa barca finalmente chegou. Aquela turbulência que você tinha causado parecia nunca nem ter existido, Theo. Ficamos agarrados assistindo filme e dormimos no sofá da sala. Na manhã seguinte, finalmente te mandei uma mensagem pra marcarmos nosso próximo encontro.

Você me respondeu só na sexta. Marcamos pra semana seguinte.

Era sábado, véspera da Páscoa, quando cheguei no teu flat levando um ovo de chocolate artesanal. Você me recebeu de regata e pano de prato no ombro, lindo como nunca.

— Entra aê. — Me abraçou e estalou um beijinho no meu pescoço. Te dei um cheiro. — Já tá quase pronto.

Enquanto eu entrava e tirava o sapato, percebi uma mesa posta pra três. Antes mesmo que eu pudesse perguntar, você esclareceu:

— Cara, tem uma amiga minha que tá passando uma barra e chamei ela pra almoçar com a gente. Tem problema por você?

Bem… Como eu ia dizer, àquela altura, que a última coisa que eu queria era dividir um dos nossos momentos com outra pessoa?

— Não. Tranquilo. Na verdade, acho melhor eu nem ficar muito… — Respiro fundo. — Preciso falar contigo, Theo.

— Quê? Não, não. Eu desmarco com ela, não tem problema, ela vai entend…

— Relaxa, de verdade.

— Eu quero você aqui! Pensei que a gente ia ficar junto hoje…

— E a sua amiga?

— Esquece ela. Vou desmarcar.

— Theo, eu falei com o Lucas da gente.

— Então é ele que não te quer aqui?

— Não. Ele tá tranquilo da gente se ver agora.

Você me olhou, confuso. E então eu percebi:

— Eu que não quero. Theo, eu não preciso de você na minha vida. Eu amo estar contigo. De verdade. Mas… não dá.

— Por quê?

— Porque é sempre uma *turbulência*. É sempre uma ansiedade. Você não sente que é perfeito quando a gente tá junto?

— Muito.

— E não sente que é… complicado quando a gente não tá? Ou é só comigo?

Mais uma vez, você ficou em silêncio por alguns instantes. Então soltou, seco:

— Complicado por quê?

— Porque eu só fico pensando nisso. Em como você demora pra me responder. Em como vai ser quando a gente se reencontrar. Em como vai estragar minhas fantasias mais cedo ou mais tarde. Theo, eu amo te amar, mas acho que não te amo de verdade.

— Como assim?

— Eu amo o você que existe na minha cabeça, que eu criei e editei por tantos anos. Não o você da vida real.

— Então cê não quer mais me ver porque tá *filosofando*, é isso?

— Theo…

— É que eu não tô entendendo mesmo. A gente não tinha se acertado? Cê não queria ficar pertinho?

E aí você se aproximou e pousou as mãos delicadamente na minha cintura.

— Queria. Mas eu entendi que não dá pra ficar perto demais de você, Theo. Eu me deixo levar demais quando a gente tá junto. Eu não sei lidar, e você não vai me dar o que eu quero. — Emendei, apressado: — Eu nem sei se quero mais o que eu queria de você.

— E o que você queria?

— Cara... Eu já quis que você me amasse o tanto que eu te amo. Eu queria viver um romance contigo na escola, na faculdade. Eu queria que você quisesse me consumir tanto quanto eu queria fazer o mesmo contigo. Só que... Não é mais isso. Eu não quero te namorar. Não quero ficar te encontrando o tempo todo.

— Cê não me ama, então?

— Amo. Mas não pra todos os dias.

— A gente nem tentou.

— Eu tentei. Minha vida toda, Theo. Agora chega.

Você me largou e foi triste até a janela. Deu uma fungada e escondeu o rosto discretamente.

— E agora? — me perguntou, de costas. — A gente não vai se ver nunca mais, é isso?

— Eu espero que a gente se veja, sim.

— Então você não me odeia.

— Eu te amo, Theo.

— Eu também te amo, Bruno.

Fui até você. Te abracei por trás e sussurrei:

— Obrigado por se permitir me amar.

— Só foi tarde demais, né. — Sua voz irrompeu em um choro controlado. — A gente podia ter dado certo.

— A gente deu, em vários momentos...

Ficamos ali por um tempo. Abraçados em silêncio.

— Promete que vai ter uma próxima? — você pediu.

O interfone tocou. Era sua amiga.

Você liberou a entrada dela e se despediu de mim com os olhos vermelhos. Fui pra casa embalado em um sentimento que ainda não tinha entendido. Era leve, mas era oco. O apartamento estava vazio. Fui pro quarto, deitei na cama e comecei a chorar. De alívio e de saudade.

Esse era o lugar do nosso amor na minha vida.

Se encontrar algum outro cara que te desperte a mesma coisa que eu consegui despertar em você, mergulha de cabeça, Theo. Foda-se o que os outros vão falar. Foda-se o risco de quebrar a cara. Foda-se o Clube dos Machos. Minhas piores decisões foram as melhores que tomei na vida.

Eu vou te amar pra sempre, Theo.

Até a próxima.

AGRADECIMENTOS

Eu me mudei pra São Paulo no fim de 2023 e agora tenho um trabalho paulistano onde, vira e mexe, usamos anglicismos corporativos. Um deles é *teambuilding*, que significa, mais ou menos, "dinâmica para construção e reforço de laços de confiança, criação de combinados e estabelecimento de regras dentro de uma equipe". E foi exatamente isso que vivi na semana em que escrevo estes agradecimentos.

Estou te contando isso porque uma das dinâmicas do *teambuilding* exigia que compartilhássemos uma superação e um orgulho. Nisso, me lembrei quanta vergonha já senti de mim mesmo. Por várias coisas. Vergonha, inclusive, de ter tido a confiança, o otimismo e a soberba de achar que meu talento com as histórias seria o suficiente para me sustentar financeiramente nessa vida.

Eu saí da faculdade de cinema sem um emprego na área e dei murro em ponta de faca por alguns anos, na tentativa de trabalhar com roteiros pro audiovisual. Foram várias portas fechadas em um corredor imenso, que podia se estender até sabe Deus onde.

Um dia olhei para esse corredor, para a porta que tinha acabado de bater no meu nariz, e disse para mim mesmo: é, fiz tudo errado. Entendi que meu sustento não estava nas histórias e fui fazer outras coisas. Estudar para um mestrado, abrir uma confeitaria, trabalhar com produção de arte… Escrevi um conto ou outro nesses anos, mas nada além disso, nada que eu pudesse caracterizar como produção literária, nada que um contador de histórias pudesse encarar com orgulho. Só com vergonha. Mas uma vergonha tranquila, de quem desistiu de uma maratona que levaria uma vida inteira.

Até que eu desisti de desistir.

Na pandemia, meu grande amigo Gabriel Franklin me pediu ajuda em alguns projetos de animação. Desempregado e solícito, ajudei, e nessa ajuda redescobri meu apetite e meu talento para as histórias. Redescobri meu desejo de escrever e me aproximei desse prazer com uma nova postura: menos a do "é tudo ou nada" e mais a do "um passo de cada vez". Aprendi a expurgar a vergonha de um fracasso autoimposto para focar no que me dá prazer nesse ato em primeiro lugar: falar comigo mesmo. E, falando comigo, sem a pressão de ter que tirar algo disso, eu me fortaleço enquanto criador.

Me sustento com minhas histórias? Ainda não. Nem sei se irei. O que sei é que voltei a escrever e não quero parar. E *Complicado e perfeitinho* é a pedra fundamental dessa lição de gentileza, paciência e vulnerabilidade comigo mesmo.

Depois de te contar isso, acho que posso, enfim, fazer meus primeiros agradecimentos. O primeiro, a mim mesmo, por me permitir sentir o prazer de contar histórias e investir nessa jornada. Em segundo, ao querido Gabriel Franklin, por confiar nas minhas habilidades narrativas em um momento em que, para mim, já estavam mortas e enterradas.

Essa história que (espero) você acabou de ler começou a ser escrita via falecido Twitter (atual X) lá em 2021. Um capítulo por semana. Sem planejamento, sem nada. Era só um exercício para manter o hábito da escrita. Não sabia nem que ia virar livro. Pois veja que chegamos até aqui. E não graças apenas aos meus esforços, carisma e resiliência. Eu tive ajuda. Muita ajuda!

Dos meus amigos, que me apoiaram desde as primeiras palavras: Hanna Seabra, Nicole Janér, André Rache, Fellipe Ladeira e Isadora Zeferino. Nosso canal no Discord me ajudou não só a passar pela pandemia, mas também a me estabelecer nesses primeiros passos de retorno à jornada criativa. Muito, muito obrigado pelo apoio e encorajamento.

Preciso fazer um recorte especial dentro desses agradecimentos para o Lads (vulgo Ladeira) e Isa (a Zeferino), porque também me presentearam com seu trabalho e talento. Lads foi um dos leitores mais assíduos da história no Twitter e responsável pela diagramação da edição independente. E Isa me deu um dos maiores presentes que já ganhei: a capa da edição independente, além de várias peças de divulgação e conselhos para tal. Realmente, quem tem amigos tem tudo. Dei muita sorte de encontrar essas pessoas.

Complicado e perfeitinho começou no Twitter, teve uma publicação independente e agora é um livro físico de uma das maiores casas editoriais do país. Esse último salto se deu com a ajuda indispensável de algumas pessoas. Principalmente de Tassi Reis e Jackson Jacques, da Agência Três Pontos, que é minha casa. Tassi, obrigado por estar atenta às minhas produções e abrir as portas da carreira de agenciamento para Jackson, que me fez o convite para iniciarmos nossa parceria.

Me tornar agenciado da Três Pontos fez absoluta diferença na minha trajetória como autor. Para além da expertise no mercado, Jackson se tornou um parceiro criativo com visão de carreira e planejamento. Uma interlocução fundamental para mim enquanto artista e para minhas obras, que ganham um novo patamar de qualidade com o olhar aguçado e a leitura cuidadosa desse homem que é um senhor profissional. *Complicado* não seria a mesma coisa sem ele.

Aliás, não seria tampouco o que é sem as colaborações dos meus queridos editores, Antonio Castro e Beatriz Silva, que desde o princípio mostraram sua admiração pelo texto original e a visão que tinham para seu futuro, bastante alinhada ao que eu acreditava que poderia melhorar. E como melhorou! *Complicado e perfeitinho* se fortaleceu, se tornou mais sólido e, acredito, mais esperançoso. É uma história sobre abandonar a vergonha e se amar acima do amor ao outro. Ela não teria se tornado o que se tornou sem meus editores e meu agente. Muito obrigado pelos comentários sinceros e pelo acompanhamento cuidadoso.

Agora, a cereja do bolo veio com a preparação do texto, feita pela Marcela Ramos e pelo João Pedroso. Eu me preocupo muito com a fluidez e encadeamento do texto, e esses dois elevaram essas características a outro nível. Sem contar os apontamentos de continuidade e sugestões de polimento em alguns trechos. Mesmo depois da última versão, o texto ainda era uma pedra bruta, agora está lisinha e tinindo.

Todos esses agradecimentos foram para as pessoas que estiveram nos bastidores, me ajudando a forjar essa história. E, por maior que tenha sido nosso trabalho e empenho, acredito que o maior agradecimento eu devo a **você**. Porque não existe história sem alguém para ler, escutar ou assistir. Toda história se completa no **leitor**.

Muito obrigado por ter me dado o presente da sua atenção. Você podia ver um filme, jogar videogame ou passar três horas fritando seus neurônios no TikTok. Talvez tenha feito isso mesmo, mas chegou até aqui. E isso é uma das maiores honras que eu poderia receber. Muito obrigado por me ler.

Eu sou extremamente grato a todos os meus leitores. Aos do Twitter, aos do independente e agora aos das páginas. Espero escrever outras tantas para compartilhar contigo.

ENTREVISTA COM O AUTOR

Ao longo de *Complicado e perfeitinho*, somos transportados por mais de quinze anos da vida do protagonista, acompanhando suas transformações desde o fim da adolescência até o auge da vida adulta, incluindo momentos como o ensino médio, faculdade e primeiro emprego. Quais foram as principais dificuldades ao retratar um período tão extenso em um único livro?

Olha, acho que, na verdade, pra mim foi mais fácil expandir essa história ao longo de vários anos do que encaixar tudo em um pequeno período de tempo e espaço. É um romance de amadurecimento que exige uma looonga maturação. As pessoas mudam com o tempo, as paixões também. No sentido dramático, era muito mais certo escrever *Complicado e perfeitinho* ao longo de tanto tempo. Até porque acredito que o vai e vem cronológico é uma característica da minha escrita. O presente é cheio de passado, e está gestando um futuro. Se esse livro fosse em terceira pessoa (Deus me livre!), ele com certeza teria ainda maiores brincadeiras de se estender e recuar ao longo do tempo.

Dito isso, o que me pegou foram as coisinhas mais bestas: quando a gente começou a mandar áudio no WhatsApp? Quando passamos a usar chamada de vídeo? Quando chegou o Grindr no Brasil? Geralmente eu me foco tanto no desenvolvimento dos personagens, na construção narrativa das cenas e na fluidez do texto que deixo pra lá essas checagens. E aí eu chego no fim da jornada com duzentas e tantas páginas cheias de buraquinhos para conferir. E, como aprendi que não sou dos mais detalhistas, acabo deixando um outro escapulir. Ops. Obrigado à Marcela Ramos, que me ajudou a tapar todos os deslizes.

Ao criar o Theo, você enfrentou o desafio de torná-lo carismático o suficiente para cativar os leitores e, ao mesmo tempo, inconstante o bastante para manter o relacionamento com Bruno em constante suspense. Como foi equilibrar esses aspectos da personalidade de Theo para garantir essa dualidade?

Esse equilíbrio do Theo parte de dois lugares: a escolha narrativa e minha vivência pessoal.

Escolha narrativa: *Complicado e perfeitinho* não poderia ser uma história narrada de outra forma que não em primeira pessoa. Quer dizer, tudo se pode nessa vida, né... Mas o que se perderia seria justamente o potencial de idealização que só existe na cabeça de quem ama. Não sei se foi Sócrates ou Platão que comparou o amor a um estágio de enfermidade. Uma doença. Uma loucura. Um desequilíbrio delicioso que traduz a realidade para aquilo que queremos sentir. Assim como a beleza de Capitu e Escobar está na cabeça do Bentinho, o carisma do Theo está na cabeça do Bruno. Não tem como a gente saber quem esses personagens são, senão pela lente de quem conta. E se quem conta está apaixonado...

O que nos leva ao nosso próximo ponto:

Vivência pessoal, pois é, né. Eu já me apaixonei por caras indisponíveis. Não é o desejo mais saudável para se alimentar, mas acontece e tem seu charme. Amar o amor é mais fácil quando ele não é consumado. Quando você consegue se aproximar na medida exata para criar a fantasia na sua cabeça sem que a intimidade te apresente as limitações, irritações e todos os cenários em que terá que abrir mão. O reino da paixão é platônico. O reino do amor é real. E quando nós estamos mandando mensagem às três da manhã, tropeçando na rua por lembrar de um rosto ou esperando uma mensagem com a deliciosa ansiedade de quem quer ser desejado, é na paixão que nos encontramos. Ela tem suas delícias, mas é fogo de palha. Theo é fogo de palha. Dá um show e te aquece por um tempinho, mas não vai sustentar ninguém.

No fim do livro, o protagonista decide dar um basta na idealização que o encantou e assombrou por mais de uma década. O que você diria para quem está passando por um momento parecido com o do Bruno em algum relacionamento?

Em primeiro lugar, eu diria que te entendo. A gente não consegue controlar por quem se atrai. Existem muitos mecanismos inconscientes, implantados por sociedade, educação, experiências e necessidades emocionais que nos arrastam pela vida.

Uma amiga uma vez me apelidou de Cura Gay, porque bastava eu apontar para um cara que ele instantaneamente se tornava hétero ou indisponível. Então veja que eu tenho um bom local de fala para aconselhar sobre platonismos não consumados. Isso significa que eu resolvi essa questão na minha vida? Não, e nem sei se vou, por conta daquele comando inconsciente da atração. Mas posso compartilhar como *eu* amadureci nesse quesito. Pegue o que achar que faz sentido pra você. Cada pessoa é um universo particular.

Você sabe se esse romance ou pegação é uma possibilidade real? A pessoa é gay/lésbica/hétero/bi? Existe esperança? Tudo começa aí. Se sim, vai fundo. Agora, se você sofreu uma rejeição... Entende até onde dói.

Uma paixão não morre instantaneamente. Não é um "não quero ficar contigo" que vai apagar sua atração. Pode ser que você ainda sinta vontade de orbitar ao redor dessa pessoa, de colher a delícia das belezas que ela espalha publicamente, mesmo que as particulares estejam fora do seu alcance. E se for esse o caso, entenda o tanto de esforço que você vai investir. É uma pessoa da escola, faculdade, trabalho? Ok. Então aproveita o tempo que vocês passam juntos obrigatoriamente. Não tente chamar pra dates platônicos, não se despenque até o fim do mundo, não saia da sua zona de conforto pela esperança de viver alguma coisa. O resultado de despender esforço demais geralmente é um sentimento desagradável de humilhação. Entenda até onde você pode ir sem se machucar.

E, vale lembrar: quem produziu essa paixão foi você. Se você se apaixonou assim por uma pessoa, com certeza se apaixonará por outra. E talvez essa outra te permita viver aquilo que não conseguiu com a primeira.

Lembrando sempre que você pode manter um relacionamento de baixa manutenção para tirar umas casquinhas. Afinal, o Theo vai ser sempre uma paixão que dará algum prazer ao Bruno — só nunca um amor no qual confiar.

Além da idealização contínua de Theo, testemunhamos o Bruno se apaixonar por Lucas, seu melhor amigo de infância que vira arqui-inimigo de adolescência, em uma dinâmica menos complicada, porém ainda repleta de nuances e obstáculos. O que foi mais difícil ao desenvolver um arco tão complexo para esse relacionamento?

Apesar de Theo levar a fama de idealizado, pra mim a relação mais surreal é justamente a com o Lucas. A complexidade desse romance está justamente em torná-lo minimamente crível. Um bully da escola que se torna bi e vira o marido-modelo. Quantas vezes isso acontece na vida real? Quantas vezes as pessoas se questionam e se transformam tão profundamente assim? E quantas vezes têm a coragem de resgatar seus arrependimentos com uma sinceridade quase infantil?

Acho que me apoiei em duas características específicas para fazer do Lucas mais crível e gostável: essa sinceridade inescapável dele e sua vontade de ser dono de si. Só uma pessoa que vive pra si mais do que pros outros consegue fazer as coisas que ele fez. E é justamente esse tipo de exemplo que o Bruno precisava para alimentar a própria vontade de se escolher em primeiro lugar. Por isso a relação deles é mais saudável e, por isso também, mais crível. Mesmo que uma em um milhão.

Entre os diversos temas explorados ao longo da narrativa, a discussão sobre a construção e opressão da masculinidade é um dos principais. O que te levou a escolher trabalhar esse assunto em *Complicado e perfeitinho*?

Olha, eu acho que essa história é antes sobre masculinidade do que sobre amor. É uma história sobre tomar as rédeas da própria vida e fazer o que deseja, sem vergonha de ser quem se é. No caso, aqui isso passa por amor.

A primeira camada que temos em *Complicado e perfeitinho* é a masculinidade compulsória. É o "seja homem, e ser homem é assim". Isso existe com ou sem Theo, com ou sem Lucas. Com ou sem amor e sexo. Os papéis de gênero são um teatrinho que estamos sendo sempre empurrados a encenar. O que fazemos de verdade nos bastidores, pouco importa, desde que o que os outros enxergam seja aquilo que se espera.

Dito isso, sempre achei muito difícil confluir o amor com a masculinidade. Um homem não deve ser vulnerável. Deve estar sempre acima. Prover na dificuldade. Não se deixar abalar. Seguir sempre em frente e passar por cima dos outros sem baixar a cabeça. Como, como isso pode dar certo quando falamos de um sentimento que te deixa em carne viva? Amar é justamente deixar seu coração exposto ao outro. É confiar que esse outro não vai acabar contigo, porque tem o poder pra isso. Amor é vulnerabilidade. Então como um cara que faz parte do Clube dos Machos pode amar de verdade?

Histórias de romance, pra mim, são sempre também histórias de papel de gênero. Só uma fantasia ou ficção científica para descolar um do outro.

Quais dicas você daria para quem está lendo também enfrentar o Clube dos Machos?

Não vou me arriscar a dar dicas objetivas. Vai que você faz uma grande burrada e depois me amaldiçoa por um conselho infeliz. Eu, hein. Mais uma vez, o que vou fazer é dizer como foi minha experiência.

Eu sempre enfrentei o Clube dos Machos sem querer. Sem saber que estava enfrentando. Sou o tipo de cara que já ouviu algumas vezes na vida: "ah, ele é gay, só não sabe ainda". Desde criança. Desde antes de querer beijar qualquer pessoa. Eu só era eu mesmo, e isso sinalizava não heteronormatividade para os demais.

Acho que essa é a pedra fundamental do enfrentamento: espontaneidade. Seja como você quer ser. Enfrente em coisas pequenas, em coisas grandes, mas desde que queira enfrentar.

E aí vale uma reflexão extra pra descaralhar nossas cabecinhas: será que o que você quer fazer você quer mesmo ou foi ensinado a querer?

A forma como eu lido com esse questionamento enlouquecedor é sempre testar de tudo um pouco. Põe o pezinho na água e veja se gosta. Não curtiu? Vida que segue. Achou gostoso? Se joga de cabeça. E dane-se se é coisa de homem ou não.

***Complicado e perfeitinho* começou no Twitter e depois virou um romance contado em formato de cartas, publicado de forma independente em 2022. Agora, a história foi repaginada e chega pela Seguinte às livrarias. Quais são as principais mudanças nas diferentes versões do livro até chegarmos a essa?**

Cada fase foi um passo a mais de maturidade para essa história.

No Twitter o momento era de criar, fosse como fosse. Eu já deixei de fazer muita coisa nessa vida por achar que não estava preparado, por acreditar que uma coisa sempre podia ficar melhor. Foi assim que transformei a escrita em uma tortura e a abandonei por anos. Na pandemia, *Complicado e perfeitinho* foi meu projeto de retomada. A pretensão inicial era modesta: escrever para escrever. Sem parar. E foi assim, postando capítulo a capítulo, semana por semana, que escrevi um livro. Sem trama definida, nem personagens, nada. Foi a criação primordial, toda torta, mas cheia de verdade.

Para a publicação independente eu dei um tapa no texto, porque, né. Todo primeiro tratamento é horrível, mas existe. E existindo dá pra aparar umas arestas, afinar umas coisas e lançar no mundo. Fazer essa história zarpar foi essencial. O livro encontrou leitores que vieram conversar comigo. Entendi o que tinham gostado, o que achavam um surto, quem odiavam e por que odiavam, mas, acima de tudo, por que continuaram lendo. Essa proximidade com o público é preciosa demais e me ajudou a entender o que poderia melhorar em *Complicado e perfeitinho*, o que veio muito a calhar quando Jackson, meu agente, fez a ponte com a Seguinte e a possibilidade da publicação surgiu. Eu sabia que *Complicado e perfeitinho* ainda não estava completamente polido. As visões de Jackson, Antonio e Bia (meus editores) foram imprescindíveis para me ajudar a enxergar e definir o plano de reformas que tornou a história mais madura e significativa.

Agora estou ansioso para saber como será a recepção dessa nova versão com mudanças significativas. Por favor, não hesitem em avaliar, mandar mensagens, e-mails, sinais de fumaça ou sonhos premonitórios.

Paramore, Panic! At The Disco e My Chemical Romance são apenas algumas das bandas que estouraram nos anos 2000 que aparecem pela história. Quais músicas dessa época você acha que o Bruno ainda hoje não tiraria do repeat?

Eu ando com uma matilha de emos adultos, então posso afirmar que qualquer fagulha de nostalgia TVZ já desperta sentimentos primais. E não precisa nem ser uma coisa realmente emo, sabe? Só as camadas mais superficiais já são suficientes. Por experiência própria, as músicas que mais vejo causar frisson são:

— "That's What You Get" e "Misery Business", do Paramore;
— "I Write Sins Not Tragedies", de Panic! At The Disco;
— "Pretty Fly (For a White Guy)", de The Offspring;
— "Mr. Brightside", versão de Savage Sons.

Para, para, para. Quer saber o que o Bruno não tiraria do repeat? A playlist *2000's Pop Punk Hits* e a discografia da Pitty. Inclusive, ótimas para ouvir na academia.

Aqui na Seguinte somos A-P-A-I-X-O-N-A-D-O-S por personagens secundários cheios de personalidade e não poderíamos estar mais caidinhos pela Lexa e pelo Ramon (Lexa, chama a gente para o karaokê!). Você pegou alguma característica deles emprestada de algum amigo da vida real?

Eu vivo rodeado de mulheres incríveis desde sempre, e a Lexa foi muito inspirada em uma amiga minha do terceirão pra vida, a Ana Fraga. Foi nela que me baseei para trazer a confiança inabalável e o "falar na lata" apaixonante da Lexa. Eu era apenas um vira-lata perdido no ensino médio, e essa minha amiga me ajudou a ter orgulho da minha vira-latice.

De ser quem sou e de me colocar no mundo. Foi um processo que ela apoiou e que desenvolvi ao longo dos anos. Acho que é por essa gratidão que tenho pela minha amiga que a Lexa se torna tão apaixonante.

E, pra fazer vocês sentirem inveja, a Ana realmente era a anfitriã desses karaokês no ensino médio, bem do jeitinho que eu descrevo no livro. Quantas noites incríveis não vivi no apartamento dela. Obrigado, amiga.

Agora, o Ramon, o Caíque, os pais, tias e outros personagens são uma colcha de retalhos. Todo personagem que eu crio tem algo de alguém que conheço, em maior ou menor grau. Adoro criar Frankensteins.

De todo o *Complicado e perfeitinho*, apenas Lexa e Theo tem inspirações mais profundas de pessoas da minha vida. Mas vamos deixar quieto por aqui.

Você já escreveu um conto com elementos de terror e suspense — *Pelas frestas*, publicado pela Três Pontos em 2023 — e agora temos dois personagens aficionados por filmes de terror. Quais histórias — livros, filmes, jogos e séries — recomendaria para quem também gosta do gênero?

Que DELÍCIA foi escrever o *Pelas frestas*! Se você gostou de *Complicado e perfeitinho*, recomendo fortemente que leia esse conto também. É parecido? Não e sim. Se você curtiu a construção de personagens e idas e vindas temporais, vai adorar. Se tem medo de casa assombrada, capitalismo e mercado imobiliário, bem…

Indicações:

Filmes e séries: odeio *gore* e *torture porn*, amo thriller psicológico, *folk terror* e filmes de monstro. Dito isso, assista *Os outros*, *O ritual*, *O homem invisível*, *Hereditário*, *O orfanato*, *Os inocentes*, *A maldição da Residência Hill*, *REC* e *Cloverfield*.

Jogos: sou absolutamente covarde com esse nível de imersão, então recomendo jogar todos os *Little Nightmares* e *Poppy Playtime* e assistir alguém jogando *Alan Wake*, *Resident Evil*, *Bioshock*, *The Last of Us*, *Five Nights at Freddy's* e *Observation Duty*.

Livros: Amo as graphic novels da Emily Carroll, o poema *The Insect God*, do Edward Gorey, e nada me deixou tão inquieto quanto *As coi-*

sas que perdemos no fogo, da Mariana Enriquez. Gracias a Diós nasci en Latinoamerica.

Por favor, me indiquem coisas também!

Se você tivesse uma oportunidade igual à do Bruno de repensar sua vida da adolescência até os dias de hoje, o que escreveria para o Renan de quinze anos?

Quando me fazem essa pergunta eu imagino que outras pessoas olhem para trás com o carinho de quem está se aproximando de um pássaro machucado. Prontas para amar e abraçar. Eu ainda não tenho esse sentimento, e acho que é justamente isso que gostaria de plantar. Acho que escreveria algo meio assim:

Você não precisa dar certo. Nenhum aplauso vai ser suficiente, nenhuma conquista vai te saciar, nenhum amor vai suprir o seu próprio. Não é sendo perfeito que você vai deixar de sentir vergonha. Não é sendo perfeito que alguém vai te amar mais. Os outros serão do jeito deles e te tratarão como quiserem, isso tá além do seu controle.

Você pode errar. Você pode fracassar. Você pode ser um trouxa. Tudo ainda vai ficar bem.

Seja quem você é e se divirta com isso.

Hoje eu me amo. Você pode começar agora.

ESTA OBRA FOI COMPOSTA POR OSMANE GARCIA FILHO EM BEMBO
E IMPRESSA EM OFSETE PELA GRÁFICA SANTA MARTA SOBRE PAPEL PÓLEN NATURAL
DA SUZANO S.A. PARA A EDITORA SCHWARCZ EM AGOSTO DE 2024

A marca FSC® é a garantia de que a madeira utilizada na fabricação do papel deste livro provém de florestas que foram gerenciadas de maneira ambientalmente correta, socialmente justa e economicamente viável, além de outras fontes de origem controlada.